財神嬌娘

2

雨鴉 著

目錄

第二十六章 …… 005
第二十七章 …… 019
第二十八章 …… 031
第二十九章 …… 045
第三十章 …… 057
第三十一章 …… 069
第三十二章 …… 081
第三十三章 …… 095
第三十四章 …… 107
第三十五章 …… 119
第三十六章 …… 133
第三十七章 …… 147
第三十八章 …… 159
第三十九章 …… 171
第四十章 …… 183
第四十一章 …… 195
第四十二章 …… 207
第四十三章 …… 219
第四十四章 …… 231
第四十五章 …… 243
第四十六章 …… 255
第四十七章 …… 267
第四十八章 …… 279
第四十九章 …… 291
第五十章 …… 305

第二十六章

為了躲避周氏糾纏，何嬌杏上小雲嶺摘菌子，下山走上田埂時，聽見有人叫她。

「妳是不是程家的三媳婦？」

何嬌杏停下來，回身一看，對方是個不認識的婦人。

她嫁來大榕樹村之後，除了由程家興領著見過親戚外，平常多半待在家裡，不太出門，對村人不熟悉。這婦人的年紀瞧著要比黃氏大一點，何嬌杏便客氣地喊聲嬸子，問有什麼事？

婦人看何嬌杏面帶疑惑，上前道：「我是妳二嫂的伯母，我男人叫周大虎。」

周大虎婆娘正是在程家分家後把劉棗花騙出去收拾一頓的人，打完還把人扭送回來，在程家門前跟黃氏起了爭執。

何嬌杏不清楚這件事，點點頭。「伯母，咱們有空再說話，時辰差不多，我得回去給家興哥做飯了。」

「急什麼？沒趕回去，不還有妳婆婆？平時妳少出門，難得遇見，咱們講兩句。」

何嬌杏無言。兩人不熟，說什麼啊？

「伯母真有事就講吧，我聽著。」

周大虎婆娘搓了搓手，道：「我是想告訴妳，妳二嫂做事踏實，沒什麼脾氣，也沒心眼，妳們好好相處。程家貴跟程家興分不分家都是兄弟，妳倆是妯娌，應該互相照應。」

何嬌杏說她跟周氏相處得挺好，讓周大虎婆娘不用擔心。

周大虎婆娘聽著，又念叨起來。「聽說妳跟劉棗花走得近，我活到這把年紀，看人比晚輩明白，那是個無利不起早的，在妳身上見著利，便跟狗似地衝妳搖尾巴；回頭妳幫不了她了，看她還跟不跟妳往來，不踩妳兩腳，都算好的。

「這話，我跟妳二嫂說過，她不聽，還跟劉棗花親近。結果呢？程家讓這個大媳婦攪和得分了，妳二嫂還挨她一頓毒打，才知道我做伯母的沒亂說，晚了。妳可得記著這教訓，哪怕做事要人搭夥、忙不過來缺人幫忙，找妳二嫂去，別找劉棗花。」

周大虎婆娘說了好多，何嬌杏不知道該怎麼接話，只好尋個機會道時辰太晚，真要回去做飯，趕緊揹著菌子開溜了。

何嬌杏回到家，卸下背簍，還沒顧得上收拾，黃氏就聽到人在院裡的鐵牛喊嬸嬸，從廚房出來。

「剛剛找了妳一圈，這是上哪兒去了？」

何嬌杏回說去小雲嶺摘點菌子後，便準備要做飯。

「飯已經煮了，待會兒妳炒個菜就是，先歇歇。妳怎麼跟老三一樣，也愛往山上跑？揹了這麼大一簍，也不嫌累。」
「菌子不重，哪裡累得著人？我在娘家時，還揹過毛竹筍呢！」
「我說妳，妳還得意起來？兩口子一個樣，欠收拾。」
何嬌杏笑眼彎彎，說不是得意，是實話。「以後娘要搬東西就喊一聲，我力氣大，力氣活在我看來都不叫活。」
何嬌杏說完，走進廚房，去收拾剛摘回來的新鮮菌子了。
一會兒後，程家興回來吃飯，洗完手坐上桌，看到炒野菇，立刻拽住何嬌杏。「哪來的菌子？妳偷偷跑上山了？」
何嬌杏輕拍他的手一下，讓他鬆手。「哪來那麼多話？快吃，嚐嚐這盤菌子鮮不鮮。」
「心虛了？」
「你不也三天兩頭往山上跑？五十步笑百步。」
程家興盯著她，說那不一樣。「我是男人家，怕什麼？妳自己上山，萬一出事呢？」
何嬌杏勾勾手指，讓他靠過來，嘖了聲。「你男人家還打不過我區區一介女流。」
程家興。「……」
看他滿臉不高興，何嬌杏又勾了勾手指，讓他再過來點。
程家興一動不動，好像沒聽見。

好吧，山不來就她，她便去就山。何嬌杏貼上去，好聲好氣地說：「先吃飯行不行？這些天我男人多辛苦，別餓著了，吃完了，我再跟你解釋。」

這下，程家興才高興起來，嚐了口炒野菇，說味道很鮮，好吃。

程來喜和黃氏沒抬頭，在心裡撇嘴。程家興軟得這麼快，不知道以前在吹什麼牛，整天說沒得叫婆娘騎在頭上，他是哪來的臉呢？

吃完飯，何嬌杏牽著程家興走到草垛子後，趁這會兒另外兩房人還在屋裡吃飯，把剛才發生的事告訴程家興。

程家興一下子便聽出來，周氏不痛快不是因為她沒錢賺，而是劉棗花有錢賺，所以埋怨，忍了些天才開口，又怕何嬌杏聽著不高興，才搞得這麼委婉；偏偏他媳婦不喜歡有話不說全的，遂躲著人上了山。

「全推來我這裡，妳別管。說起來，這也跟兩個嫂嫂處不好有關。」

「還沒完呢！後來，我下山，在回家的路上遇見二嫂娘家的人，說是她大伯母。」

程家興瞇了瞇眼。

何嬌杏看他變了臉色，問：「這人怎麼了嗎？」

「回頭再告訴妳。妳先說說，她做了什麼？」

「說二嫂人好，讓我好好跟她相處。講到這兒，我還不覺得有什麼，剛答應她，又提到大嫂，她就說了些不中聽的話。」
程家興抱著手臂。「怎麼不中聽？」
「嗯，大概是說大嫂不能來往，碰上便會吃虧，讓我別跟她太親近，要人搭夥、缺人幫忙，都找二嫂去。」
程家興笑了出來，摟著何嬌杏的肩膀，低頭看她。「那杏兒怎麼想？」
「我沒往心裡去，她既是周家伯母，肯定幫二嫂說話，她說的不能全信。我只是不明白，她做這種事不尷尬嗎？我只聽個開頭，都恨不得往土裡鑽。」
程家興聽了，把周大虎婆娘打完劉棗花還把人扭送回來的事說給何嬌杏聽。
「她就那脾氣，不然上回不會出面替二嫂撐腰，只是這回弄巧成拙了。」
兩口子說著話，聽到劉棗花出來喊鐵牛，問他早早放下碗，跑哪兒去了？
何嬌杏閉上嘴，從草垛子後面繞出來，打算回屋。
程家興跟在她身後，剛邁開兩步，發現媳婦停下來了，順著她的目光看去，瞧見鐵牛蹲在旁邊，皺著臉，托著腮幫子，不知道躲在那裡多久了。
程家興立時想把人揪到一旁去問問，要真讓他聽到的話，該給零嘴封口就封口。
結果，正冥思苦想的胖孩子被他娘的喊聲驚醒，站起來，小跑著撲到劉棗花身上。
「我娘是好娘！是好娘對吧？」

這話聽著不對勁，劉棗花眉頭一皺，問他在說什麼？

鐵牛指著何嬌杏。「嬸嬸遇到上回打娘的人了，說娘不好，讓嬸嬸別跟娘玩。那人是亂說的吧？我娘好。」

劉棗花朝何嬌杏看去，何嬌杏不知道該說什麼，再次想要土遁。

雖然鐵牛只講了這麼兩句，也足以讓劉棗花聽明白，是周家人到財神爺跟前說她不是，頓時氣壞，伸長脖子開罵了。

「姓周的，妳有本事當面對付我，使了一回壞，還來第二回。」

乾罵一聲哪能消氣？劉棗花四下一看，抄了扁擔衝出去，擺明要去找周大虎婆娘算帳。

何嬌杏喊不住她，趕緊推了程家興一把。「是我不謹慎，以為大哥他們在吃飯，說兩句話的工夫不會出來，還是該走遠些。你叫上大哥跑一趟吧，別讓大嫂吃虧。」

不用程家興招呼，聽到劉棗花的罵聲，屋裡人都陸續出來了。

黃氏掃了一眼，看何嬌杏蹲下身摟著鐵牛，程家興站在她旁邊，卻沒看見劉棗花。

「老大媳婦呢？」

程家興說她去周大虎家了。

慢一步出來的周氏聽得糊塗，問：「大嫂去我大伯家幹什麼？」

「我哪知道？以咱們大嫂的性子，就是指天畫地去的吧！」

「又沒惹她……」

周氏話音未落，程家興便打斷她。「這回還真惹到她了，想知道，自己聽去。」又喊程家富。「大哥別杵在這兒，趕緊追你媳婦去吧，跑到別家罵人，說不定要挨打的，還是新仇舊怨加起來呢！」

程家富被他提醒，立刻跑出門了。

程家貴想著，周大虎婆娘是自己媳婦的娘家人，怕鬧得難看，也跟周氏追上去，想看能不能居中說和。

看著兩房的兒子跟媳婦全出去了，黃氏望向程家興，問他。「我是不是也去一趟？」

程家興攔住她。「娘歇著吧，這回是周、劉兩家人的事。」

看他準備把前因後果說給公婆聽，何嬌杏使個眼色，要他們等會兒，先把鐵牛哄到一邊去了。

看何嬌杏牽著鐵牛往另一頭走，邊走邊說話，黃氏笑了笑。「你媳婦跟村裡這些小孩子倒是處得很好。剛才老大媳婦不是出來找鐵牛嗎？怎麼忽然發作，罵起老二媳婦，還鬧到周家去？」

程家興說：「杏兒從小雲嶺回來時，遇上周大虎婆娘，周大虎婆娘說了大嫂不是，她遇上這種事，能不跟我說一聲？我倆吃完飯出來說話，結果被放下碗出來玩的鐵牛聽見，直接捅開了。不過，這樣也好。」

程來喜的眉心皺成川字，問他好什麼好？

程家興走了兩步，勾著他爹的肩膀，父子倆並肩蹲下。「爹，周大虎婆娘不過是二嫂的大伯母，關係隔了一層，為什麼放著自家兒女不管，對嫁出去的姪女這麼上心？我猜，最近二嫂跟娘家人訴過苦了。

「要真有天大苦楚也罷，但這兩個月家裡風平浪靜，還跑回去說。現在給她吃個教訓，讓她學乖，以後別什麼事都拿回娘家講。」

程家興毫不擔心，並未把這件事放在心上。剛才想堵鐵牛的嘴，是看媳婦尷尬，現在嘛，說穿了也就那麼回事。

過一會兒，何嬌杏回來，看程家興在屋裡，便走進去，順手閂上門。

「鐵牛待在隔壁院子，我拜託那家的嬸子看著他，先回來了。」

程家興看她挺感慨的，問怎麼了？

何嬌杏坐過去，道：「我不想在這種事上費神，偏偏遇上了，又不能不去琢磨。你說，周大虎婆娘鬧這齣，跟二嫂有關係嗎？要是沒有關係，她只是伯母，何至於這樣做？要有關係，這麼做難道有好處？」

程家興倚在床頭，偏頭看著她的杏臉桃腮，沒忍住，手指就戳過去了。

何嬌杏偏頭閃了閃，反倒讓程家興伸手將她拽到跟前。

「跟你說話呢！」

「妳說啊，我聽著。」

何嬌杏抓住程家興作怪的手，這人是憊懶性子，雙手卻很有力。男人的指節比姑娘家更分明，帶些薄繭，卻不像長年務農的人那麼粗糙。

何嬌杏玩上癮，又是摸、又是捏，捏夠了便比大小。正比著呢，程家興手指一動，交握上她的手。

「怎麼不說了？杏兒應該有些猜想，我心裡也有，不如說出來對一對？」

既然程家興鼓勵她，何嬌杏就說了。

「人遇上事，表現不同，像大嫂是不多想直接炸開的；而我喜歡跟親近的人說，能把事情從頭想過，人家講的也能幫我填補不足。這陣子，二嫂應該有些困擾，可能跟二哥說了沒用，也可能不好開口。她娘家離得近，料想是跟娘家人商量過，娘家人著急，出了昏招吧？」

何嬌杏不是那麼了解周家上下，只能猜到這裡。

程家興聽著，點點頭。

穿越以來，何嬌杏以往都覺得自己是「以力服人」，跟自家人沒爭執，跟趙家人吵鬧時就嚇唬他們，反正一掌能解決的問題，都不用費神，結果三個她加在一起，也沒程家興的主意多，看他聽完點頭，覺得很稀奇。

何嬌杏貼近他，盯著程家興問：「你也這麼想？」

「差不多吧，只有一點不同，我覺得周大虎婆娘不是心疼二嫂來找妳的，是出於私心。不是全天下的伯母、嬸嬸都像何家那樣，妳剛嫁過來，還不了解周大虎婆娘。」

「就是不了解，我才那麼猜。你的意思是，現在二哥、二嫂自己當家，周家人指望二嫂過得好，以後幫扶娘家，不用爹娘同意？」

見何嬌杏整個人都貼上來了，程家興還琢磨什麼？心裡想入非非，手上也作起怪來。

何嬌杏想得正入神，感覺有隻手摸到後腰上，略微粗糙的指腹在細膩腰間摩挲，差點跳起來。

「大白天的，你鬧什麼？」

程家興滿臉無辜。「是妳貼過來的，我還年輕，血氣方剛，忍不住。」

「……」

「還是非要晚上才行？好吧，那我留點力氣。」

「……」

「媳婦，妳怎麼不說話了？最近我在家的時候少，聽不見妳說話，怪想念的，妳多說幾句。」

何嬌杏無言了，抬起手捏他臉皮。「我怎麼覺得，成親後你越發不要臉了？」

程家興一副不痛不癢的模樣任由她捏，理所當然地道：「以前怕人說閒話，現在成親了，我跟我媳婦親熱不是天經地義？誰管得著？」

何嬌杏推開他，問起新房子的事，銀子還有剩嗎，要不要多拿一些？

程家興說還有，已經安排人把磚瓦拉回來了，青磚損耗不大，瓦片質地比較脆，幸好有多訂，哪怕拉回來的途中碎了些，剩下的應該也夠；又說到石料，說那個抬起來還挺吃力。

何嬌杏道：「就說讓我去幫忙，能少用好些人。」

「誰家男人會讓自己的婆娘去搬磚、扛石頭？像話嗎?!」

「可憐我一身力氣，沒用武之地。」

「當然是有的，白天不過癮，晚上妳多出點力唄。」

程家興說完，立刻跳下床，開門落跑。等何嬌杏回過神來，人已經跑得老遠了。

黃氏看見了，嘀咕道：「跑那麼快幹什麼？又不是趕著投胎。」

程家興遠遠聽見，真想回老娘一句：不溜快點，搞不好真要重新投胎。

何嬌杏本來血氣上湧，想修理程家興，被他這番動作氣笑了，靠在門邊站了一會兒，回想剛才跟程家興說的那些話，準備等嫂子們回來再看看是什麼情況。嫁過來的日子太短，從前聽人說了些程家的事，也不能全當真，總要自己慢慢觀察。

還有一件更重要的事。

這次事件，讓她明白一個道理——電視劇害人不淺。剛才要說悄悄話，找地方時，她想著，前世劇裡不都得找個牆角或玉米地？卻忘了還有下文，每到這時候，總會來個賊眉鼠眼的傢伙偷聽。這回敗在經驗不足，若有下次，得找個一眼能看見人的敞亮地方，但最好是別有下次了。

何嬌杏還在反省，耳邊突然響起吵鬧聲，她聽出是劉棗花的聲音，帶上門出去看看。

「中午讓鐵牛聽見那些話，是我不謹慎。對不住，請大嫂原諒。」何嬌杏不覺得自己有天大的錯，只是讓小孩子聽到這些不太合適，不好意思。

剛才劉棗花還在罵周氏奸詐，說她當面一套、背後一套真噁心人，就聽見財神爺開口了，遂收起火氣，笑了笑。

「這怎麼能怪到妳身上？換成是我，才不會替她遮掩，回來就揭穿了。若覺得我劉棗花不好，有本事當面說，大嫂、大嫂喊得親熱，卻不知道跟娘家造了什麼謠；別說沒有，這套騙騙老二還差不多。」

何嬌杏好奇他們在周家鬧成什麼樣，但不好當面問，還是晚上趴在程家興懷裡聽他說的。

據程家興形容，劉棗花活像跟朱奶奶學過，在周家院子罵了個痛快，程家富過去也勸不住，最後是把人拖回來的。

回來的這一路上，劉棗花完全沒歇口氣，從周家院子罵到自家。她這人舉凡認定就油鹽不進，周氏賠不是，她不聽，就算聽了也不信。

「當時周家人全被她鎮住，事後想起來也氣，回頭說大嫂不是好人，翻了不少舊帳。娘聽了跟我說，幸好早早分家，要不真麻煩。妳想想，那些話雖是周大虎婆娘說的，但要不是二嫂有怨，她會那麼說？」

程家興說著，伸手撫摸何嬌杏的髮絲。

何嬌杏趴得舒服，臉在他的肩窩處蹭了蹭，有點睏了，閉著眼迷迷糊糊地應了一聲。

程家興聽出她的睏意，幫她蓋被。「睡吧，不早了。」

他說完，沒一會兒，懷裡人兒的呼吸綿長起來，一下一下地輕輕噴在自己身上，已經睡著了。

第二十七章

另一邊，劉棗花難得占一回上風，但一個沒拿捏好，顯得得理不饒人，後來挨了黃氏教訓，才收斂了些。

這回看似沒鬧大，實則影響不小，不光黃氏回頭去想很多從前的事，程家貴也跟周氏說了，讓她以後再有不痛快，直接告訴他，夫妻倆有什麼不能講？

周氏眼眶一紅。「你每天要幹那麼多活，我哪能拿這些雞毛蒜皮的事來煩你？」

「不跟我說，那怎麼不找娘呢？」

周氏直搖頭。「家貴啊，我跟大嫂不一樣，她有孩子，什麼話都敢講。我沒了那胎後，心裡有委屈能跟誰說？只能去河邊洗衣裳時，跟我娘閒聊幾句。」

「我不是怪妳，這回的確是妳伯母沒做好，怎麼也不該拽著三弟妹說那些話。岳母也是，幹麼傳給別人聽？一個傳一個，能不變味？妳想想大嫂的個性，她認定的事，用牛也拽不回，解釋再多都沒用。」

看周氏低垂著頭，程家貴也不忍心，想想她也沒做什麼，只是向娘家吐苦水，遂回過頭安慰她。

「不管大嫂肯不肯聽，咱們知道自己沒存壞心，妳賠過不是，就別多想。我看嫂子那火氣，來得快，去得也快，她的活兒不少，還要炸薯塔掙錢，不會跟妳糾纏。」

程家貴安慰完，卻見周氏更加糾結，很是不解。「妳到底在難受什麼啊？我看妳最近少有高興的時候。」

周氏遲疑再三，才道：「我總覺得三弟妹心裡不喜歡我。」

「有嗎？妳倆不是聊得挺好？」

「你不明白。我想著，等三弟妹進門後要跟她好好相處，以後遇上事能一起商量，有困難互相幫忙；但三弟妹不親近我，我倆處得像隔壁院子的鄰居，說話只是隨便說說而已。」

「等三弟的新房蓋好，他搬過去以後，就不是隨時都能見面，往後妳們相處總會變成娘跟大伯母那樣，分家後，有些疏遠也尋常。」

分了家的兄弟首先考慮自己，更別說妯娌，但周氏就是沒辦法眼睜睜看自己跟何嬌杏疏遠，劉棗花反倒貼上去；這樣下去，總有一天她會被排擠出去。

這件事，無論程家貴跟周氏商量多少次，都解決不了。跟誰親近、跟誰疏遠，是何嬌杏的自由，跟其他人無關。

後來的日子，劉棗花幹著孝敬財神爺的活、掙著賣薯塔的錢，周氏則是心裡難受，越發沈默下去。何嬌杏一邊觀察程家人、一邊盯著新房的進展。

八月中動土，九月初便能看出房子的模樣，九月下旬，寬敞的三合院蓋好了。前後看過確定沒問題，程家興結了最後一筆工錢，何嬌杏則張羅了一桌好菜，招待大家吃好喝好，才把人送走。

回屋之前，黃氏拉住何嬌杏，囑咐道：「明兒咱們過去瞅瞅，看還要添些什麼。」程家興走在後面，說大件的家什都安排好了。「杏兒的陪嫁回頭再搬，我跟老四訂了家什，讓他先把擺在堂屋的打出來，別的慢慢添。這會兒該休息了，娘睡覺去，我跟杏兒回房。」

進了房間，程家興沒倒頭就睡，跟何嬌杏說了好一會兒話，直到躺下還在念叨新房子比村裡哪家都好，看著氣派，以後鐵定住得舒坦，又誇了廚房一通。

「我弄了兩排灶，一排有三孔，總共六孔，同時煨湯蒸飯、煎炸燉炒都足夠了，開三、五桌席也忙得開。妳說要個大料理檯收拾食材，我讓石匠打了；水缸安在廚房裡，石匠說在屋簷下多擺兩口水缸，能防火聚財，我也擺了。」

總之，這房子花了不少錢，也費了他許多心思，搬家後真要好好把買賣做起來，將花出去的銀子掙回來才是。

何嬌杏靠在他懷裡聽他說，摟在男人腰間的胳膊緊了緊，說會好好做，米胖糖一定能賣得好。

她說完，沒得到回應，摸黑抬頭看去，或許是太累，程家興已經閉上眼睡著了。離得這麼近，何嬌杏能看清他的五官輪廓，從被窩裡伸出手，摸了摸他的臉。

聽婆婆黃氏說，以前程家興總是睡到太陽曬屁股才起床，午後還要找個舒服地方躺會兒，喊他幹活極為困難，哪怕聽話去了，卻是懶洋洋的。不累的時候，他天天喊累，最近為蓋房子忙翻天，反而沒聽他說什麼，問他辛不辛苦、要不要幫忙分擔一些，也說還好。

何嬌杏盯著他看了一會兒，直到程家興翻身動了兩下，才打斷她的思緒，想著時辰不早了，便換個舒服的姿勢，靠著他睡去。

嫁過來之前，每天清晨雞鳴時，何嬌杏就會睜眼，梳洗完便上灶準備早飯。農家為省燈油，習慣早睡早起，但這習慣在她嫁給程家興之後，沒兩個月就徹底打破了。現在雞叫三遍，她才有點反應，又要等天全亮，日光透進窗縫後，去推程家興，他才會鬆開她，打著哈欠坐起身。

早飯一如既往的簡單，一大碗稠粥配一碟鹹菜，外加劉棗花塞過來的兩顆雞蛋。吃飯時，劉棗花喜孜孜地告訴何嬌杏，她賣了一個多月的薯塔，已經攢下二兩半；又扳起手指頭數道，一個月掙二兩半，十個月就是二十多兩，那一年豈不有三十兩？

「三十兩，能蓋磚瓦房了吧？」

何嬌杏在敲蛋殼，邊敲邊問：「大嫂也打算蓋磚瓦房？」

劉棗花不好意思地笑了笑。「前兩天我去看了你們的新房子，不光是我，還有好多大娘去看熱鬧，都說磚瓦房比泥瓦房好，瞧著敞亮又堅固。之前老三跟石匠說，要買石頭鋪院子，石匠還道鄉下地方沒幾個這麼幹的，可等鋪好了，真跟別家土院子不一樣。

「我想著，房子蓋好後，十年、二十年動不了，省吃食還好，卻不好在這上面省錢。回頭我也蓋座好的，若錢不夠，先簡單蓋。」

程家興也在剝蛋，聽見劉棗花說的話，回了句。「妳這買賣前兩個月新鮮，時日長了，口味又不特別，不換地方做就是短命生意，新鮮勁過去就沒搞頭。」

開始做買賣後，但凡程家興說的話，全都應了。

劉棗花一哆嗦。「你是說，我只能賺這幾兩？」

程家興拿起煮雞蛋啃，點點頭，看劉棗花捣住胸口，才說：「有幾兩周轉夠了，別窮盯著這小買賣，年前還有大生意，妳不想想怎麼運出去賣？」

程來喜跟黃氏都在喝粥，沒多說話，聽到這裡，便問他想好賣什麼了，還是肉絲嗎？

程家興搖頭。

何嬌杏吃完雞蛋，喝了口水，道：「不是肉。過年那陣子，再窮的人家都要沾點油水，正是全年最不饞肉的時候。我倆商量著，覺得肉食反倒難賣，還是做點甜口味的。」

「蜜麻花啊？」

「也不是，但差不多是那一類。等收拾完新房子搬過去，我備齊材料做一回，給爹娘、哥嫂嚐嚐看。」

有這個買賣吊著心，劉棗花主動說要幫忙打掃屋子。新房子大，按說要拾掇好些天，結果不光劉棗花幹勁十足，來看熱鬧的親戚順手幫點忙，一天就把裡外收拾好了，哪怕還是空屋，也足以讓來人羨慕。

當面時，很多話不好講，轉身就有人後悔當初太瞧不起程家興。現在他們終於明白，程家興不是沒用，只是想法和做派跟村裡其他漢子不一樣，種地不行，本事在做買賣上。

程家興剛有發達的苗頭，便虐哭不少人，本來就後悔，看到他花大錢蓋起來的新房子，更是連腸子都悔青了。

幾日後，程家興頻頻往鎮上跑，買了不少東西，逐樣添進新房裡，又找人擇好日子搬家。

十月初八這天，他們天不亮就忙起來，等全部搬完，正好天光大亮。

這會兒已經入冬，清早冷風颼颼，幾個男人裹著棉襖，站在院子裡說話。

何嬌杏進廚房生火，做了第一頓飯，煮了鍋花生湯圓，給過來幫忙的人都舀上一碗。

要說新房子還缺什麼，就缺口井。程家興打聽過，鑿井的師傅手上正好有不少活，商量的結果是來年開春再上程家。程家興嫌他慢也沒辦法，鑿井是門功夫，總要有個師傅坐鎮，不是光賣力氣就行。

還沒鑿井，就先挑水喝，廚房那口水缸蓄滿了能用兩天，還算方便。

男人們在院子裡吃湯圓時，何嬌杏待在廚房，把鍋碗瓢盆重新擺過，兩排共六孔的灶臺看著果然壯觀，料理檯也很結實寬敞，旁邊整整齊齊地放了一小堆乾柴。真正的柴房在屋後，裡面是堆得滿滿當當的乾柴和炭塊，這一冬不管生火做飯或燒炭取暖，都足夠了。

何嬌杏想得正入神，程家興拿著空碗進灶屋。「杏兒，妳自己吃過沒有？」

「吃了四顆湯圓。」

程家興點頭，又道起得太早，還睏著。「我本來想，早上搬來便行，娘非讓咱們雞不叫就起床，說老一輩交代，搬家得趕早，最好在天大亮之前，這叫越搬越亮。」

看程家興真打起哈欠，何嬌杏問他，要不要回房睡會兒？

程家興把頭靠在她肩上，閉起眼。「來幫忙的、湊熱鬧的人都在外面，若我回屋，娘不收拾我？」

「我幫你泡碗濃茶，喝兩口提神？」

何嬌杏說著，推了推程家興靠過來的腦袋，讓他站好，想想閒著沒事豈不更睏，便叫他幫幫忙拿出茶葉，自己涮鍋燒水。

程家興不只拿了茶葉來，還帶了兩根大番薯，用燒火鉗挾著放進灶爐裡，一左一右擱好。

何嬌杏沖茶，他跟去烤火，順便盯著番薯，不時翻面。

烤好後，分了一根給鐵牛，番薯燒燙，胖孩子換手換了半天，才小心撕開烤焦的皮，埋頭吃起來。

另一根，程家興用草紙裹著剝好皮後，遞給何嬌杏。

何嬌杏問他怎麼不自己吃，程家興便拽過她的手，把烤番薯塞給她，瞧她傻看著，抬了下她的手。

「吃啊，乾看著能飽？」

何嬌杏啃了一口，這是前兩個月收成的番薯，有巴掌大，紅皮白心，吃著不如紅心那麼甜，但味道還是很好。程家興做飯的手藝不行，但烤番薯的火候倒是看得不錯，外皮焦了卻沒糊掉，光聞著就香噴噴的。

何嬌杏啃番薯時，程家興喝濃茶，看她啃掉一半說吃飽了，才把另一半接過去，兩三下吞下肚。

「妳要是睏就回屋歇著，或在灶邊烤火都行。這裡暖和，外面冷颼颼的。」

程家興喝完茶，啃完番薯，轉身出去跟院子裡那些人吹牛。何嬌杏洗了把手，也跟去瞅了瞅。

大夥兒說得正熱鬧，程家兄弟們從屋子聊到下一冬的安排，程家興說過兩天去買牛，方便拉東西，以後春耕時取下車套子，還能借給老爹犁田。

大家聽了，紛紛點頭，說得更歡了。

沒過兩天，程家興趕牛回村，還套著車，車上不光坐人，還有好幾個麻布袋，裡面有米、花生、芝麻、糖塊等等，是炒米胖糖的食材，以及程家旺幫忙打的木頭模具。

十月初十，何嬌杏帶著程家興，一起試做了兩板米胖糖。

工序聽著繁瑣，但上手並不難，主要是炒米及熬糖。花生和芝麻不是主材料，先炒出來按分量加入就可以。正好人跟灶孔都夠，兩道工可以一起做。

第一次做雖不太熟練，可成果還是不錯，看米胖糖已經放涼結成一板，何嬌杏提起菜刀切，程家興取裁好的油紙把切好的米胖糖包好，一封封排整齊，裝進竹筐裡。

「不說紫米，光顆粒飽滿的上好白米就貴，糖也費銀子，咱們訂的價錢不能太便宜。」

何嬌杏琢磨著，米是泡脹了炒膨，糖也只有一層，用的材料不多，賣價不能太離譜。

「按一封三文錢批發怎麼樣？」

這陣子，程家興聽何嬌杏說過幾回，已經懂了批發的意思，估算今天兩板糖的成本，又看了看最後的收穫，如此賣價，利潤竟然頗豐。

「我最近跑了幾個鎮，沒有人賣米胖糖，哥哥們抬個一文，應該不難賣。鎮上人家富裕些，哪怕是普通人，花幾文錢買給孩子吃，也不心疼。」

「你說了半天，還沒嚐過，怎麼知道一定能賣？」

對哦！顧著算本錢和利潤，忘了還有試吃這回事。

何嬌杏將米胖糖切成小塊裝進碗裡，程家興拿起一塊一口咬下，又香又甜又脆，哪怕他不是很愛吃甜食，也覺得不錯。

「這個好賣，但咱們賣出去之後，鎮上那些糖鋪看了能仿出來嗎？」

何嬌杏想了想，道：「香辣肉絲是秘方，米胖糖卻稱不上。原先沒人這麼做，咱們起了頭，不用教，有心人也能做出來。過年前賣，年後糖鋪應該就會跟著賣了。起頭賣個新鮮能掙一筆，等糖鋪琢磨出來後，錢就不是咱們掙了。」這種一看就知道大概的吃食，賣方子都不行，回去多試試總能做成，何必花這個冤枉錢？

起初程家興不知道米胖糖是什麼，今兒親手做了，也生出相同顧慮，遂決定不要太早拿出去，趕年前賣，年後直接收手，別給糖鋪太多時間。要是年前就仿出來，這筆大錢恐怕就掙不上了。

「那你冬月裡再收些材料，也多打幾個模具，咱們休息好，臘月間再賣他個措手不及。今天這兩板先給爹娘，也分大哥跟二哥一點，嚐嚐味道。對了，讓他們關上門在家吃，不要拿出去，當心斷自個兒財路。」

何嬌杏說著，突然想起來。「既然是一口氣的買賣，賣少了都是虧，明天你拿兩封米胖糖去魚泉村讓我爹娘嚐嚐，問問他們，有心想做就把本錢備上，一手交錢、一手交貨，概不賒帳。」

程家興點頭，跟她一起把米胖糖收拾好，便回老屋去了。

一會兒後，程家興帶著自家爹娘及兩個哥哥進三合院，把米胖糖分給他們。

「這就是我媳婦做的糖，都嚐嚐吧！」

細碎的幾聲喀嚓後，黃氏第一個豎起拇指，嘴裡吃著糖，含糊不清地道：「這又甜又脆，還不費牙口，比花生糖好。反正過年要買吃的打發孩子，我就買這個，而且外面沒見過，多新鮮。」

父子三人齊齊點頭，瞧著有些興奮。之前沒看見東西，今兒個看過也嚐過，才切實感覺要掙錢了。

程家興這才細說，米胖糖只賣過年這一筆，讓他們準備本錢，算著時候差不多了，會叫他們來拿。

「我跟杏兒商量了，切出來包好，一封賣三文錢。哥哥們拿去後，先商量好價錢，別自己人打起來，要賣四文就都賣四文。」

何嬌杏也出來了，坐在程家興旁邊，聽到這裡，插了句嘴。「我覺得可以訂五文，然後喊著賣，過年啊，買四個送一個，多買多送。」

以前程家興沒聽過這樣叫賣的，覺得新鮮，但一想便明白了，猛誇何嬌杏。一封五文錢，買四個送一個，與一封四文錢並無差別；但人都有占便宜的心，有買有送，賣得會比較多，加上要過年了，多買一點也捨得。

何嬌杏紅著臉接受程家興的誇讚，他誇夠又接著說，還有一個多月，讓哥哥們想法子準備本錢，拿貨總是要銀子的。

程家富跟程家貴聽了，急著回家跟媳婦商量，何嬌杏讓他們把米胖糖帶給嫂子們試吃，又囑咐別拿出去。

兩人應下，揣著米胖糖，匆匆離開。

做爹娘的沒趕著回去，尤其是黃氏，問他倆忙不忙得過來？要不要人幫忙？

「到時候，三餐可能都要煩勞娘，還有裁紙包糖的活兒，說起來簡單，做起來瑣碎。」

黃氏一口答應。兒子跟媳婦要忙買賣，當娘的能幫是得多幫一些。

何嬌杏向黃氏道謝，拉著二老留下吃飯了。

第二十八章

次日，程家興送米胖糖去何家，問了他們的意思。

兩個舅子都想掙這個錢，就怕妹妹跟妹夫要做得多，忙不開。

程家興坐在堂屋裡，端著茶水，邊喝邊說：「我跟爹娘講好了，忙買賣那些天，裡外的事，他們都會幫忙，我跟杏兒專心做糖，趕年前賣了，之後想怎麼休息都成，這買賣本就是看時候做的。」

程家興把話說清楚了，約好日子讓他們來拿，再拿去附近鎮上賣。過年前，大家捨得花錢，能賣得完，不用擔心。

何家兄弟把程家興說的記牢，又要留他吃飯。程家興沒留下麻煩人，趕著要走，何老爹只好串了條草魚讓他提回去。

程家興接下魚，道：「若是爹娘有工夫，也上我那裡坐坐。搬家的時候怕麻煩你們，現在全收拾好了。」

「不用看也知道很好，話都傳到村裡來了。」

何家大嫂抱著閨女在廚房烤火，聽說程家興要走，也出來送。程家興看到被她抱在懷裡的何香菇，養得挺好，長大很多，白白嫩嫩，看著乖得很。

以後也想要個閨女。剛成親沒幾個月的某人突然生出這念頭來，又一想，萬一不聽話，生出個皮猴豈不煩死人？還是再等等好了。

於是，幾人又在院子裡聊了一會兒，程家興才走上回家的路。

何家人站在院子裡目送他，等看不見人了，才轉身進去。

唐氏進了堂屋，剛才她把米胖糖放在方桌上，打算收回屋裡，卻發現少了一封，是東子拆了。

「家裡缺過你吃的？怎麼這麼貪嘴？」

東子委屈兮兮地說：「自從阿姊嫁了人，家裡伙食越來越差，菜還是那些菜，可娘燒出來，也就勉強能入口。」

「那你幹麼勉強自己？別吃啊！」

「我又不是鐵打的人，為什麼不吃呢？」

東子說著，把米胖糖掰碎，分給屋裡人，自己也拿了一塊啃，啃完還覺得不夠，又盯上桌上那些。

唐氏動作更快，先他一步，又罵了幾句，把米胖糖收起來了。

程家興把草魚提回家，一進門便撞見穿著圍裙、在院子裡走動的劉棗花。

「大嫂，妳在幹什麼？」

「你屋子大，我幫忙弟妹收拾打掃。你怎麼提著魚？去河邊了？」

程家興不回答她，轉頭去找何嬌杏，喊她來看，老丈人給了魚呢。

何嬌杏從屋裡出來，接過草繩，看魚已經死了，得立刻下鍋煮了。剛想到這裡，劉棗花已經搬出木盆，還提著殺魚刀。

劉棗花做飯沒多好吃，但收拾雞鴨魚還是會的，大冬天的，能叫財神爺刮鱗嗎？草魚剛落到何嬌杏手中，就被劉棗花奪了過去，蹲在院子裡收拾起來。

一套動作行雲流水，程家興看完都想刺她兩句，鍋碗瓢盆擺哪裡，她倒是熟，可見沒少過來轉悠。

見程家興還瞅著劉棗花手裡的魚，何嬌杏拍拍他，說灶上有熱水，讓他去洗手。

程家興一邊洗、一邊說起何家的事，大概提了幾句，又道走這趟好累，回屋歇息去了。

何嬌杏沒管他，想著做好飯再叫他起床吃，出來和劉棗花一起做飯。

一個殺魚、一個揀菜，兩人手上幹著活，邊閒聊幾句。劉棗花說，幸好賣了一段時日的薯塔，現在新鮮勁兒過去，買賣停了，攢下的那幾兩，剛好當米胖糖生意的本錢。

「對了，我有件事，想跟妳商量。」

何嬌杏讓她說，劉棗花也沒拐彎，直接開口了。「之後妳跟老三在家做糖，應該用不上牛車，能不能借我用一陣子，或者租給我？有車能拉得多些。」

何嬌杏心想，那段時日，自家的確用不上牛車，又想到劉棗花幫她許多，不該推託，遂回道：「應該可以，不過還得問問家興哥的意思，我一個人說了不算。」

「那妳幫我跟老三說說好話。我會好好餵牛，還回來時，包准還是壯壯實實的。」

「行啊，只要他也答應，妳讓大哥來牽。」

何嬌杏沒把話說死，但劉棗花知道，只要她肯，除非程家興真有其他用處，不然就會借他們了。想到這裡，劉棗花刮著魚鱗時還哼著歌，幸虧前陣子掙得幾兩，又趁程家貴夫妻籌措本錢的工夫，先借到牛車。有牛車拉著，總比揹著賣容易，還拉得多。

一會兒後，劉棗花幫何嬌杏殺好魚，回家給男人和兒子做飯去了。

何嬌杏進了廚房，生火燒魚，又炒了菜。把飯菜送上桌後，喊了程家興一聲，聽他答應，便端起分裝出來的魚肉，送去給公婆。

掉頭回來時，看見程家興站在院子裡等她，牽她進屋吃飯。

兩人坐下後，程家興沒急著吃，先把魚肚肉撥給何嬌杏，分好魚才開動，自己淨挑著背脊刺多的地方啃。

何嬌杏看程家興啃了三塊滿是小刺的魚，忍不住挾了塊魚肚肉放到他碗裡。

「妳自己吃啊，挾給我幹什麼？」

「就是想挾給你吃，不行嗎？」

「行！當然行！妳也多吃點，岳父是想著妳，才選了這麼大條，我跟著沾點光，就很好了。對了，今天還看到妳大姪女香菇，讓嫂子養得白白胖胖的。」

「家裡其他人呢？我爹娘還有我阿爺，身子骨兒都好？」

「都穿上厚實棉衣了，好得很呢！」

「剛才你沒細說，年前那買賣，我爹娘跟兄弟是怎麼想的？」

程家興吃了好幾塊魚，又扒口飯，才道：「讓我倆安排好，若能忙得過來，他們跟著賣，忙不過來就算了，不掙這個錢也有飯吃。我說這頭有我爹娘和嫂子幫忙，而且這買賣做不久，辛苦一段時日，錢到手就能歇息，下回買賣還不知道什麼時候開張呢！」

「是啊，做的時候好好做，歇的時候也好好歇。」聽他提到嫂子，何嬌杏想起劉棗花拜託的事。「剛剛大嫂跟我說，回頭買賣做起來，想借我們的牛車，出錢租也可以。」

「妳的意思呢？」

「我說，只要你答應就借。進門後，大嫂幫我挺多的，不好連借牛車都捨不得。」

「那就借唄，不用給錢，把牛餵飽就是。牛餓瘦了，我要找她的。」

何嬌杏點點頭，準備待會兒過去收碗，順便說一聲。「不知道二哥、二嫂籌到本錢沒有？其實只需要準備第一天拿貨的銀子，買賣做起來，後面自然有錢。籌一、二兩應該不難，不過他們好像沒什麼現銀，不知道會不會向咱們開口？」

程家興說不會。「咱們要做批發生意，帶誰都是帶，可二哥會覺得受了提攜，哪怕有困難，也不會來煩我，而去想其他辦法。之前分家時，老四也得了一筆錢，我猜二哥會找他借，順便把這買賣說給他聽。

「其實，前陣子找老四訂做模子時，我就提過了，他反覆思量，說以後要做模子可以再找他，不想摻和買賣，還是打算踏踏實實做木工。要他丟了木工活，跟我做生意，他不肯，覺得不是自己的能耐，掙著錢也不安心。」

何嬌杏點頭，這麼想也沒錯。如果程家旺真的離開袁木匠，等於放棄了木工那行，吃了許多年的苦，沒道理放棄。木工學得好，以後比種地好過，不說掙得多厚的家底兒，至少不會短了吃喝，是能養家餬口的手藝。

另一邊，果真如程家興夫妻所想，程家貴沒現銀，想做買賣，只有兩條路，要麼找人借幾兩，要麼和程家興說一說，看能不能賒一天貨，賣了回來補錢。

周氏的意思，他們沒有可以開口借錢的人，乾脆跟程家興商量，幾兩銀子對別人來說很多，於程家興只是九牛一毛而已。

但程家貴不肯，還說她。「妳也看得出來，這買賣給誰做都能掙錢，三弟指了條亮堂堂的發財路，我還告訴他沒本錢，叫他賒貨給我？這不像話。」

周氏回嘴。「說是這麼說，但除了老三，咱們還有一口氣能借到三、五兩的親戚？」娘家不可能，劉棗花有錢也不會借她，那只能跟婆婆說了。

「娘手裡捏的是老四的銀子，我去趟袁木匠家問問他，如果他也想做，現在和老三商量還來得及。」

「那你可得好好說，我們借幾天，年前肯定還錢。」

「我知道，妳放心。」

程家貴說得篤定，加上程家旺性子爽快，哪怕在家待的時日不多，周氏知他為人，便不再擔心本錢，轉頭琢磨起其他事。程家興夫妻能趕出多少貨？米胖糖夠不夠分？他們該批多少去賣？哪怕知道是掙錢買賣，但到底有多賺錢，她心裡沒譜。

伏天時，程家興跟蠻子、朱小順賺瘋了，掙回來的銀子又蓋房、又買牛，都還有剩。後來劉棗花也做起買賣，掙了錢，但薯塔的生意跟他們的比起來差太多。她琢磨不出米胖糖的生意會是極好還是普通，想到之前劉三全賣花生的悲劇，打算第一天還是少拿一點，裝一背簍賣賣看。

周氏想得比劉棗花多，同樣是做買賣，劉棗花聽說以後，一拍大腿，恨不得把手裡本錢全投入了，還去借牛車，生怕賺得少。

她會這麼做，是因為信任程家興夫妻，用她的原話說就是——不聰明，主意就別那麼大，多聽財神爺說。

冬天比伏天容易存放吃食，何嬌杏和程家興提前一天忙開了，第二天清早起床又接著做米胖糖。

黃氏待在堂屋，拿著裁好的油紙包了一早上，身邊一筐筐的全是糖，邁過門檻進來，都能聞見一股甜香味。

程家貴聽周氏的話，也覺得謹慎點好，先拿一些賣賣看，但過來一看見這樣的排場，頓時驚了。

「這麼多？是把明天的分都備上了？」

程家興聽見他的聲音，從廚房出來，甩著手道：「明天的還在灶上，這是今天要出的貨，每筐二百五十封。大嫂讓你們先拿，剩下的她全要。」

清早，周氏還沒忙完活，聽說出貨了，便過來看看，正好聽到這話。

「全要？大哥也同意？那麼多怎麼運出去？能賣完嗎？」

程家興知道怎麼回事，拿貨順便收錢，沒閒心解釋。

也用不著解釋，劉棗花已經把牛車牽過來，喚程家富搬貨。何家那頭挑走四筐，程家貴想想，要了兩筐；剩下八筐，足足兩千封，全讓劉棗花買走。

見米胖糖搬上車，劉棗花想跟程家富去賣，又怕出去一天，家裡沒人幹活。

「大嫂，妳照我媳婦說的吆喝起來，這點貨賣不了一天，你十封、我二十封的，一下子就沒有了，又是趕牛車出門，說不定午後便能賺錢回來。」

劉棗花聽了，立刻道：「那我去了，下午回來再幫弟妹幹活。」

程家富一呆。「我們不是說好了，我去就是……」

「只挑一擔是可以，但這麼多貨，你顧得過來嗎？」劉棗花不跟他多說，結了錢出門。

程家富裹緊棉襖，趕緊追上去。

這下大家都看出來了，大房是劉棗花做主，想想也是，本錢全是她掏的。

周氏見狀，問程家貴一個人行不行？

程家貴剛把兩筐米胖糖拴在扁擔兩頭，挑起來掂了掂，說可以。

「我顧得過來，妳在家幫襯娘跟三弟妹就好。」

於是，程家兄弟先走，何家人又跟何嬌杏說了幾句話，這才挑起擔子，出門賣糖。

等賣糖的人全走了，負責包糖的黃氏懸著心，兒子們一刻沒回來，心都放不下，默唸阿彌陀佛，求觀音娘娘、財神爺保佑，這買賣千萬要順順利利的。

黃氏從清早念叨到中午，吃過午飯之後，他們稍稍休息一會兒，正要接著忙，挑著兩個空筐子的程家貴回來了。

他先將竹筐放好，才把錢簍子遞給聞風趕來的周氏。

黃氏走到簷下，問他買賣如何？

程家貴接過黃氏遞來的水，喝了兩口，說他多數時辰都用在趕路，到了鎮上，卸下擔子，拆兩封給人試吃，不一會兒就賣完了。

「鎮上的人沒見過這種糖，問叫什麼名字，還問我是不是從外面學了手藝回來做的？很多人沒買到，問我明天去不去，叫我多帶一點。」

周氏問他怎麼賣的？一封多少錢？

「我照三弟妹說的，五文錢一封，買四個送一個。結果沒人一封封單買，最少都要四封，還有一口氣買四十封的，賣起來真是太快了。」程家貴說著，把碗裡快涼掉的水喝完，感慨一聲。「今兒我才知道，錢能這麼好掙。」

黃氏在心裡算了算，程家貴拿兩筐，一封掙一文，如此賺了應該有半兩銀子，難怪說好掙。

「老二，你歇會兒吧，歇好挑幾擔水幫老三裝滿水缸。米胖糖做起來，灶上沒歇過火，水用得快。」

程家貴聽了，這就要去，說不用歇。「我想到今兒個掙的錢，有勁得很。」走出堂屋，風風火火挑水去了。

周氏見狀，跟黃氏說了一聲，回老屋點錢。

一進屋，周氏立刻摀住胸口，之前他倆存疑，如今虧大了。今兒兩筐就掙了半兩，劉棗花拉了八筐出去，豈不是賺瘋了？應該也有二兩。

明天不能再這麼便宜劉棗花，得多要幾筐。周氏想到這裡，連錢都顧不得點，鎖好門，又跑回程家興的三合院。

周氏再過來時，何家兄弟也賣完了，把筐子還回來，站在院子裡歇了會兒，何大哥便先拿錢回去，順便告訴爹娘買賣做得好，可以放心。

至於東子，以前經常給何嬌杏打下手，看時辰尚早，不急著走，上灶幫忙去了。

出去的三批人裡，最後回來的是趕著牛車的程家富。

今天劉棗花難得大方一回，在攤子上買了幾個大肉包，一下車便往灶上衝，說要給何嬌杏熱包子吃；還不只這樣，院子裡的人都能聽見她大呼小叫的聲音。

「三弟妹，妳真是我的財神爺啊！我們這生意真是太紅火了，我照妳教我的一吆喝，大家果真搶著買。我又要數糖、又要數錢，忙都忙不過來，早上帶的餅子也沒顧得上吃，回來的路上才啃了。這真是神仙買賣，之前我一個月才掙二兩多，今天收著錢，都嚇死了。」

聽劉棗花喳呼個沒完，黃氏故意抬高嗓門，說一忙起來，衣裳沒人洗呀！

劉棗花聽見這話，又跟風似地從廚房裡跑出來。

「我去洗，你們接著忙，這些雜七雜八的事交給我。」她說完又喊程家富。「你先去餵牛，再找屠戶，把咱家那頭豬賣給他，之後我跟你做買賣，沒空伺候，過年直接買肉。」接著對何嬌杏道：「三弟妹，我把肉包子放在灶臺上，妳餓了，熱一熱就能吃。」

自從劉棗花回來，那張嘴片刻沒停歇過，別說程家上下，連經過村道的人都能聽到她的說話聲，全停下來問程家興是不是又做起買賣？賣些什麼？

周氏剛過來，沒來得及跟程家興提牛車的事，就讓劉棗花的聲音制住了。

等劉棗花端著髒衣裳出了門，她才忍著心痛，喊程家興。「老三，你們家那牛車是不是也能借我用用？我們跟大哥、大嫂一人一天行嗎？」

程家興說：「妳跟大嫂商量，大嫂答應就行。她一個多月前就跟我媳婦說好了，現在不好直接轉借給妳。」

因為有黃氏鎮著，妯娌倆才沒天天吵架。她去跟劉棗花商量，能有好結果才奇怪。

周氏想了想，想趁劉棗花洗衣裳時，去求程家富，心道只要他點頭，劉棗花還能說不要？牛車拉的貨多，一人用一天，才叫公平。

可是，她回頭卻沒看見程家富，一問才知道，程家富拿下車套子，把牛牽出去了。剛進門的程家貴說：「大哥餵牛去了，我挑水回來正好撞見他，讓我累了就歇會兒，若水還不夠，他回頭再挑兩擔。」又問周氏。「妳找大哥幹什麼？」

周氏拉著他往旁邊站，小聲道：「我想問牛車的事。」

「妳想借牛車啊？那應該跟老三說吧！」

「我跟老三提了，他說早答應借給大嫂，不好收回來借我，讓我自己跟她商量。自上回的事後，我跟大嫂就沒好過，幾次跟她打招呼，全當沒聽見，肯定商量不出結果，才想問問大哥。大家都想用牛車，一人一天，不是正好？」

要是沒有提前講定，確實正好；可牛車已被劉棗花借走，這時再說，不太合適。

「別找大哥了，他們先借的，我們現在說要用，叫他們讓出來，不占道理。我去朱家問問。」

程家貴說完，便出門了。

朱家的車是程家興操辦喜事時，朱小順去買的。程家貴想著，以程、朱兩家的關係，只要朱小順不用，應該不難借到。

他還沒走到朱家門口，就遇見朱小順，還先打招呼，問他怎麼在這裡。

程家貴順勢說了。「我是來找你的。」

「找我幹什麼？」

「想問問你家那牛車……」

程家貴還沒說完，朱小順便搖搖頭。「牛車租出去了。有人蓋房子，向我租車拉泥瓦木料，還沒還呢！」

「那他們大概要用到什麼時候？」

朱小順攤手，這說不定，反正租一天得給一天的錢，他也不急，春耕前能收回來就好。

「這陣子，家裡安排我相看媳婦，沒能見著程哥，剛才聽說他又搗鼓了新買賣，想去瞅瞅，既然遇上二哥，那你跟我說說吧！」

程家貴說是米胖糖，他們跟何家人一起賣的，今兒是第一天。

「生意怎麼樣？」

「我挑一擔出去，賺了半兩，才想跟你借牛車，明天多拉些出門。」

朱小順聽著，在心裡盤算，這利潤沒有之前賣肉絲的好，猜到程家興收到的鐵定不只這些，又聽說何家人也摻和進來，本想過去碰碰運氣，這下打消了念頭，只好奇他們賣什麼糖，讓程家貴等他回去拿錢，想跟著去瞧瞧，買個新鮮。

第二十九章

一會兒後，朱小順成功得見米胖糖真顏。程家興跟他交情好，順手塞了一封過去，讓他吃吃看。

朱小順啃了一口，點頭道：「這可以啊！沒外面那些糖膩人，吃著不費力也不黏牙。怎麼賣的？我買一點回去。」

「自己人，算你一封三文錢。」

「那來個十封，吃完我再來買。」

「對了，前陣子我去何家，聽說你堂嫂要把她娘家妹子介紹給你，說成了嗎？」

朱小順聽了，直擺手。「我堂嫂不可靠，她妹長得歪瓜裂棗。我跟你發了筆財，也算小有家底兒，如今要錢有錢，要牛有牛，幹麼這麼委屈自己，不得選個好的？」

程家興拍了拍他肩膀。「你心裡有數就行，別挑過頭了。」

「原先別人也這麼勸你，程哥不是說娶媳婦就得合心意，瞧不上還要天天一起睡，不噁心人？」

程家興整了整身上新做的棉襖，道：「我這模樣，我這能耐，你小子比得上？」

「比不上比不上，可哪怕不找嫂子這麼好的，也得娶一枝花啊！」

朱小順說著，又問到鸞子，他最近在幹什麼呢？都沒見到人。

「不也跟你一樣，忙著看媳婦。人窮的時候想著掙錢，有點錢了，不成個家？」

老朋友一見面，好像回到以前並排躺在小土坡上混日子的時候，閒聊起來沒完沒了。

廚房裡，何嬌杏忙完，打發東子回去，在竹林邊找到程家興。看他跟朱小順縮著脖子閒扯，便笑咪咪地走過去。

「朱小順怎麼在這兒？」

「我來買米胖糖。」

「我幫你拿，你把程哥還給我。灶上活等著他幹，這混蛋尋著由頭溜出來了。」

這句話成功地讓朱小順回想起從前，黃氏找不到程家興，就出院子喊人，隔得老遠都能聽見她吼——程家興你這小兔崽子又跑哪兒去了?!

朱小順差點沒忍住笑，道：「程哥跟嫂子忙吧，我找嬸子拿完糖，就回去了。」打過招呼便走了。

看人走遠，何嬌杏瞪程家興。「你怎麼跟人聊起來就沒完沒了?!」

「有段時日沒見到小順，多問了兩句。妳別惱，我這就做事去。」

程家興說完，牽著何嬌杏，回了自家的三合院。

這時，程家貴也把沒借到牛車的消息告訴周氏，說之後還是只能挑擔出門。

「那咱們多虧，大嫂每天拉一車賺二兩，你挑一擔掙半兩，差多了呢！」

「是我倆事前沒想到，現在臨時想借不好找。」

「那還是照我說的，你跟大哥商量看看。」

程家貴覺得這事不妥，大哥或許會讓他，可大嫂不鬧嗎？那車還是大嫂去借的呢！他想著，不如找兩個大筐子來，多裝一些，米胖糖也不壓秤。

他剛要開口，就看見程來喜從地裡回來了。

黃氏站起身，反手在後腰上捶了兩下。「你洗個手，也來幫忙包糖。我去地裡拔兩棵菜做晚飯。」

程家貴聽見，讓黃氏歇著，叫周氏去。

「算了吧，她不也忙？拔菜而已，我坐了半天，正好出去走走。」

黃氏拿了把小彎刀出去，瞧她走遠，程家貴才問周氏。「娘怎麼了？我不在時，妳惹她生氣嗎？」

「沒有啊，你出門後我就忙著幹活，看你回來才過來，今兒還沒跟娘說到話呢！」

「那妳沒順手幫娘做飯、洗碗？」

「現在娘天天幫老三的忙，飯也跟他們吃，哪輪得到我做飯？你出去賣米胖糖，家裡跟地裡的活得由我來幹，我從早上忙到現在，還沒把活幹完，中午只隨便吃幾口而已。我想著，是不是也跟劉棗花一樣，把豬賣了，自己殺，你一塊、我一塊的，還能有剩。」

程家貴點頭，現在的確養不過來，賣就賣了。「待會兒屠戶過來，我把咱們那頭一起賣了，以後妳不做豬食，就能去幫幫娘。」

「我想跟你一起去賣米胖糖，沒牛車，咱們一人挑一擔，多賺些。掙了錢割肉給爹娘吃，不比幫忙洗碗、做飯來得實在？」

程家貴聽了，沒馬上答應她，只說再看看，不再多提這件事了。

晚上，何嬌杏趴在床上讓程家興幫她按摩，按舒服了，才從他手中把一天賺的錢拿過來，點清楚了，再鎖進錢箱裡。

「批發生意掙錢是快，食材跟配料雖然要本錢，但掙的利潤應該超過一半吧？」

程家興點頭，說不只一半。哪怕花生、芝麻、白米、糖塊不便宜，也沒那麼貴，尤其炒膨起來的吃食根本不壓秤，今天拉出去那些，本錢也就十之一二。

這話，程家興只跟何嬌杏說，沒跟其他人交底。做買賣就這麼回事，又不是行善積德，費了大力氣，總是要掙錢。下家都幾兩的賺，他能比下家賺得少嗎？

剛才何嬌杏點錢時，程家興把用棉布套子包起來的湯婆子塞進被窩，才一會兒，被窩已經暖和，趕緊讓何嬌杏上床，看她躺好了，才吹熄燈上床。

前段時日，兩人天天胡鬧，近來忙生意，程家興怕把媳婦累壞了，很是克制，晚上陪著數錢、幫忙按摩，多數時候都忍著。

哪怕不是財迷，看著一筆筆親手掙回來的銀子，兩人還是很滿足。

之前為了蓋新房子，何嬌杏的錢箱子空了很多，最近又一點點充盈回來。

買賣做了五、六天後，裡外的活，大家都做順了，該幹什麼不用人喊。看黃氏天天替他們包糖，何嬌杏跟程家興咬了回耳朵，說爹娘幫這麼多忙，直接給工錢不合適，一文錢不給更不合適，不然藉著過年送孝敬的理由，多給一些。

程家興同意，心裡明白，爹娘出這麼多力，不光想著他，更多時候是覺得他跟何嬌杏虧了自己來提攜兄弟。哪怕他說批發就是這麼做，沒有刻意讓利，爹娘還是那麼想，認為他倆不容易，想多幫一些。

做父母的把四個兒子揣在心上，看著大家都在掙錢，最是高興。

買賣做到臘月二十九才停，程家興他們提前一天做糖，忙到二十八日就歇了，沒顧得上收拾傢伙，當夜早早上床，睡了個夠本。

次日，賣糖的人去忙最後一天生意，程家興悠悠哉哉地吃完早飯，就讓何嬌杏打發去收拾屋子了。

之前忙，今天黃氏幫他們把三合院打掃了一遍，蠻子請人寫了福字春聯送來，還有一掛香腸、兩塊臘肉。朱小順家在年前殺了豬，過來請程家興去吃刨豬湯。

程家興累了兩旬，歇下來連門也懶得出，烤著火說，今兒何嬌杏也要燒幾道大菜，就在家吃，哪兒也不去。

「你自己多吃點吧！對了，我留的糖，你帶一點回去。」

「那多不好意思。」

「你跟我客氣什麼？剛才蠻子過來，我也給他了。他看我忙著做糖，沒做香腸跟臘肉，提了些來。杏兒說他家香腸做得挺好，是用柏樹枝燻的，吃起來香。」

朱小順本想把程家興夫妻請去吃一頓，再讓他提塊肉走，孰料程家興看起來是真的挺累，懶得出門跟人敷衍客套，便閒扯了兩句，收下他塞過來的米胖糖，回去了。

一會兒後，朱小順又過來，提了一條豬腿和肋排送給他們，剛好何嬌杏煨在灶上的雞湯煮好了，喝了一碗才走。

程家興也想喝湯，伸手去拿碗，卻被何嬌杏打了下。「先給爹娘端去，把孝敬一併送了，回來再吃。」

何嬌杏把洗好的缽子放在灶臺上，讓程家興裝湯，自己回屋拿五兩銀子，用手帕包著塞給他。

程家興經常收錢、數錢，掂掂就知道大概有四、五兩，揣進懷裡，道：「我媳婦孝心好，出手就是一頭豬。」

「這陣子爹娘跟著忙前忙後，也辛苦了。」

程家興笑了笑，端著雞湯出門了。

這時，程來喜站在院子裡跟人閒聊，黃氏待在裡屋，聽說程家興送湯來，才出門瞧瞧。

「不是跟你說了，買賣停了，我跟你爹就不上你那裡吃飯，你又趕著端什麼東西來？」

「雞湯啊，下菌子燉的，幫您擱桌上。」

程家興說著，放下缽子，從懷中拿出手帕包的銀兩，遞給黃氏。

程來喜進屋，看他拿著東西往黃氏手裡塞，問了一句。

黃氏過手就知道個大概，還是打開來瞧，見果然是銀子，要還回去，但程家興不接。

「這是今年的孝敬，娘收下吧！都到年關了，我實在懶得再幫您和爹做新衣裳、辦年貨。您拿著錢，想吃什麼、穿什麼，自己買去。」

「太多了，我知道你這兩旬掙了不少，也不能這麼大手大腳，幾百文就夠了，一下給五兩，你媳婦兒怎麼說？」

「就是我媳婦兒的，您還當我手裡有錢啊？」

黃氏傻了。「是杏兒提的，不是你去找她商量？」

程家興點頭。「是她踹我出來送湯、送錢，要不我站在院子外喊一聲就完事。娘別多想，我媳婦不是錢鬼，都是商量好的。您收下，想買什麼就買去，暫時沒處花，捏在手裡也行。」

聽他這麼說，黃氏才收下，又道這陣子程家富夫妻每天都有二兩左右的進項，加一加，應該賺了將近四十兩吧？

程家興心裡有數，差不多是這樣沒錯。「這不挺好？年後大哥就可以把新房子蓋起來，以後再存點錢，還能把鐵牛送去學幾個字。」

說到這裡，黃氏嘆口氣。「咱們村裡沒有夫子，要不是家境特別好，誰也不會費大力氣把人送去讀書。種田的有幾個人能靠讀書翻身？可說是這麼說，當初要是有能力送你去讀，你這樣聰明，沒準兒真能讀出點名堂來。」

程家興擺手。「會做買賣不等於會做學問，我說讓鐵牛去學幾個字，是指望家裡人能看懂書契，別遇上事，便隨便被人騙了。不過眼下說什麼都嫌早，他這年紀，獨自出村上學，誰能放心？再過兩年吧！」

程家興說到這裡，讓黃氏把孝敬錢收好後，轉身回家喝雞湯了。

他走了一會兒，黃氏才想起，提到老大家掙了四十兩，是想探探程家興。誰都有好奇心，黃氏也想知道他掙了多少，結果話被蓋房子跟讀書、認字帶偏題了，回過神，早不見程家興的蹤影。

不過，程家興能拿出五兩當孝敬，掙的總不會少，應該有百來兩吧？

想到這裡，黃氏高興起來，日子想過得紅火，不能只靠爹娘使勁，還得兒子有本事。

程家興做生意後，家境很快好起來，原先一年到頭只靠賣豬、賣糧換錢，到手的還不能全攢下。不說衣食，兒子們長大了，娶媳婦包括添丁的開銷都很大，之前家裡有二十多兩積蓄，全是黃氏從牙縫裡省出來的。

早年掙錢真難啊，如今吃好喝好，銀子還能嘩啦啦往錢箱裡掉，雖然要受點累，但那不算什麼。

黃氏把銀子收好，估算著，這兩天程家旺該到家了。今年沒殺豬，她得去找屠戶，買點肉回來。

不光黃氏這麼想，幾個媳婦也在琢磨怎麼過年。

何嬌杏那頭且不說，她先收了蠻子家的香腸、臘肉，接著又有朱小順家的豬腿跟肋排。年三十當天，何家兄弟上門，又抬來一桶鯉魚，養在屋簷下那兩口防火招財的大水缸裡。

何家兄弟掙的的確沒有趕牛車出門的劉棗花多，但也得了二十來兩，全家都很高興，樂呵呵過著肥年。

年三十沒有在別家過的道理，把鯉魚送來後，兩兄弟趕著回去，臨走前跟程家興打招呼，讓他好生歇幾天，不用急著帶何嬌杏回娘家。

「不是全為你們考慮，新年頭一、兩天，誰都不想出船，等初五後吧！」

程家興說知道了，何嬌杏又拉著他們念叨一會兒，讓兩人給阿爺以及爹娘帶話，又是塞糖、又是塞肉，才把人送走。

何家兄弟才走，大哥、大嫂便上門，不光人來，還提了兩隻雞，又揹了粑粑、花生、瓜子這些零嘴。

雞是劉棗花提的，其他都給程家富揹著，打過招呼就去堂屋卸貨。

對這狗腿做派，程家興都麻木了，也懶得招呼，待在一旁看著。

何嬌杏跟她說話，問她什麼時候做粑粑的？花生、瓜子拿太多了，吃不完啊！

「都是買的，這陣子我忙得很，哪有工夫做？妳別怕吃不完，想想看，妳家日子紅火，來拜年的人少不了，總要拿東西打發他們。這兩天鋪子還開著，我趕著去買了點，今天一過，後面誰做生意？再想買，怕買不著。」

劉棗花跟何嬌杏閒話，說炸薯塔、賣糖和豬賺的錢加起來，手裡有五十兩，明年看幾時得空，把房子蓋起來。年後這幾天要是不動工，春耕、春種一忙，就要秋收結束才好請人。

「我們過完年，還準備鑿井，家興哥跟師傅說好了。原先我跟家興哥住在老屋，是有點擠，如今我倆搬出來，你們住著寬敞，只要少跟二嫂吵，要住多久娘都高興，不會攆人。」

「不是我想跟她吵，我倆處不來，看見她就煩，當面對我笑咪咪，心裡卻不知道是什麼想法。妳進門晚不知道，以前我笨，被周氏蒙在鼓裡，後來想明白了，她這人慣會裝蒜，我倆吵架，就我挨罵，大家都信她。

「這套原先好使，但現在分家，不好使了，雖然住在一個屋簷下，還不是各過各的，搞那些鬼名堂，制得住誰？之前做買賣，她還跟娘說我有牛車用真好，可憐他們要挑擔出門。」

何嬌杏本來沒上心，當閒話隨便聽聽，聽到牛車時，才插了句嘴。「還有這回事？娘天天過來幫忙包糖，我都沒聽她講。娘怎麼說的？」

「娘說，天上不會掉銀子，要發財就得吃苦受累，還讓她多做幾道肉菜給老二補補。姓周的最怕別人說她，哪怕心疼，也燒了兩天肉。」

劉棗花自己掙了錢，也給財神爺補了孝敬，正高興呢，想起這年分了家，問何嬌杏。「三弟妹，今年妳打算給爹娘送什麼孝敬？」

「錢啊！」

「妳給多少？」

「五兩。今兒家興哥已經送去了。」

劉棗花立刻摀住胸口，程家興發達之後就這點不好，把標準抬得太高。

何嬌杏看她按著胸口、喘不上氣的樣子，問怎麼了？

劉棗花一臉生無可戀。「妳娘家也分了，應該知道，像公公留了田宅的，就是吃食不要兒子照管，給孝敬只是過年錢。你們一出手便是五兩，太多了。」

何嬌杏心道，他們已經考慮過兄嫂，怕兩邊差太大，才送五兩，結果還是多了？只得衝劉棗花笑了笑。

「兒子孝敬爹娘，不是為了跟人比較，咱們有多大能耐，使多大力。我跟家興哥先搬出來，平常幫不上爹娘，甚至還要爹娘反過來幫我們，多送點錢也應該。大嫂你們還跟爹娘住在一起，平時多幫襯些，未必要給許多錢，妳覺得呢？」

是有道理，可劉棗花想想，她忙起來也沒替公婆做事，比何嬌杏就好那麼一丁點，沒讓婆婆反過來照顧她。本來想著，過年送半兩孝敬，心意很足，聽說三房給五兩，半兩就有點少，遂咬牙添了，送了二兩。

何嬌杏隨劉棗花走了一趟，拎了兩條活鯉魚過去。

過年總要吃魚，這兩天娘家的活魚買賣旺得很，難為兄弟們還給她抬了一桶來，自然要分些給公婆。

程家分了家，但雙親尚在，除夕還是要一起吃頓飯。

黃氏知道程家興懶，也不喜歡別人麻煩他媳婦，便沒把年夜飯辦在他家新蓋的三合院，讓他們過來老屋吃。

奉親娘命的程家興，把事情想得特別美，除夕夜要守歲，打算下午先抱著媳婦睡一覺，天快黑再過去。

何嬌杏聽他說完，笑得春風和煦，還讓他重複一遍。

「我說，今晚睡不好了，咱倆下午先歇一覺……啊！」話還沒說完，一隻白嫩的手伸進衣裡那麼輕輕一捏，程家興什麼瞌睡都沒了。

第三十章

傍晚，程家興和何嬌杏提著肉跟菜去了老屋。

程家興在前面開道，邊走邊說：「杏兒什麼都好，要是把能動手就不動口的毛病改改，就是十全媳婦。」

「是這樣？」

「當然是啊，我還能哄妳？」

兩人走過一條窄路，瞧前面可以並行，程家興停下來等她，還用期待的眼神看過去。

何嬌杏回應了他的期待，表示一介凡女，九全也就夠了。

「我不知道自己在你心頭有這麼好。當初你到河邊買魚，一眼就看中我了，沒皮沒臉地貼上來，是看中我這張臉吧？」

程家興哄媳婦的經驗是不太夠，但反應好，一聽這話就覺得不妙。

大過年的，媳婦這話問得太要命了。要說是吧，腿可能被打斷；要說不是，一見鍾情不是看臉，難道還能看出道德、品行？騙鬼都不信。

何嬌杏等了一會兒，看程家興冥思苦想，問他。「編出什麼說詞來了？」

「什麼編不編的？我是在回憶當時的心情。」

「那當時是怎麼樣的心情，讓你冒著可能娶回河東獅的危險，去討好我爹，求他點頭把我許配給你？」

「當時確實是見色起意，那天我在河邊看見妳，天啊，那模樣、身段，就是我想娶的媳婦。」程家興說著，嘴巴還吸了一下，回過神來，趕緊往旁邊跳開一步，以免挨打。

「我承認，起初是看臉的，一來二去後，就各方面都喜歡。妳不也是一樣？那會兒我在漁船上，說要去妳家提親，妳都沒踹我下水，還不是看我英俊偉岸，捨不得下腳？」

何嬌杏把目光從他身上收回來，繼續往前走，邊走邊說：「是怕踹下去沒人救，淹死了你，我得揹條人命。」

「嘿，妳小瞧了妳男人。我記得當時阿爺跟我打招呼，還問我怎麼有段時日沒下河，妳能不知道我水性不錯？」

「不是接你過河之後才說的？」

「那妳知道了，怎麼沒給我補上一腳呢？」

程家興明擺著不信何嬌杏的話，堅定認為，當初她跟他一個德行，都是見色起意。

何嬌杏當然不會承認，非但不承認，還假笑地道：「像我們這種九全女人，哪幹得出把人踹下河這種事？」

「那妳說說，那會兒我要什麼沒什麼，費婆子去作媒，妳怎麼沒一口回絕？」

「不是你說動了我爹，讓我爹點頭？」

「妳要是瞧不上我，岳父能點頭？」

眼看要到老屋了，何嬌杏停下來，衝他勾了勾手指。

程家興低頭，何嬌杏擰上他右邊耳朵，揉了一把，才道：「話那麼多，你找爹聊去吧，我上灶幫忙燒菜。」

她說完，接過程家興提著的肉，往升起白煙的廚房去了。

何嬌杏來之前，黃氏正跟剛到家的程家旺說話，劉棗花與周氏待在廚房裡。因為是年三十，妯娌倆沒吵架，卻是悶頭做自己的，互不搭理。

何嬌杏進廚房後，三人才說起話來，講到孝敬的事，周氏問她給多少，何嬌杏照實說，給了五兩。

周氏在切菜，聽了便停下手。「我跟家貴掙得少，還要蓋房子，拿不出那麼多，想著跟一般人家孝敬就好。」

劉棗花在揉麵，不想理她。

何嬌杏不覺得有什麼，各家情況不同，心意盡到就得了。

於是，周氏轉頭問劉棗花。「我拿不準，想著咱們兩家處境相似，大嫂說該給多少。」

「妳以為我摳門兒，一定不會多給，頂多三、五百文。妳比照我的數，既不用多給錢，還不用揹惡名，人家說起來，全都能推到我頭上，到頭來是妳成全了我的面子，不敢超過做大嫂的，是不是？」

周氏聽了，提著刀的手一抖，差點切著自己。「大嫂，妳把我想得太壞了。」

劉棗花又揉了兩把麵，轉過身來。「妳非要知道，我告訴妳也行。剛才我就把孝敬錢送過去了，足足二兩，娘很高興，還誇了我。」

劉棗花的確了解周氏，周氏想比照大房，就是吃準劉棗花為人吝嗇。當初她為了攢錢，能省吃儉用到把男人餓暈，會給爹娘多少孝敬？最多三、五百文。沒想到，這回她捨得拿出這麼大筆的錢。

五兩銀子對程家興來說不多，大概能割百來斤肉，哪怕過年這陣子肉錢多些，八、九十斤還是有的。

過年送孝敬，用得著這麼多嗎？村裡給十斤肉的都稱得上孝子，程家興太誇張了。

後來，周氏煎熬了，為孝敬的事煩惱起來。

真要比照二兩的數？還是折半？她是二房，且前段時日做買賣，牛車給大房用，自家天天挑擔出門，十分辛苦才掙了二十來兩，差了快一半；又怕被人說話，心裡像被油煎似的。

給少了沒臉，比照又心疼。周氏只得尋個機會，把程家貴叫到一旁，偷偷告訴他，大房孝敬了二兩，三房給五兩，想聽他怎麼說。

程家貴說他沒本事，學不了三弟，比照大哥的給吧！分家後，他們沒幫很多忙，也沒給幾回孝敬，趁過年補上也好，總得讓爹娘知道，哪怕分了家，兒子還是孝順，能靠得住。

周氏猶豫。「二兩，是不是太多了一點？加上賣豬的錢，我們手上也才二十幾兩。咱們要蓋新房，以後還要生孩子。」

程家貴皺起眉。「話不是這麼說。老三帶我掙了二十兩，我連二兩都捨不得給爹娘花，我成什麼人了？哪怕沒掙這二十兩，咱們也要過日子，如今多掙了這錢，還能過不下去？」

男人這麼說，周氏辯無可辯，只能忍著心疼，掏出二兩銀子。

堂屋裡，看周氏給了錢，一直絮絮聒聒說個不停的程家旺想起來，也掏出錢袋。

黃氏打開一看，問：「你不是在當學徒？哪來的錢？」

「這個啊，是三哥送上門給我掙的，之前幫他打了許多東西。」

「那袁木匠沒說什麼嗎？」

「三哥蓋房子時，就讓我師傅掙了一筆，後來這點，他還能跟我計較？」

黃氏才放下心，笑說她過個年還發了筆橫財，手裡一下多出十來兩。

程家興跟個大爺似地坐在旁邊，讓黃氏放心，道日子會越過越好，往後孝敬只會更多。

幾個兄弟聽了，齊齊點頭，都說沒錯。

四兄弟說得起勁，剛才送完孝敬出去的周氏卻摀著胸口。十來兩的孝敬還少，以後要給更多？聽了差點背過氣去啊！

這個年，對周氏來說是災難，開端就是這二兩孝敬錢。

除夕夜自不必說，人是難受過來的，初一也不舒服。到了初二，依照本地風俗，除非極為不睦或十分不便，外嫁女都會在這天提點東西回娘家。

何嬌杏得了囑咐，想著初五後再挑個晴天回去，就沒大清早地從熱被窩裡爬起來。

劉棗花跟周氏的娘家都在村裡，天不亮，兩人便打扮起來，不光換上平常不大穿的體面衣裳，連頭髮都用桂花油抹得平平順順，梳得規規矩矩。

年末到底掙了筆錢，回去不能表現得太寒酸，可周氏的心情還是複雜。往常因為沒生孩子，她跟其他婦人湊在一起時，不太說得上話，如今雖還沒有消息，但有點錢總硬氣些。很想讓人高看，又怕被人惦記，要是以為她發了大財，以後誰家缺錢全來找她，可怎麼辦？

假如程家貴是程家興那種性情，任誰來說，不給臉就不給臉，她也不用顧慮這麼多；偏偏程家四兄弟裡，跟程家興最像的是程家旺，上面兩個做哥哥的，遠沒有那麼精。

程家貴總為別人著想，好說話。周氏不敢跟他一樣，尤其分家之後，喝口水都得自己去燒，費的也是自家柴火，不精打細算，遲早坐吃山空。

這麼盤算下來，她回去這趟，還不能擺闊。

周氏想了想，提了一籃雞蛋，又拿了點米胖糖，打聲招呼就要出門。

媳婦回娘家，男人去不去都行，程家貴在陪兄弟和陪媳婦之間考慮了一下，怕周氏回去遭人嘲諷，還是跟著去了。

周氏把雞蛋交到程家貴手裡，他小心提著，笑道：「往常岳父他們總是不放心，分家以後也怕我們過得不好，這次回去，得好生和他們說說，咱倆也算把日子過起來了。」

周氏點點頭，想到她擔心的事，停下來叮囑程家貴。「才掙了二十幾兩，不是什麼大錢，你別吹噓過了，讓人以為咱們吃不完、穿不完。」

「我知道。可就提點雞蛋、拿兩封糖，是不是少了點？出門時該抓隻雞的。」

「剛剛才叫你別瞎顯擺。」

「也不是顯擺，那不是妳爹娘嗎？說是同村見面容易，但像這樣特地回去看他們，一年才一回。」

「誰家都是這樣，拿點糖跟蛋而已。你別瞎想，趕緊走吧！」

周氏說著，催促程家貴往周家去了。

周家人倒沒嫌棄周氏的禮薄，還親親熱熱地招呼，拉著她說了許多話，中午又煮了臘肉來吃。

男人那頭暫且不說，女人家聊天說的就是那些：要麼說婆家，要麼是錢，或者孩子。

這趟回來也差不多，周家女眷問了周氏跟劉棗花、何嬌杏處得怎麼樣，然後提到前段時日的買賣，旁敲側擊，想探出她掙了多少。

周氏擺手說不能比。

「你們每天賣兩擔，掙得還不如朱小順那買賣多？」

「買賣本身是掙錢，可到我們手裡的就那麼多。程家興那個人，說好的就不會改口，朱小順他們是占了天大的便宜。那之後，程家興學精了，現在跟他幹能掙錢，卻發不了天大的財，只比種地略強些。」

「是這樣？」

「要不然我小叔為什麼不摻和？」

這麼說還挺讓人信服。周家人想起當初，程家興死活不肯踹了鑾子跟朱小順，那會兒還有人說他寧可帶狐朋狗友，也不想拉拔血親；現在想想，可能真是信用好，看他這回不就帶了兄弟。

「看劉棗花這陣子天天樂著，這買賣應該還是不錯的。」

周氏說：「她賺的是要比我們多，她早早就借了程家興的牛車，我們沒有車用。」

「我說妳啊！性子也太綿軟，遇上劉棗花這種沒皮沒臉的，就要吃虧。原先沒分家時，她仗著懷孕躲懶，光讓妳幹活；現在分了家，她仗著臉皮厚，事事衝在前面，占盡便宜。妳該跟家貴或妳婆婆好生說說，娘家真管不了這些。」

「還是算了，現在我沒本錢跟她鬧。」

周家女眷聽了，紛紛盯著她的肚皮。「事情過去那麼久，怎麼就是懷不上呢？妳上點心，加把勁啊！」

懷孕生孩子的事，怎麼加把勁？周氏的臉紅得跟猴子屁股一樣。

不過，回娘家還是歡喜的，尤其周氏總習慣示人以弱，說話不扎人，周家上下高高興興地吃了一頓，周氏跟程家貴才告辭回去。

周氏發現不對，是初三的事。

過年這些天，農家就是吃吃喝喝閒嘮嗑，周氏難得清閒，就在兜裡揣了點花生、瓜子，想去找平素交好的人說說話。

半路上，她碰見娘家兄弟，兄弟紅著臉，看樣子是吃了酒。正要招呼他，兄弟卻把臉一垮，轉頭便走。

不對！這太奇怪了！

因為夏天的事，劉棗花跟娘家鬧得不愉快，見面說話都有些陰陽怪氣。可周氏不一樣，她跟娘家處得還不錯，和兄弟不說特別親近，卻沒有爭執，平常碰上也會打聲招呼，得空時說幾句話。今天這舉動，明擺著大有問題。

她正在想，是不是自己哪裡疏忽了，得罪兄弟，就在大榕樹下碰上別家嬸子。

兩人看見周氏，眼睛立時一亮，招手叫她過去，說起昨天的事，周氏才搞明白娘家兄弟為什麼衝她甩臉子。

昨兒回娘家時，她句句說得保守，不敢抖出家底兒，怕招來麻煩。結果劉棗花那蠢貨收拾得體體面面跑回去，衝劉家人上下炫耀一通，像憋屈了半輩子、一朝翻身似的，把周氏覺得怎麼都不該往外說的話，全抖乾淨了。

劉棗花話裡話外的意思就是：之前看不起我，想發財的時候說得好聽，虧了錢非要讓我收拾善後，還說不解決就要大鬧我婆家。老娘不好過時，你們沒伸手；如今我熬過來了，誰也別求我。

劉棗花又吹噓了米胖糖的買賣，說何嬌杏好手藝，有本事、心地善良，又好相處，自己發財還肯提攜大家。今年過年，她給了公婆二兩銀子的孝敬，還說這沒什麼，之後得空就要買地，也準備蓋個青磚瓦房來住。

說到二兩銀子的孝敬，劉棗花還是有點心痛，但想到自己掙得多，不敢在財神爺跟前表現得太小器，加上她也看出財神爺喜歡孝順的人，一年就痛一回，才咬牙掏了錢。

錢已經掏了，嘴上總要硬氣起來，給那麼多孝敬錢，但別人不知道，豈不虧大？哪怕沒人問她，自己就吹了自己一通。

以前光聽別人衝她顯擺，這回劉棗花全還回去了，說了個夠本，回來簡直神清氣爽。

劉棗花心情好的時候，根本不會想到家裡的瘟神，沒提到周氏兩回，還是隔空把人害了。

周家人聽說劉棗花鬧了這齣，回頭一想，察覺出不對。

劉棗花句句都說買賣好做發財了，以後要住磚瓦房過好日子；周氏卻說利潤有限，只比下地務農強些。

兩頭對不上，應該信誰？

別的事難說，但這次大家都信了劉棗花，不說她這人蠢，根本玩不了花樣，只說她那樣子看著就是真得意，之前憋狠了，轉身找人顯擺的。

這二兩孝敬也好打聽，有人去問黃氏，黃氏收下銀子，自然要誇誇兒子們，沒說誰給了幾兩，只道哪怕分了家還是齊心，今年掙了點錢，孝敬加起來有十兩銀子。

人家一聽，加起來十兩，那劉棗花說的便假不了。劉棗花都給了二兩，周氏會少到哪兒去？再一想，他倆分家時沒拿現銀，現在能掏出這些錢，那買賣還能不賺？

接著，又有人想起劉棗花罵人時說的話，說周氏心眼比誰都多，人壞得很。哪怕以前不信，這回也有人信了。

周大虎婆娘尤其氣憤，差點憋出內傷。她對周氏處處維護，結果人家對她使起心眼，捏著錢裝窮，好像讓娘家知道了，就會蜂擁上去吸血似的。

閒話傳起來就是快，程家貴也聽說了，沒弄明白，便問周氏，那天回娘家跟丈母娘她們說了什麼？

「我沒說什麼，只是想著掙了錢不能露富，否則豈不被人盯上？就說買賣也不好做，沒有發大財這一說。誰知道大嫂發什麼瘋，回娘家見人就說她發財，搞得我像捏著錢回娘家哭窮。天地良心，我哪兒哭了？

「誰家掙了錢，都不會往外說啊，老三也沒跟咱們說過，他手裡捏著多少。你只知道賣一封糖，我們掙一文，哪能知道他掙多少？誰會交底？」

程家貴聽著，覺得沒錯，可又不能怪劉棗花出去顯擺害了他們，思來想去，仍不明白到底是哪兒出了錯，去解釋也不對，只得暫時擱下不管了。

第三十一章

初五這天，程家興想去河邊看看，結果天降小雨，足足下了兩日，初六晚上才停。村道一片泥濘，劉棗花來三合院找何嬌杏時，是穿麻鞋來的，腳丫子凍得通紅。

何嬌杏聽到動靜，趕緊把人拽進廚房烤火，才讓劉棗花暖和過來。

「先前還說買青石板鋪院子費錢，一下雨就比較出來了。這兩天，村道沒辦法走，大夥連門都不敢出；妳這裡卻很舒坦，下個雨，反倒把院子洗得乾乾淨淨。」

「我不喜歡下雨天，濕冷得很。本來跟家興哥商量這兩天回娘家，現在也去不成，要等路面乾了才行。」

提到程家興，劉棗花順便問了聲。「老三人呢？」

「之前說做買賣那陣子太辛苦了，天天喊著要休息，這兩日補足精神，想出去蹓躂找朋友；可下雨天不能穿棉鞋走村道，我不讓他去，他跟我置氣，正蒙頭睡覺呢。」

這還真是程家興幹得出來的事。劉棗花好奇地問：「老三也會跟妳鬧脾氣？」

「牙都有咬著舌頭的時候，妳看我平常好說話，倔起來一樣不講道理。他也是臭脾氣，我倆為芝麻綠豆的小事，也是能鬧起來的，只是跟別家吵法不一樣。」嚴格說起來不是鬧，算是打情罵俏，生活哪可能四平八穩，不起波瀾？

「別光說我這頭，大嫂呢？我看妳氣色好，有好事情？」

劉棗花衝何嬌杏嘿嘿笑，說之前老被嘲諷，這回揚眉吐氣了。「託妳跟老三的福，我跟家富掙了錢，今年初二回娘家比哪年都硬氣；倒是二房的，倒了楣。」

灶上燉著蘿蔔排骨湯，何嬌杏正往灶爐裡添柴，聽到這裡，轉過頭看劉棗花，像是毫不知情。

「妳沒聽說啊？這些天村裡好多人議論的。」劉棗花說給何嬌杏聽。「這幾天燒飯時，周氏讓我沒事別跟人顯擺，顯擺多了，親戚、朋友有事都要找來。我想著，她會這麼好心提醒我？還是怕下回她裝窮時，又被我不當心拆穿？這有什麼好裝，妳跟老三的買賣，還有不賺錢的時候？要說沒掙到錢，騙鬼呢？」

何嬌杏想了想，道：「錢就是個麻煩的東西，妳窮時，別人躲著妳走；富起來，再遠的親戚遇事也能求上門。二嫂那麼想沒錯，我猜事情出在她跟娘家的相處上。」

劉棗花把雙手伸到灶口前，烤著火，讓何嬌杏仔細說說。

「我的意思是，二嫂對除了二哥之外的人有防備心。這種事對我們來說，合情合理，分了家，便是自己過自己的。興許她跟娘家走得近，結果卻是我把妳當自己人，妳把我當外人，哪怕沒這一齣，鬧起來也是遲早的事。」

劉棗花沒想到是這樣，氣不過，而且程家富還說了她，當時沒話可以反駁，這會兒聽了何嬌杏說的，立即一拍手掌。

「就說怪不著我，我顯擺我的，又沒幫她吹牛。周家人也蠢，從小養大的人，還不知道她是什麼德行？我吃了她幾回虧，都知道防備。去年我便想明白了，別管姓周的說什麼，再好聽，我一個字都不信，這樣她總坑不著我。」

何嬌杏搖搖頭，說：「其實二嫂的話是對的，讓別人知道妳底子厚，是個麻煩事，除了登門借錢的人，還會有賊盯著。」

「富和窮一樣，藏不住。老三沒說過他有多少積蓄，村裡人不也知道他錢多，都說他至少有上百兩銀子。不然，我回去養兩條狗，誰偷上門，放狗咬他。要不要幫妳找兩條？」

何嬌杏直擺手。「我就算了，萬一狗不聽話，成天瞎叫吵著家興哥，我家飯桌上就要多出一道湯鍋，還是別造孽。」

她說這話時，當著劉棗花的面，笑咪咪地把燒火鉗掰彎又扯回原樣。「而且也用不著，家興哥本是村中一混，我也是河對面出名的母老虎，賊要偷到我家來，總得掂量掂量；倒是大嫂，很該尋兩條狗來仔細養著，以後蓋新房搬出去，總要有看家護院的。」

劉棗花湊在灶口前烤火，身上已經暖和，但看見被扭成麻花後又拉直的燒火鉗，還是背心一涼。幸好覺悟得早，嗅著銀子的味道，性子說改就改，不然等到清明節，鐵牛得到墳前給她磕頭上香。

「三、三弟妹，妳的髒衣裳洗了嗎？我幫妳做點事，別坐這兒乾聊。」

「這兩天沒什麼髒衣裳，大嫂別忙了，咱們說說話，等排骨湯出爐，妳端一缽回去跟爹娘他們一起吃。」

「那白菜跟蘿蔔還有嗎？如果吃完了，我揹點過來給妳。之前老三說不種田，硬是一塊地都沒要。按理說，就算不要水田，也該拿塊菜地，總不能連吃口菜都去買。」

「過兩天請人把屋前這片旱地翻了，開春就種上。以前我在娘家也不管菜園，家興哥更不消說，到時候還要嫂子出出主意，看種些什麼好。」

劉棗花一口答應下來，叫何嬌杏只管放心，又問她要不要養幾隻雞，雞好餵不說，還能天天撿蛋。

何嬌杏被她說動，心想養幾隻也好，院子裡能多點生氣，便答應了。

初六晚間雨停了，初八那日，村道已經乾得差不多，窩在家裡快發霉的程家興趕緊去河邊，瞧見何家人又把小漁船推出來，招呼了聲，回去叫何嬌杏，準備去老丈人家。

但空手不成，塞錢也不合適，兩人商量著，買了兩腿肉，裝進背簍，由程家興揹著，去了魚泉村。

這兩腿肉，一份給岳父母，另一份給阿爺。何嬌杏去送肉時，被大伯母拉著說了好一會兒話，還告訴她，隔房嫁去鎮上的堂姑，前兩天帶著兒子一道回來。

「堂姑？」

「妳二爺爺那房的，年紀跟妳爹差不多。她嫁人的時候，妳還沒出生，後來回過幾次娘家，妳應該也沒印象。」

「確實想不起。伯母怎麼提起她來？」

「她知道妳嫁去程家，又聽說妳跟家興做吃食買賣掙了大錢，後悔得很，埋怨早知道就不能讓肥水落入外人田。之前妳阿爺就說她變了，還真的是。本來聽說她回來，我們全趕去，想問問她過得怎麼樣，結果熏了一身臭。」

「伯母別擔心，我都嫁人了，她眼饞也打不上主意。」

何家大伯母點點頭。「我就是跟妳說一聲，好讓妳有個準備。有些人聞著銅臭味，跟蒼蠅見了屎，拚命往前撲，趕都趕不走，說不定她還會去找妳呢！」

何嬌杏聽著，並不緊張，不找來最好，找來也不怕。要是說話中聽，她請堂姑上座吃茶；要是不中聽，便轟出門去。

何嬌杏從大伯母家回來，路過叔叔家門前，跟何香桃說了幾句，回來就看見抱著大姪女的嫂嫂。

「香菇也有半歲多了，再過段時日，等到春耕、春種時，該學爬、學走了吧？」

「扶牆學走路，得快一歲的時候；不過，打滾、翻身這些她都會了，也能爬幾下。」

看著裹在厚棉襖裡乖乖巧巧的大姪女，何嬌杏忍不住伸手摸摸她的臉。「鄉下少有這麼白白胖胖的孩子，嫂子把人養得好。」

「懷著她的時候，總喝魚湯，生下來之後為了催奶，吃得也好，能不白胖？別光說我，以後杏兒懷上，總不會比我差，我看家興比妳哥會體貼人。算起來，妳是中秋節前嫁的，你倆感情這樣好，該有動靜了。」

「也說不定。」

何家大嫂聽到這話，猛然抬頭。「什麼意思啊？」

「上個月忙著做買賣，天天都累，親熱不多，應該還沒消息。」何嬌杏一副不著急的模樣。「我倆才剛成親，也沒準備好當爹娘。」

「妳懷上以後，有的是時日準備。你倆剛成親不假，但對傳宗接代的事，還是上點心。就說妳婆家那兩個大嫂，妳該看出來了，劉棗花只要不闖下天大的禍，說什麼、做什麼都不打緊，有個兒子，她立得穩當。周氏軟趴趴、說不上話，正是落了胎害的，不然也不至於讓劉棗花壓成這樣。」

對年輕媳婦來說，生個兒子等於有了護身符，至少能多點底氣，順帶少去些麻煩。

這年頭，添丁是頭等大事，誰家娶媳婦不是想開枝散葉？像程家貴這樣的，成親許多年還沒個一男半女，出去少不了要聽閒話。何家人說起他，都覺得實在很不錯了，換個人，周氏肯定沒好日子過。

何家大嫂拉著何嬌杏說了好些話，讓她別聽過就拋到腦後，該用點心思才好。

和大嫂說完，大家又說到東子身上，雖然他還沒到為娶媳婦著急的年紀，不過已經有人來說媒。

何嬌杏聽說了，打趣他。「前陣子還只會圍著姊姊打轉，現在快要娶媳婦了。日子過起來，真的很快。」

東子也不害臊，哼唧著小聲回了句。「之前阿姊還說嫁不出去也沒什麼，一晃眼不也成了親？」

「你念叨什麼呢？」

「沒什麼。過完年，阿姊跟姊夫準備幹麼？」

何嬌杏伸出左手，扳著手指一樣樣數。「挖嫩筍、摘野菌、買雞崽、還要把屋前那片旱地闢出來當菜園，有空再做幾種蘿蔔乾。對了，家興哥找了人，過幾天要去我家鑿井。」

「那開春不做買賣？」

這不用何嬌杏解釋，程家興聽見，就告訴他。「開春不好做買賣，要做只能選在趕集日拉東西出去。平日忙著春耕、春種，誰會出門蹓躂？」

「那農忙的時候，生意豈不是都不好做？」

「是不好做，也不是不能做。」

為了做好吃食買賣，程家興去鎮上的時候都會看看，想著那些生意好的為什麼好，不好的又為什麼不好，想出來的結果是，做吃的要有個響噹噹的招牌，才能吸引別人來買。

這招牌可以是一、兩道特色菜，或者大廚來歷非凡，或者店裡好看，或者價錢格外便宜；要是各方面都不突出，就麻煩了，食客憑什麼挑你呢？

想到這裡，程家興覺得，能開門做生意的，口味都不會差，自家則勝在奇巧新鮮。

何嬌杏總能做出別家見不著的吃食，揹出去便有人肯花錢嚐嚐，只嚐嚐又不過癮，不缺錢的會天天來買，吃一段時日，把癮過足。

這種賣新鮮的生意隨時能做，只怕還沒掙夠，便有人仿出來，一夕之間滿街都是，錢就進了別人兜裡。所以，程家興才喜歡趕在好時候猛掙一筆，平時閒著混日子。

他把琢磨出來的結果說給東子聽，東子聽完，滿臉崇拜。「姊夫，你想得也太多了。」

「不想多點，我敢帶你們做買賣？要做砸了，不怪我嗎？」

東子聽了，想搭程家興肩膀來個哥倆好，無奈個頭不夠，只能拍拍他的肩膀問：「那下回買賣，是不是又等蛐蛐兒賭坊開張？」

程家興說：「要看我媳婦有沒有那精神，她想做，咱們隨時能做。別的怕隨隨便便被人學去，但香辣肉絲的配料少說有十多種，下料時機和順序都有講究，不怕人家學。要是杏兒想做，可以逢集賣肉絲，周邊幾個鎮的趕集日不同，今天趕這頭，明天趕那頭，是辛苦點，也能賺錢。」

「那不只辛苦點吧？對姊夫來說，不是要命？」

何嬌杏聽見，敲了他一下。「還沒過完年，說話注意點。」又看了看自家的懶貨。「你替他操什麼心？他還能把肉絲批發出去，讓別人揹出去賣。」
「那回頭阿姊要是想做了，算我一個。」
「有好事不會忘了你，放一百個心吧！」
下午回去時，何家人又塞魚給他們。何嬌杏瞅著程家興手裡的大草魚，腦子裡浮現七、八種做法，決定了。
「咱們走快點吧，早些準備，晚上我想吃豆花魚。」
「豆花魚？那是什麼魚？」
這該怎麼解釋？何嬌杏一邊加快腳步、一邊告訴跟在她後面的程家興。「是配豆花燒的魚，味道麻辣，吃著滑滑嫩嫩，我說著，口水都要流下來了。」
何嬌杏沒回頭，沒看到程家興滾動的喉結，簡直比她還興奮。
回到家，她才發現，程家興熱情高漲地召喚兄弟來幫忙推磨，還說推完請他們吃豆花。
何嬌杏搬出木盆和小板凳，想坐在院子裡收拾大草魚，結果才把工具備齊，劉棗花就過來了。
「要收拾魚啊？我最會做這個，三弟妹從娘家回來累著了，去歇歇吧！」
刮鱗、洗魚的活讓劉棗花搶走，也不要她推磨，何嬌杏就說她去找黃氏要點蔥薑蒜來，把配菜備上。

她還沒邁開步子，劉棗花眼尖，瞧見在院子裡蹲著玩石子的兒子，吩咐道：「鐵牛，去咱們家菜地摘把蔥，再跟你奶奶討點薑和蒜來。做完了，待會兒有豆花吃。」

聽到有吃的，鐵牛一吸口水，立刻跑出去了。

什麼都不要她做啊！何嬌杏嘆口氣。

劉棗花笑咪咪地道：「三弟妹，妳先歇會兒，做豆花跟煮魚的活，還得由妳來，我們沒那手藝。」

當晚這鍋豆花魚，很對得起一家人的努力，豆花細嫩、魚片爽滑，入口鮮香麻辣，滋味好絕。前幾天下過雨，天氣濕冷，吃完這鍋魚，額頭、後背全是熱汗，感覺把這段時日積的濕氣除個乾淨，吃完好一會兒，身上還是暖洋洋的。

鐵牛再次表達了他對何嬌杏的喜愛，恨不得住在三合院不走了。

看他那活寶樣，何嬌杏又想起娘家大嫂說的，心道生個兒子好像也沒什麼不好，小時候可以逗他打發時間，長大些還能幫忙跑腿幹活。這三合院蓋得寬敞，兩個人住著，有時冷清，多個人便多分熱鬧。

可是，二嫂周氏多年沒能喜得貴子，要生個孩子，應該也沒那麼容易吧？

日子過得飛快，出了十五，程家旺要回袁木匠家去，而周氏不知用了什麼法子，和娘家人和好了。正月十五，她起個大早，說要出門拜拜，一聽就知道是求子，黃氏也沒說什麼，點點頭，由她去了。

周氏清早出去，下午才回來。拜過送子娘娘之後，她滿懷期待等著好消息，結果出了正月，還是沒動靜。

這時，春耕已經開始，程來喜從程家興那裡牽了牛，將水田翻了兩遍；三合院前的旱地，程家興請人收拾；鑿井師傅依照約定，年後帶人上門，看過屋前、屋後，找好地方開工。

何嬌杏也有她的安排，要去買一群小雞崽來養著，還想多摘些菌子和挖些筍曬乾，收進倉房備用。

她順順利利地買到雞崽，但還沒來得及去挖筍，便覺得不對勁，這個月的月事，好像沒來？想起娘家嫂子說，兩人感情好、時常親熱，成親不久會有動靜，該不是懷孕了吧？

何嬌杏的月事向來準時，所以程家興立刻就發覺了，但他不懂這個，沒想到懷孕，還以為她哪裡不舒服卻瞞著他，便要拽著人進鎮看大夫。

何嬌杏沒病沒痛的，能跟他去嗎？只得告訴他，興許是有了。

有、有了?!程家興跟個傻子似的，愣了好一會兒，回過神來後，更是激動，催著何嬌杏拿錢，說有了更得好生看看，聽大夫怎麼說。

「我聽說，若月份很淺，把不出來的，且先等等，等下個月月事還是沒來，咱們再去。」

看程家興滿臉糾結，何嬌杏還笑話他，是不是等不及，想聽大夫宣布喜訊？當爹有那麼高興？

「是高興，更不放心妳。過幾天再去找大夫也行，但妳得答應，把手上那些挖筍、摘菌的事全部停了；會磕著、碰著、累著的活，一樣也不許幹，老老實實地待在家裡歇著。」

看他緊張成這樣，何嬌杏笑起來。

程家興急了，問她。「說話啊，答不答應？」

何嬌杏點點頭，笑著答應了。

第三十二章

等旱地鬮完、水井鑿好，毛茸茸的雞崽比剛買回來時胖一圈時，何嬌杏總算按捺不住，說要去鎮上醫館，找大夫瞧瞧。

程家興便選了個天氣晴好的日子帶她出門，怕牛車顛簸，也沒趕車，兩人慢慢地走。進了濟春堂，老大夫伸手替何嬌杏把脈，心中了然。「觀其脈象，往來流利，好似珠滾玉盤。婦道人家無病無痛，卻有此脈，恭喜、恭喜。」

老大夫捋著山羊鬍子，脈來脈去的，程家興聽得似懂非懂，心想莫非媳婦真是有了，不然這老頭恭喜什麼？偏偏又沒把他最想聽的那句說出來，一著急便打斷老大夫。「你說這些，老子聽不懂，講明白點。」

老大夫活到這歲數，又在醫館坐堂，人生百態全見過，聽程家興凶他，還有心情端起茶盅喝一口。

程家興傻了。

何嬌杏自墊枕上收回手，拍拍他的手背安撫道：「之前那些天都等了，這會兒還等不及？咱們捧著診金過來，大夫總要說明白的。」

這下，老大夫才點點頭。「小娘子的耐心好多了，你這後生，性子得磨一磨，心急吃不了熱豆腐。」

「行，我不跟你計較，你就說我媳婦是不是有了。」

「我做大夫的還能恭喜你重症不治？當然是有了。」

程家興一忍、二忍，還是沒忍住，開口說老大夫了。「你怎麼有臉嫌棄別人耐性不好？像你這麼做大夫的，沒被人打死在醫館門口，命也挺大。」

程家興在噴口水時，何嬌杏已經付了診金，又問剛懷上有什麼講究？要忌些什麼？

「忌辛辣，忌房事，忌勞累，這陣子可能會覺得噁心想吐，甚至疲累、不想吃東西。前幾個月是會這樣，別一驚一乍的，要是難受，可以拿檸檬泡水喝。」

剛才程家興還在跟老大夫鬥嘴，這會兒已經消停下來，把老大夫說的話聽得明明白白，記得清清楚楚，想著家裡沒有檸檬，遂在濟春堂裡買了些，是切成一片片的果乾，拿回去泡開就能喝。

出醫館時，他倆走得慢，回去走得更慢。從大榕樹村到紅石鎮，不過六里路，走路用不到半個時辰，結果程家興帶何嬌杏在鎮上吃了碗小餛飩，吃飽又買了點東西，耗了快一個時辰，下午才到家。

黃氏在自留的小片菜地裡忙，遠遠瞧見走在村道上的三兒子跟媳婦，喊了一聲。

「今兒不是趕集日，怎麼帶杏兒進鎮了？買什麼去？」

先前何嬌杏怕鬧出烏龍，跟程家興說好先瞞著。程家興憋了快一個月，今兒聽老大夫說何嬌杏真是有了，再也壓不住興奮勁，小跑到菜地旁邊，跟老娘報喜。

「娘，杏兒懷孕了。」

黃氏聽見，手一抖，捏著的豆種全撒在起上，顧不得彎腰去撿，盯著慢慢走過來的何嬌杏，看看她，又看看她的肚皮。

「真懷上了？不是在耍你娘？怎麼想到去看大夫？是犯噁心了？」

何嬌杏說不是。「我的月事向來準，忽然沒來，便猜想是不是有好消息，又等了些天，見還是沒動靜，才讓家興哥帶我去看大夫。」

黃氏聽了，瞪了兩人一眼。「家裡誰也沒聽到風聲，你們真沈得住氣。」

何嬌杏笑得靦覥，說怕搞錯了，讓人笑話。

「娘啊，您就不能想點好的嗎？我媳婦懷孕了，還是頭一胎，我倆什麼也不懂，您不考慮搬過來住，盯著點？您三個兒子全成親了，卻只有一個孫子，幾年之內落了兩胎，足足兩胎啊！」

「對對對！是不能把杏兒交給你這懶鬼，你先把杏兒扶回家，讓她歇著，我種完這排豆就回去，跟你爹商量一下。」

程家興應下，牽著何嬌杏回去，讓她上床歇著。看天色還早，又跑去河邊，把好消息傳給出來擺渡的何三太爺。

何三太爺聽說何嬌杏懷孕，高興得很，串了好幾條鯽魚送程家興，好燉湯給何嬌杏喝。自己早早收船，提著桶子去三兒子家，顧不得喘口氣，說了好消息才回去。

何家堂屋裡，何嬌杏的嫂子剛給香菇餵過蛋羹，正逗她玩，知道小姑有了，當即一樂。「初八她回娘家，我說沒準兒很快便有好消息，真讓我說中了。」

打從女兒出嫁，唐氏便在盼這天，今兒聽說何嬌杏懷孕，才鬆口氣，笑開來。「明天我去看看她，也跟她說說懷孕那些講究。」

「娘拿點蛋吧，我記得杏兒才剛買雞崽，還沒養成，撿不著蛋。」

「那不如捉兩隻肯下蛋的母雞給她。」

女人家商量著，東子撇撇嘴。「只要大夫說吃什麼好，姊夫肯定趕緊買了，還用咱們操心？現在阿姊有姊夫照顧，娘提點東西過去瞧瞧，得有個分寸，別讓姊夫多心。您不放心女兒，那不是瞧不起女婿嗎？」

唐氏想想，也有道理，拍拍他的肩膀。「臭小子也知道想事情了。連你都懂事，我跟你爹能享福了。」

她說完，出去找妯娌們商量，大家都想去看看何嬌杏，順道瞧瞧他們新蓋的三合院。聽說開春之後，小夫妻倆請了師傅來鑿井，屋前那片從朱家人手裡買來的旱地也種了菜。

之前說親時，程家興還是個地痞，一窮二白、遊手好閒，但現在什麼都有了。說起來，前後也才一年，轉變真是大啊！

另一邊，黃氏沒找到程來喜，便直接跑去三合院，幫何嬌杏燉魚湯、做晚飯，直到時辰差不多了，才回老屋。

農家晚飯向來吃得馬虎，別餓著就行。黃氏在鍋底刷了層油，烙了薄餅，端給程來喜。程來喜拿薄餅捲鹹菜，嚼得津津有味，吃了兩口想起來，問道：「老大說妳下午到處找我？怎麼了？」

「正想跟你說，我要搬去老三家住一陣子。」

程來喜聽了，連餅都不啃了，緊緊皺起眉頭。「早先不是說好，兒子們要搬出去就搬，我倆就住這裡？」

「本來是這麼打算的，可老三媳婦懷孕了！這是頭一胎，他倆心裡沒底，我不去照看嗎？你想想，從老大媳婦進門到現在，這麼多年，才得鐵牛一個孫子，我不幫忙，萬一出什麼差錯，你不難受啊？」

程來喜這才點點頭。「那妳是該過去，老三就愛亂來。」

黃氏問他。「你去不去？」

「我去能幹什麼？待在這裡就好。」老婆子又不是搬去多遠的地方，還捨不得啊？

「那你每天過去吃飯，我一併做。」

兩老正商量著，被蹲在屋簷下的兒子們聽個正著，然後全家都知道了，非常贊成黃氏搬去三合院。一則何嬌杏是頭胎，二則她娘家在河對面，隔得遠些，幫襯不上，做婆婆的不得多費些心？

尤其程家這一輩於添丁一事很不順利，不管怎麼說，何嬌杏這胎都得順順當當地生下來才好。

何嬌杏懷孕，娘家跟婆家都很高興，但也有心情複雜的人。媳婦進門好多年，程家貴卻還沒當上爹，至今無兒無女是他的心病，只不過平時不提。現在弟媳懷上了，自家媳婦還是沒消息，他心裡難受。

跟他相比，周氏更是鬱悶。也是太巧了點，正月十五她誠心誠意去拜了送子娘娘，等這麼久，也沒傳來好消息，正失望著，打算找大夫瞧瞧，再打聽有沒有靈驗方子，結果晚幾年進門的弟妹就有了。

她跟著過去道喜時，還聽到何嬌杏說：「成親不久，沒想到要當娘；不過，既然有了，總得好好把孩子生下來。家興哥也說要學學別家當爹的樣子。」

何嬌杏這麼說，程家興在一旁嘆氣，說真不希望媳婦太早生。皮猴難帶是一回事，一懷上便不能行房，男子漢大丈夫的好事就此斷了，不知什麼時候才能繼續。

這話鬧得何嬌杏臉紅，然後某人被自家老娘滿院子追殺，被逮住後，在屋簷下抱頭蹲了半天，連聲求饒。「是！我錯了！我知道錯了！」

大家嘻嘻哈哈，周氏卻笑不出來。

老天爺就這樣不公平？老三兩口子不急著要，結果天降驚喜；她想死了，卻怎麼求都求不來。正月十五那天，她在送子娘娘前面跪了少說一刻鐘，倒盡苦水，把事情仔仔細細說了，祂為什麼不憐憫她呢？

幾天後，何家人知道黃氏搬到三合院住，想她生了四個兒子，把何嬌杏交給她照看，應該可以放心。

黃氏也對得起多方指望，把何嬌杏照顧得妥妥當當，氣色一日賽一日的好。白天有婆婆陪著說話，夜裡有男人伺候睡覺，雖然偶爾不舒服，但看家裡人緊張，何嬌杏便嬌氣不來。

大夫說，前幾個月犯噁心是正常的，感覺悶了，她就推程家興去燒水泡檸檬片喝，的確能舒服很多。

這邊何嬌杏學著當娘，而住在老屋的周氏總算明白，光拜菩薩不夠，遂躲著其他人，偷偷拿錢去了鎮上的醫館。也是山羊鬍老大夫把的脈，說她沒毛病，可天底下就是有些人容易懷，有些不容易懷。

「大夫的意思，我是不容易懷上的那種？喝藥能治嗎？」

「都說了這是天生的，稱不上毛病。妳吃好、喝好，少點思慮，放寬心慢慢等，緣分總會來的。」

周氏實在沒辦法寬心，當場訴苦，說家裡嫂子跟弟妹都有了，只有她沒動靜。成親好多年了，再不生一個怎麼行呢？

「我知道你們定有壓箱底的秘方，求大夫開給我，只要讓我懷上，我肯花錢。」

老大夫衝她擺手。「妳盡了人事，聽天命吧，都說了沒毛病，還非得喝藥才舒坦？明著告訴妳，天底下有沒有那種藥方，我不知道，但妳要的東西，我這兒沒有，沒有的東西，讓我上哪兒變去？」

於是，周氏滿心失望地回家了，之後也去了其他藥房、醫館看過，都是同樣的說法，要秘方沒有，但不易開懷，倒是可以吃藥調理。

周氏喝了個把月的藥汁，聽說縣裡有個大夫很會看這種病，遂跟看到希望似地求上門，孝敬不少錢才求到藥，停了調養身體的方子，改喝這藥。

喝了半個月，這日晨起，周氏感覺有些頭暈，喝藥時一陣噁心，轉身吐得昏天黑地。

周氏懷過孩子，心道噁心反胃，不就是懷孕才有的症狀？

原本，程家貴趕著吃完飯下地去忙，看媳婦吐成這樣，擔心起來，而周氏已經陷入狂喜，小心翼翼地摸著肚皮。

「家貴啊，你說我是不是有了？」

「上個月妳不是來了月事？」

「興許是那之後懷上的呢？」

程家貴說去找大夫看看，話沒講完，周氏彎腰又吐了。看她連隔夜飯都嘔出來，人也站不太穩，實在不像懷孕，顧不得跟她商量，回屋拿錢，揹起人往鎮上走。

程家貴腳程快，沒多久便趕到紅石鎮，把還在乾嘔的媳婦揹進濟春堂。

山羊鬍老大夫正打著哈欠，靠坐在門邊喝早茶，便聽見有人急喊。「大夫，快看看我媳婦！」

程家貴抱著周氏，替周氏把手腕放在墊枕上。老大夫過去把脈，還想看看病人氣色、瞧瞧舌苔，但周氏又是一陣嘔，吐出黃湯來。

之後，就跟笑話一樣。

周氏問老大夫，她是不是懷上了？孩子沒事吧？

老大夫說，沒把出有孕。

周氏不信，一邊吐、一邊說，是不是月分太淺？

剛才老大夫就覺得眼熟，這會兒想起周氏是誰，沒跟她廢話，直接問程家貴怎麼回事。

「她早上喝藥時，突然吐了，吐得昏天黑地，人也站不穩，所以我趕緊把人揹來。」

「喝藥？喝什麼藥？」

「說是調養身體的方子。我倆成親好些年，之前落了一胎之後，再沒懷上。最近弟妹也有了，她有些著急，出去求了藥來。」

「那藥方呢？給我看看。」

程家貴看向周氏，問她藥方收在哪兒了？周氏說沒有藥方，是秘藥，抓好分包賣，喝完再去拿。

老大夫聽了，跟看傻子一樣地看向周氏。「上回妳來找我看病，我讓妳放寬心、慢慢等，遲早會有，結果我不開方子，妳又去找別人？妳真有能耐，藥是能隨便吃的？原本什麼毛病都沒有，現在喝出病來。誰有那本事，早進宮當太醫，還在窮鄉僻壤掙妳這幾文錢？」

周氏活像被雷劈過。「你是說，我被騙了？」

「不然呢？妳見過誰懷孕吐成這樣？本來放寬心，隨時都可能懷上，現在倒好，才個把月便搞出一堆毛病，真要慢慢治了。」

老大夫說著，一陣感慨。「真是心之所向，求仁得仁。妳不是想喝藥嗎？現在可以喝個夠了。」

見周氏受不了，翻著白眼倒下，程家貴趕緊扶住她，求老大夫救命。

老大夫嘆口氣，替周氏扎了幾針，把人弄醒，才開方子讓程家貴去抓藥，又問周氏被騙了多少錢。

周氏已經傻了，哪顧得上回話？老大夫見狀，沒逼她，自顧自唸了一通。

「行有行規，哪怕做假藥的，也講點良心，大多是拿尋常補方當秘方賣，這騙子怕是沒學過醫。妳也行，連方子都沒看見，居然敢熬出來喝，為生兒子不要命了？勸妳別再想那些有的沒的，老老實實養好身體，回頭找那騙子算帳去，不抓他上衙門，也得把錢討回來。「唉，掙個錢容易啊？怎麼別人說什麼，妳都聽呢？今天賣生子藥的找妳，明天來個賣神仙藥的，說吃一顆能長命百歲，妳信不信？」

周氏剛醒過來，又被老大夫的話傷了心，痛哭失聲。「我就是想要兒子！我要兒子！」

一會兒後，程家貴抓好藥，又聽老大夫交代幾句，揹著周氏回去了。

早上程家貴走得匆忙，飯碗、藥碗都擺在桌上沒收拾，周氏吐的穢物也還在地上。晚些劉棗花瞧見了，覺得奇怪，想找人問問怎麼回事，沒見著人，索性先去三合院忙。

中午，她回來生火做午飯，聽到院裡有聲響，探頭一看，是程家貴揹著奄奄一息、要死不活的周氏，頓時大呼小叫，問怎麼回事？地上那攤是她吐的？

三合院裡，何嬌杏有點餓，才吃了點東西，在前院曬太陽，忽然聽到劉棗花的驚呼，遂朝聲音傳來的方向走兩步，喊道：「大嫂，妳怎麼了？」

劉棗花扯著嗓子回她。「我沒事，是二弟妹不好了。」

因為這句話，全家上下都趕過去，程家興扶何嬌杏進門時，周氏已經躺下歇息，程家貴幫她煎藥，劉棗花燒水讓程家貴替她擦身子，接著又用鏟子鏟泥灰來，埋了地上的穢物。

何嬌杏沒進房，站在院子裡，聽脹紅臉的程家貴低聲說了來龍去脈，頓時傻住，這可真是，不知道該說什麼好。
黃氏問，現在周氏怎麼樣？
「大夫說，要慢慢調養。」
「那錢呢？被騙了多少？」
程家貴搖頭。「不知道。我粗心大意，銀錢都是給周氏管的。」
黃氏聽了，轉身進房，看周氏滿臉絕望地躺在床上，問她是被誰騙了？騙去多少？
周氏好一會兒才吭聲，說大概五兩。
這下，黃氏也要厥過去了，搗著胸口喘半天，罵道：「怎麼騙子說什麼妳都信?!」
何嬌杏把裡面的動靜聽在耳中，心道別說這年頭，連後世科技發達的年代，騙子還是能引人上鉤，誰讓人執念太深？生不出孩子的聽說有秘方，便覺得是天無絕人之路，把騙子當救命神仙，哪會注意到不對勁？
她倒是不覺得被騙很稀奇，隔著門道：「五兩銀子能買頭豬，被騙去這麼多，不上衙門報官嗎？總要把錢追回來，拆穿那個人，也當是做好事了。」
程家貴聽見，回屋把剩下的藥拿出來，又從周氏那裡問到騙子姓甚名誰、住在哪裡，不顧天色，立刻就要趕去縣裡找人算帳。
看他那樣，程家興一陣頭疼，要是放他自己去，火氣一上來，搞不好會把騙子打殘了，也可能勢單力薄，反過來挨揍，便伸手拽住程家貴。

「我趕牛車跟你去吧！」

臨走之前，程家興拜託黃氏，說這一去當夜恐怕回不來，家裡要靠她照看。

黃氏點點頭。「這裡有我，倒是你跟老二行嗎？打起來怎麼辦？」

程家富說：「那我也一道去。」

「不能全都出門，大哥留在家裡。我跟二哥最多在外歇一夜，明天總要回來的。」

何嬌杏想了想，讓程家興等她一下，回三合院開錢箱子，拿了十兩銀子給他。

程家興說要不了這麼多，一、二兩就夠了。

何嬌杏還是把錢塞進他懷裡，捧著他的手說：「讓你帶上是防身用，出去當心點，想想爹娘跟我，還有我腹中的孩子，遇事不要衝動。」

程家興心裡一熱，抱了她一下，才坐上牛車，跟程家貴去縣裡了。

第三十三章

目送兩個兒子離去，黃氏轉頭看何嬌杏，問她要不要回三合院歇著。

「妳懷著孩子，別操心這些事，老三鬼主意多，有他陪著老二，還是能放心的。不說送黑心騙子去吃牢飯，只希望能把血汗錢討回來，五兩銀子不是小數目。」

何嬌杏點點頭，程家貴跟周氏求醫回來時，她才吃了東西，來回走了兩趟又餓了。前段時日，她偶爾還會噁心想吐，最近不會了，反倒胃口大了很多，照原先吃法根本不夠，從三餐變成五餐，上午跟下午都要尋些吃食。

「娘，我有點餓了。」

「餓了？妳肚皮裡這個倒是比鐵牛還能吃，怕是個皮小子。」

黃氏說著，跟何嬌杏往三合院走，又問她想吃什麼。

何嬌杏邊走邊琢磨，到廚房門口時，道：「想喝肉粥。」

肉粥啊！本來黃氏不太會做，何嬌杏教過一回，她便學會了，聽媳婦想吃這個，不如晚上也吃肉粥好了。最近農忙，老頭子該補補身體。

「妳別跟進來，來來去去走了幾趟，不累啊？回屋歇歇吧！」

「累什麼？娘不讓我幫忙，我陪您說說話。」

事。

「那妳拿張凳子來，坐下說。」

這種小事，何嬌杏向來聽話，找個不擋路的角落放凳子，剛坐下就聽黃氏說起周氏的事。

「都是女人家，早二十幾年我也年輕過，老二媳婦想什麼，我明白，像她這樣成親好幾年卻沒生一個，底氣多少是虛的。之前家裡只有鐵牛一個孫子還好，如今看妳懷孕，她自然著急。我猜她會去找大夫，但沒想到卻被騙子坑了。

「上個月，周氏不停往鎮上跑，老二看在眼裡，來找過我，說他媳婦心裡已經很著急，求我別提生孩子的事，多等些時日，她已經在吃藥調理，結果竟然是這樣調理的。」

何嬌杏心想，若以後世的眼光來看，晚幾年懷孕沒什麼，生兒、生女都是寶貝，但在這個時代，說這種話是輕鬆懷上的不知道懷不上的苦，站著說話不腰疼，索性不多評論，只道執念太深，的確容易被引誘上鉤。

若作夢都想要兒子，人家說吃那藥即能懷上，雖然有點貴，但還買得起，聽的人很可能就會掏出銀子，要是真管用卻錯過了，豈不抱憾終身？

而且，這些騙子出來坑人之前，都是練過的，嘴皮子比真有本事的大夫還要索利，再安排幾個人吹噓，沒見過多少騙術的，便上當了。

事後想起來，那騙子真有能耐，應該進宮當太醫吧？可人家會說，原先他在皇城如何風光，後來厭倦，才回鄉過閒雲野鶴的日子，有病人求上門來就治，沒有就逗逗雀兒、吃吃茶。只要把架子擺足，看著就像那麼回事，至於皇城的事，隔著幾千里路，還能求證啊？

何嬌杏比對上輩子見識過的騙術，瞎想一通，還走著神兒呢，劉棗花已經收拾好殘局過來了。

黃氏看到她，問：「周氏怎麼樣了？」

「我又不是大夫，怎麼說得準？沒再吐了，但看起來要死不活的。」

「她喝藥了嗎？說什麼沒有？」

劉棗花道：「我想著二弟妹平常都是挖坑給人跳，怎會被外面的人騙錢？就趁端藥時問了，那騙子真有點門道。」

何嬌杏已經在小板凳上坐正身子，恨不得抓把瓜子來邊吃邊聽。劉棗花也很會說，把前後的事講得明明白白。

「二弟妹說，她是從鎮上藥鋪出來、走在大街上時，偶然聽人說起來的。她想生孩子想成心病，把耳朵豎起來聽，轉身向人打聽那大夫姓甚名誰、家住哪兒。現在想想，給她消息的那兩個人，恐怕就是騙子請來的，早盯上她了，見她接連進出藥鋪、醫館求生子，等在那兒下套子。

「據說那大夫姓華，最近一年才從府城回來，以前在大醫館坐診。出身杏林世家，嫡支在京城很有名望，祖上出過好多太醫，是神醫華佗的後人。」

何嬌杏真慶幸她沒在吃瓜，不然瓜肯定掉了。果然，當騙子就得臉皮厚、端得住架子，外加能吹、敢吹。

「這麼浮誇，二嫂也信？」

「她說本來不是很信，又怕萬一真是神醫，錯過了要後悔一輩子，就不怕辛苦，去縣裡瞧瞧。那大夫長得跟畫卷裡的神仙一樣，眉清目秀、仙風道骨，她去求診，人家根本不搭理，怎麼看都不像騙子。

「後來，有個大肚婆娘讓男人扶著去謝他，二弟妹才實實在在相信，說了自己的故事，求了好久，才感動人家。那人意思意思收了五兩，喝死人不償命的藥就是這樣來的。」

這套路比何嬌杏想得還要周全，一環扣一環，周氏被騙，一點都不冤。她不是沒有防備心，只是騙子算得比她更精。

黃氏聽完，無話可說，不好再唸周氏蠢，只盼著兩個兒子來得及討回銀錢，五兩不是隨隨便便能扔去打水漂兒的小數目啊！

不過，這事不像程家人想得那麼順利。

次日，程家興趕車回來，旁邊坐著疲憊的程家貴。兩人才進院子，還沒歇口氣，周氏就衝上來。

「抓到那該死的騙子沒有？錢呢？拿回來了沒？」

程家貴嘆口氣，搖搖頭，說去晚了。「我們過去時才知道，前兩天就有人吃出毛病去找他，那騙子敷衍過去，連夜跑了。不少人鬧到縣衙去，官差問明白後，找來畫師，準備畫像張榜拿人；又在衙門口貼告示，讓本縣百姓別信這套，有病上正經的醫館或藥鋪。」

程家貴說了一堆，都是周氏不關心的，她只想知道衙門這麼大手筆，有沒有逮住人？那五兩什麼時候才能討回來？

聽到動靜跟出來的劉棗花幫她問了，那錢呢？

程家興回答。「衙門通緝的犯人多了去，縣太爺管一方百姓生計，能把心思全放在這上面？要我看，當時讓人跑了，哪怕以後能逮住他，也別想要錢。他騙去的錢，要麼藏了，要麼分了，要麼花了，拿不出來，也不可能指望衙門賠。這五兩銀子打水漂兒了，只能當個教訓，以後別聽風就是雨，有什麼事，多跟家裡人商量。」

程家興說完，急著回去看何嬌杏，趕著牛車走了。

程家興還沒到家，就望見坐在躺椅上曬太陽的何嬌杏，腳邊還有一群低著頭啄食、養了兩個月的半大母雞。

春日陽光燦爛，又不到曬人的時候，何嬌杏靠著椅背，手搭著肚皮，舒服得差點睡著，聽到由遠及近的聲響，睜開眼，瞧見駕車回來的男人，頓時笑開。

何嬌杏站起身，要往下車的程家興跟前撲，被他喊住。「妳坐好了，別跑、別跳。」

何嬌杏老老實實地坐回去，晃了晃腿，揚聲問他這趟順不順利，又問：「對了，今天你吃了什麼，趕路回來餓了嗎？想喝粥配餅，還是麵條？」

程家興把車停好，拴好牛，餵牠吃草，回頭看著笑咪咪的何嬌杏。原本出去一趟有點累人，夜裡想著懷孕的媳婦，也沒睡好，但現在看她這樣，心裡舒坦多了。

程家興說，在縣裡買了肉包子吃，問何嬌杏怎麼樣？沒什麼事吧？

「我能吃能睡，好得很呢！你還沒說，逮住騙子了嗎？」

程家興坐過去，把何嬌杏抱進懷裡，歇了會兒，才說：「到縣裡才知道受騙的不單一、兩個人，聽他們說了被騙的經過，我想應該是熟手，要逮著他恐怕不容易。」

「那五兩要不回來了？」

「我勸過二哥，讓他別抱太大希望。這不只是五兩的事，二嫂吃藥吃出毛病，還得治病，不知道要搭進去多少。就說懷孕生子只能盡人事、聽天命，強求不來。」

何嬌杏任由他抱著，道：「早聽說老天爺愛作弄人，你想要的，總不給你，等你不想要了，卻送上門來。前幾年，我娘到處託人，想替我說門好親，總是不成，直到去年費婆子上門，才糊里糊塗成了咱倆的好事。以前誰能想到我會嫁到大榕樹村，跟你過日子？」

程家興點點頭。奔波一天一夜，實在累了，又坐了會兒，便跟何嬌杏進屋休息了。

程家兄弟連夜跑去縣裡，這麼大動靜，哪瞞得住村人？陸續有人聽說了，還私下攛掇程家貴，說周氏不會生，還這麼敗家，留著幹什麼？

以前程家貴聽到這話，會跟他們動手，現在只當沒聽見，悶頭走路。又有人嚼舌，周氏能上當一回，就會有第二回、第三回。女人家蠢了，也生不出聰明兒子，趁早換一個，造福後代。

程家貴這才垮下臉，斥道：「我媳婦好不好，礙著你了？關你什麼事？吃飽了撐著，管那麼多！」

聽說閨女求醫被騙，人躺在婆家要死不活，周氏的娘立刻就要去探望，但這節骨眼又出了事，隔房的小姪女本來要訂親，因為這笑話，好事黃了，正尋死覓活。

聽媒婆說，外面都說周家姑娘蠢，還不會生，所以沒出嫁的才受了連累。

這些事，全是劉棗花閒聊時說出來的，何嬌杏聽在耳中，又想起出嫁後回娘家時，娘跟嫂子都很關心她的肚皮，哪怕程家興已經是遠近聞名的好女婿，她們還是不放心。沒懷上時，娘家人指望她早點懷；懷上以後，又盼她能直接生兒子。

何嬌杏沒潑她們冷水，但偷偷問過程家興，想要兒子還是女兒。

程家興抬了抬眼皮，很無所謂地說，生出什麼就是什麼吧！像何香菇那麼乖是最好，不要皮猴。

黃氏聽到這話，抬手打了他一下。「要是像你，不管是男是女，都是皮猴。你忘了你小時候？比家富、家貴他們都要煩人，那會兒一點都不懶，天天精神得很，轉眼跑得無影無蹤，我成天四處找人。」

每到這時候，程家興就抬頭看看天，低頭看看地，假裝沒聽見老娘說什麼，聽見了也不承認。

黃氏還要念叨，程家興便把她拽到旁邊去，哼哼唧唧地道：「在我媳婦面前，給我留點面子！」

黃氏不知道他還有什麼面子，但兒子這麼拜託了，要她閉嘴也行。

「臭小子，沒事去推石磨、做點豆腐。聽說懷著孩子吃豆腐好，尤其是魚頭豆腐湯，還能補腦，多吃些，生出的孩子白胖又聰明。」

一聽說吃豆腐好，剛才還無所事事的某人立刻忙活起來，把石磨刷洗乾淨，磨出一小桶生豆漿，濾好倒進鍋裡，煮豆花，壓出豆腐。

以前這些活，程家興都不會做，但自從何嬌杏懷孕之後，他學了不少，現在做豆腐已經不用人指點了。

豆腐不管怎麼吃都很美味，何嬌杏最愛吃的還是豆腐燉魚及豆腐豬蹄湯，不知道是不是因為多吃了幾回燉豬蹄，她的肚皮不像吹起似地脹大，反倒是胸前波濤洶湧，原先的肚兜就不那麼合身，春衫、夏衫的盤釦都繫不上了。

成親這麼久，對自家媳婦的身材，程家興瞭若指掌，趁著半夜人睡著了，偷偷比劃過，的確是豐滿許多，手感也比以前更好。

於是，程家興跑到鎮上，幫何嬌杏買了幾件新衣裳。用的是是最舒服的好料子，上身寬寬鬆鬆，一點也不拘束；真要說缺點，就是這些衣衫不顯腰身，乍看之下，人好像胖了不少。

只有程家興知道，何嬌杏身上的肉特別聽話，很會找地方長，懷孕就是折磨他的。除了過過眼癮，有時偷摸過個手癮，沒實實在在吃到肉。

至於何家那邊，隔段時日，東子會來送魚，順帶看看何嬌杏。

以前常聽自家老娘說，十月懷胎不容易，可他瞧著阿姊的樣子，也沒有很不容易，氣色比懷孕之前好了許多，又因為月分漸漸大了，身子圓潤起來。

每回見面，何嬌杏的肚皮都比前一次要大，本來沒多少肉的小臉也圓潤了些。上次他還發現，程家興在何嬌杏臉上捏了好幾把，看他那麼捏著，手感應該相當不錯。

東子回去把這些事說給爹娘、兄嫂聽，家人深感欣慰，又唸了他，十月懷胎怎麼還成享福了？他過去才幾次，萬一她是在他沒去時難受呢？

「我懷杏兒還好，後來懷你就不踏實，月分淺時吐得厲害，月分大了什麼事都幹不了，多縫兩針便覺得暈；好不容易把你生下來，又不好帶，你小時候特別鬧騰，兩歲以前都丟不開手，得一直盯著。」

東子聽著，覺得這是別人的故事，根本不相信是在說他。

唐氏又道：「好在杏兒從小懂事，你兩歲之後，經常讓她看著你；你鬧起來，她也有辦法，力氣大拽得住你不說，你哭她還能來個巴掌碎大石，碎完你就知道乖了。」

東子嘴皮抖了抖，心道被何嬌杏這麼帶大，他還沒長歪，怪不容易的。

「不知道阿姊這胎生下來是外甥還是外甥女。」

「先有個兒子最好。」

東子不以為然。「之前姊夫來家裡瞧見香菇就喜歡，不是非得要兒子，家家戶戶都生兒子，上哪兒娶媳婦呢？」

唐氏瞅了他一眼。「你不懂。」

「我有什麼不懂？娘不就是怕阿姊也跟周氏那樣尷尬，想著先有個兒子，便什麼麻煩都沒了。要我說，以阿姊的能耐，本就沒有麻煩；再說姊夫哪是耳根子軟的，別人說什麼，能礙著他？您別跟阿姊念叨生兒子的事，她不愛聽那些，沒頂嘴，是給親娘面子。」

唐氏聽了，頓時無言。兒子句句在理，自己難得被他堵得說不出話啊！

後來，東子送魚去給何嬌杏時，提起這件事。何嬌杏抬手給他一記爆栗，做弟弟的立刻抱著頭，委屈地叫號。

「我又做錯事了？我是看阿姊不愛聽，才提醒娘嘛！」

「賞你一下，是要你對娘恭敬些。娘怎麼說都是心疼咱們，照不照做是一回事，好歹別頂嘴。」

「我就覺得，生個女兒也好，像香菇乖得很，全家都很疼她。」

以前何嬌杏沒想過這麼早生，也沒有特別偏好兒子或閨女，她跟程家興想得一樣，若生兒子，像鐵牛這樣挺好，生閨女像香菇那樣也不錯。反正肚皮裡這個是男是女已經定了，說什麼都改不了，沒必要胡思亂想。

關於這個，黃氏也想得開，不管是孫子或孫女，能平平安安生下來就成。鐵牛已經六歲，孫子輩該添人了。

第三十四章

何嬌杏懷孕後，朱小順跟蠻子來送過紅糖跟母雞。六月時，他倆又來了一趟。

兩人一進堂屋，便看見程家興拿著蒲扇替何嬌杏搧風。何嬌杏坐在竹椅上，跟前擺著木墩，上面放了大簸箕，裡面是剝好的生核桃仁。

他倆走到屋簷下，何嬌杏放下剛剝好的核桃仁，抬頭看向門口。

「是你們兩個，怎麼得空過來？」

朱小順說，他的喜事定了，來跟程家興說一聲。

「訂下了？是哪家？」

提到這個，朱小順還有點不好意思，乾笑一聲，瞅了瞅挺著孕肚的何嬌杏。

這一眼，意思很明白了，何嬌杏微微睜大雙眼，反手指著自己問：「是我家姊妹？」

「是啊，就是你們家的。」

得了準話，何嬌杏立刻在腦子裡想了一圈，道：「應該不是我們這支的。冬梅跟香桃的親事早說定了，再往後是杜鵑，她剛滿十二，還小呢！」

何嬌杏說著，招呼兩人進屋裡坐，順手又拿了顆核桃，喀嚓一聲捏開，邊拿出核桃仁邊問：「是我大爺爺還是二爺爺家的？」

「都說到這兒了，嫂子猜猜看嘛。」

這還真不好猜，怎麼說何家也是魚泉村第一大姓，同輩兄弟姊妹太多，這麼一琢磨，腦子裡就浮現好幾個名字。

何嬌杏沒來得及一一求證，便聽見程家興問：「也是費婆子作的媒？」

朱小順擺手。「這門親事一波三折，看了幾個都不成。前段時日，我有點事去魚泉村，碰巧看見一個姑娘，長得秀秀氣氣，眼睛特別水靈，我就跟人打聽了，你猜是誰？竟然是之前賣豬肉給咱們的何寶根家的。」

何嬌杏恍然大悟。「是小菊啊？」

朱小順猛點了兩下頭，正是何小菊。

「本來，我這種地痞哪攀得起屠戶家的女兒？虧得去年夏天跟著程哥做買賣，那陣子和嫂子娘家人來往得多，聽我奶奶的意思，老丈人覺得我以前雖然不懂事，但做起事來還算踏實，又肯吃苦，才點頭把小菊許給我。他們已經在挑日子，一年內媳婦總要進門，還來得及蓋個新房子。」

朱小順說著，又一陣樂呵，道幸虧何嬌杏先一步嫁過來，而且過得好，老丈人才放心把閨女許給大榕樹村的人家。不光覺得朱小順不錯，更是覺得堂姊妹嫁到同一個村裡，哪怕離娘家遠一點，也能互相照應。

「說到底，我是託了程哥跟嫂子的福。嫂子回娘家時，沒少幫我說話吧？」

「只是偶然聊到，說了幾句。我不知道你跟小菊的事，哪會特地去幫忙？」

「那也是幫大忙了。」朱小順點頭，拍了拍蠻子的肩。「我看嫂子娘家姊妹個個都好，又長得白嫩，蠻子你也去求一個來，往後咱們就是正兒八經的親戚啦！」

聽朱小順講這些事時，何嬌杏還不忘記喀嚓捏她的核桃。想著吃核桃補腦，遂哄程家興去買了一擔，生核桃很不好剝，幸虧她力氣大，隨便捏也比核桃鉗子好使。天熱起來，挺著孕肚不方便做其他事，剝核桃還能混混時間。

她剝核桃，程家興幫她打扇，朱小順他們看著這個成了親的大哥，前後一年，變了不少啊！

從前，程家興會替人打扇？想也別想，倒是能把人的腿打斷。

「你倆過來，就是想說這個？」

「程哥別著急。最近我倆去了小河村，陳麻子家的蛐蛐兒賭坊又搞起來，也有人挑著東西去賣，但生意沒有咱們好。那些賭客看到我，問程哥什麼時候再揹肉絲上門，太久沒吃到，他們都饞死了。」

「你嫂子這樣，還做個屁肉絲，錢能比我閨女要緊？」

「閨女？還有好幾個月才生，你怎麼知道是閨女？」

別說蠻子跟朱小順，何嬌杏也盯著程家興瞧，想知道為什麼。

程家興撓撓頭。「是不一定，但很可能是。」

「怎麼說呢？」

程家興的手有點疼，把蒲扇遞給朱小順，讓未來堂妹夫接著搧，他歇會兒，順道解釋。

「前段日子，杏兒說吃核桃補腦，讓我買了一擔來。買核桃前，我去了幫妳把脈的濟春堂，問過老大夫，看看能不能吃。以前娘懷孕時沒吃這些，不是說有些東西本身好，可懷孕的人吃了就不好嗎？」

「這跟生男、生女有什麼關係？」

程家興瞄了瞄何嬌杏的臉色，看她只是好奇，沒有鬱悶煩躁，才接著說。

「妳懷孕後，每個月我都帶妳去看大夫，老大夫認出我來，看我問這、問那，便探我口風。我聽他的意思，假如指望生個聰明兒子，就打住吧，不用費錢了，別補到十個月，生下來的是個白胖閨女，覺得虧了，回頭找婆娘算帳不好看。這話應該是說，妳要生閨女吧！」

旁邊三個人聽了，還是不明白。

程家興一攤手。「那老頭子說，這種猜測也不是十拿九穩，讓我自己想想。我想個屁，我被他吊起胃口，結果糟老頭子壞得很，偏不解釋清楚。」

朱小順跟蠻子交換眼色，小心翼翼地問：「那程哥還是把核桃買回來，是喜歡閨女吧？」

程家興沈吟著，感覺風沒了，抬腳踹朱小順。「接著搧啊！」

朱小順趕緊繼續搧風，用期待的眼神看著程家興，等他回答。

答是答了，結果卻很讓人意外。

程家興沒表現出很喜歡的樣子，說是還好。

「生什麼都湊合，老子壓根兒不想媳婦這麼早懷，結果孩子趕著來投胎，攔都攔不住；來都來了，大老遠的，也不能讓她白跑一趟，投個胎怪不容易。」

何嬌杏聽了，力道沒掌握好，把手裡的核桃捏得粉碎。

三個男人齊刷刷看過來。

接著，鱉子和朱小順像被火燒了屁股似的，突地站起來，腳底一抹油，就要開溜。

程家興手快，一手拽住朱小順。「放下蒲扇！這新買的，還沒用幾回啊！」

看人跑遠，程家興想接著替何嬌杏搧風，又想起剛才在她手裡粉身碎骨的核桃，壯著膽子拉過她的手，撥乾淨碎成渣的核桃，用帕子擦乾淨。

「怎麼突然那麼大力？捏成這樣，不硌手啊？」

「誰叫你胡說八道？」

「我沒胡說。」

「你閨女聽說當爹的看她還湊合，不傷心啊？」

程家興想了想，道：「她聽不懂，再說她也該好好反省，幹麼等不及，這麼早來投胎？她一來，我就過起和尚日子了。」

何嬌杏氣結，忽然想起自家男人是死鴨子嘴硬，從前跟人吹過不少牛，真要計較起來，他的臉早就腫了。

「對了，老大夫說的話，娘知道嗎？」

程家興搖頭。「我沒說。這有什麼好說的？」

「你還是跟娘提一提吧！」

「是怕娘不喜歡孫女？」

在自家男人的面前，何嬌杏沒什麼好掩飾的，遂點了點頭。

程家興坐過去，攬著她的肩膀。「現在只要能添個人，娘就高興，哪裡非得是兒子？再說，孩子是我的種，又不吃別家一粒米，也不喝別家一口水，我閨女，我稀罕就成。」

何嬌杏懶得拆穿他，不知道剛剛是誰說還湊合的，轉身又稀罕上了，便拿胳膊頂了頂他。「貼這麼近，你不嫌熱啊？」

程家興才不管呢，繼續摟著媳婦說話。

另一邊，黃氏才從菜地回來，聽到話尾，站在門口問：「什麼事要跟我說？」

「沒什麼，就是鎮上濟春堂那老大夫說，杏兒這胎應該是女兒。娘要是男女都喜歡最好，要是只喜歡孫子，可以收拾收拾回老屋去了。」

黃氏手上拿著菜，聽了便把菜放下，走進堂屋，奪過程家興的蒲扇，朝他身上拍。

「老娘是指望你們兄弟都有兒子傳宗接代，不是非要一胎生出來，這胎生了女兒，以後再懷就是。怎麼，我還能刻薄孫女？別躲在媳婦後面，我今天打死你這兔崽子！」

傻子才不躲。

程家興縮到何嬌杏背後，抱怨道：「我本來不想講，是杏兒說，最好還是告訴您。」

何嬌杏語塞，尷尬地點點頭。

黃氏拍了拍何嬌杏的手，和顏悅色地讓她坐到旁邊去，伸手擰住程家興的耳朵。「還學會知情不報，能耐了你。」

因為沒有非得第一胎生孫子的念頭，聽說是孫女，要說黃氏有什麼感覺？就像一道謎題終於揭曉啊！

回老屋後，她把這事告訴程來喜，程來喜也道能順利生下來便好，一般來說，生頭胎都挺吃力的；又道要孫子以後再說，程家興成親是晚些，但其實人也還年輕。

「老太婆，妳還是一樣照看，別聽說是孫女就變臉，不然老三能直截了當地請妳回來。」

黃氏瞅他。「我哪是這種人？」

「妳沒那想法最好，我不過提醒一聲。老三媳婦心裡應該有些不安，才要老三開口。」

黃氏應下，兩人吃完晚飯，各自歇下不提。

程來喜這話，形容哪家媳婦都沒毛病，但何嬌杏真沒有糾結、內疚，還是剝她的核桃、吃她的粥、養她的肚皮。

閒著沒事時，她跟程家興商量，既然知道大概是女兒，是不是先取個小名喊著？

小名啊！何家的香菇就不錯。

程家興順著香菇想，忽地一拍大腿，說有了。

「叫冬菇。」

不等何嬌杏發問，他便解釋起來，年頭懷的年尾生，冬天生的姑娘，不正是小冬菇？

何嬌杏一陣恍惚，這個名字和春生、潤娃一樣，充分表現了當爹的水準。

「去年聽說大嫂生了香菇，你怎麼有臉嫌人家取名太隨便？冬菇又比香菇好多少？」

「小名嘛，取得太文謅謅，喊著不親熱；再說叫冬菇，聽著就是好孩子，比隔壁院子的屎蛋、菜花強多了。」

「你還考慮過替閨女取名叫菜花?!」

「這哪成！要叫花兒，也得是荷花、菊花、望春花，我閨女能叫菜花嗎？若生個兒子不得叫菜籽？過個二十年有了孫子，叫菜籽油啊?!」

何嬌杏真恍惚了，讓他這麼一說，回頭再看，竟然覺得冬菇這名字不錯。她同樣不太會取名字，要她想，也只能想出六斤啊、十月這種的。

「那就叫冬菇吧！」

於是，這對年輕爹娘便草率地把未來閨女的小名定下來了。程家興還說，萬一糟老頭子沒說準，生了帶把的，就叫冬筍！冬筍寓意好，長得快不說，還節節高。

對此，何嬌杏默默縱容了，心道冬菇、冬筍都行，好歹比冬瓜強。

關於何嬌杏這胎很可能是女兒的事，她男人跟公婆沒啥想法，反倒是其他人擺出了各種姿態。

如因她懷孕而倍感鬱悶的周氏，聽說三房頭胎是女兒，一下精神不少。

這件事是程家貴告訴她的，周氏問了一大堆，心情鬆快後，又皺起眉。

「娘知道她要生閨女，還端茶、送水地伺候？什麼都沒說？一丁點不耐煩也沒有？」

程家貴笑了笑。「老三聰明，三弟妹也有本事，是他倆的種，帶不帶把，娘都喜歡，哪會嫌棄？娘也說了，生個像三弟妹的閨女好，會體貼人不說，長大了，還能幫家裡結門好親。我早跟妳說過，娘是想抱孫子，但不像有些人家的婆婆那麼苛刻，現在總該信了吧！」

周氏迷茫得厲害，不管她娘家還是村裡那些婆娘，都說早生兒子才立得住，現在聽說婆婆知道何嬌杏懷的是女兒，還跟寶貝一樣伺候，頓時不知道該怎麼想了。

程家貴都聽說了的事，劉棗花能不知道？她也是更稀罕兒子的，但別人稀罕女兒，她管不著，只道閨女也好，是娘親的小棉襖，臭小子就沒那麼貼心。像鐵牛，都六歲了，還只會瘋玩，成天瞎跑。

說到鐵牛，何嬌杏多嘴問了一句。「大嫂怎麼沒送鐵牛去學堂認字？以後日子越過越好，買田、買地要立契不說，搭夥做買賣也得有個文書，看不懂就只能聽別人說，人家要是看準這點來矇騙呢？半生積蓄說沒就沒了，可不是開玩笑的。」

劉棗花道：「這真不是我小器，是咱們村裡沒有學堂，沒人教啊！最近的學堂，要走三、四里路，平時鐵牛在村裡瘋玩，我喊一聲便能找到，離家那麼遠，總放心不下。現在他還不懂事，多等兩年吧，八、九歲再送他去學堂。」

劉棗花想著，才剛分家，這兩年得先把日子過順。她不指望兒子考科舉，只是認個字，晚點上學並不耽誤。

何嬌杏也是忽然想到，順嘴兒一提，看劉棗花心裡有數，就不多說了。

劉棗花又說，先知道是男是女也好，能把襁褓準備起來，既是閨女，便做得花稍些。

何嬌杏道：「大嫂別操心這個，冬菇她爹知道準備，他早念叨要去買布，請鎮上裁縫做幾套好的。別說襁褓，他還跟老四訂做了帶圍欄、還能搖著哄孩子的床。」

自家有人學木工就是方便，想要什麼和他說，過段時日便打出來了。

俗話說：「沒吃過豬肉，還沒見過豬跑？」

何嬌杏兩世為人，第一次當娘不假，可她見過別人懷孕。聽說懷胎幾個月後，胃口會變大，卻不能真敞開肚皮去吃，因為人的胃口會越吃越大，尤其頭一胎，把孩子養得太大，可不好生。

這年代不能剖腹，何嬌杏不敢冒險，雖然每天吃五餐，量卻不大，感覺差不多了就停。晨間涼爽，程家興會陪她在三合院附近走走，等日頭高起，她就不太出門，或聽黃氏說些程家往事，或幫著做些輕巧的活兒，再不然便上床躺著休息。

去年，程家興買了驅蚊香包跟藥膏，如今何嬌杏懷孕，不敢隨便用，夜裡掛上蚊帳，白天就靠他打。

結果，何嬌杏懷個孩子，把程家興折騰得夠狠。

想要的，他去訂；想吃的，他去買。想散步，他扶著；想睡覺，他陪著。鬧脾氣時，他負責哄，家裡大小事，也要他出面去辦，每個月還要帶何嬌杏看大夫。隔段時日，還要上岳家一趟，哪怕隨便說兩句都好，總得叫岳父母放心。

這還沒完，澆菜、餵牛、餵雞等等，沒做買賣，也把程家興忙壞。何嬌杏身子重了，經常不舒服，他又去鎮上向討人厭的老大夫請教，看怎麼能讓她舒坦一點。

哪怕何嬌杏還沒生產，程家興已經決定，即便再想要孩子，也要多等幾年再說，過程實在太熬人了。不光對女人來說是磨礪，對男人更是考驗。

本來何嬌杏脾氣不差，偶爾跟程家興小鬧一下，那是夫妻倆的情趣；但最近她經常莫名其妙不開心，還會因為芝麻綠豆的小事糾結，得費很大的力氣，才能哄住她。

程家興聽老大夫說過，女人懷孕之後，脾氣可能會變，讓他多忍讓。他記住了，每回何嬌杏揪著小事不放，跟他鬧騰，他就好聲好氣地哄。

這下，何嬌杏不好意思了，回頭想想，覺得自己無理取鬧，臉頰紅得像燙熟的蝦子，抱著程家興說起軟話來。

不過，因為這舉動實在可愛，程家興非但沒覺得不耐煩，還樂在其中啊！

第三十五章

又過了一段時日，田間稻穀成熟了，各家準備搶收。

程家旺回來了，不光人回來，還帶著程家興訂做的搖搖床。四兄弟齊聚，好吃好喝一頓後，其中三個開始忙活，還跟程家興借走他的牛。

程家興沒有稻穀可以收，也顧不上看別人的熱鬧，因為懷孕六、七個月的何嬌杏，最近力氣有點失控。

某日清晨出來走動時，她突然頭暈，正好人在簷下，旁邊是石磨，順手一扶，卻把石磨壓碎了。

程家興正好進廚房放碗，聽到院裡有動靜，趕緊出來，只見何嬌杏愣愣地站在簷下，而那口去年才打的石磨，已經粉身碎骨了。

程家興心裡一緊，顧不上石磨，快步走到何嬌杏身邊，剛要伸手扶她，她卻躲開。

「怎麼了？」

何嬌杏又看了石磨一眼，再看看長了些肉的手，猶豫道：「剛才頭暈，我怕摔倒，伸手扶了石磨一下，就變成這樣。」

遇上這種事，說不慌是假的，程家興想著，他是男人要穩住，先安慰何嬌杏，再拿張凳子給她坐，才從旁邊的碎石裡，挑出一顆小的遞到她手裡，讓她試試力氣。

剛才何嬌杏扶上去時，感覺石磨像板豆腐，這會兒捏著碎石塊，又沒事了，沒有輕輕一碰就把石頭捏碎，便鬆了口氣。

程家興見狀，心裡有數，正想安慰她，剛才出門去田裡幫忙的黃氏進了院子，邊走邊道，搶收真是累人，但突然沒了聲音，愣愣地盯著碎成渣渣的石磨。

「怎麼回事？我出去一趟，你倆就動手了？」她說著，猛地轉頭看程家興。「我不是交代過，杏兒懷著孩子，受不得氣，讓你多順著她，有事好好說，怎麼還把杏兒氣成這樣？」

何嬌杏坐不住了，站起來向婆婆解釋，程家興也說自己沒惹媳婦生氣。

「好好的石磨變成這樣，還不是打架打的？好端端的，幹麼跟石磨過不去？拍碎了不得花錢買新的？」

黃氏怎麼看，何嬌杏都不是這麼無理取鬧的人，以前嚇唬人也是拍外面的石板，或徒手掰燒火鉗，不會跟還原不了的東西過不去。所以她有理懷疑，是兒子氣著媳婦。

於是，她又瞪了程家興一眼。「你好好說，到底怎麼回事？」

三合院單獨蓋在竹林旁，跟別人家不相鄰，且眼下各家全在地裡忙著幹活，沒人過來，程家興沒把老娘往屋裡拽，就站在屋簷下說了。

「娘不是做好飯就出去了嗎？吃完後，我把碗筷收進廚房，杏兒看日頭還不毒，想出來走走，剛到屋簷下，忽然頭暈，扶了石磨一下，它就碎了。」

黃氏聽完，讓何嬌杏先坐下，問她這會兒覺得怎麼樣？還暈不暈？

「沒事了，小時候我控制不好力道，也弄壞過一些東西，長大後便不再發生過這種事，突然這樣，不知道是不是因為肚子裡這個。這情況請大夫看，也沒用吧？」

黃氏擔心她，程家興卻道，說不定是好事情呢！

「好事？這會兒看著沒事，但之後時不時再來一下，怎麼辦？」

「多注意些，捱過這段時日就好。我想著，是不是因為這孩子想繼承杏兒的力氣，才會這樣。」

黃氏想了想，道：「那不是更糟，你忘了，大夫說你媳婦這胎是閨女，閨女要這麼大的力氣做什麼？難道你指望婆娘跟女兒幫你使力氣，讓你享清福嗎？還是不是人呢?!」

何嬌杏早就知道，程家興這性子是隨婆婆的，母子倆像極了，明明心裡裝著家人，卻偏偏喜歡在嘴上嫌棄。了解才覺得暖，外人很容易誤會，相比起來，程家興更過分些，比婆婆還多了一點霸道。

看婆婆又唸他，何嬌杏差點沒忍住笑，想想時機不對，硬是憋回去。「要真跟我一樣，這孩子恐怕不好帶。聽我娘說，我剛生下來時還好，後來力道年年變大，起初控制不好，經常闖禍；真正覺得力氣大是好事情，是五歲之後，漸漸懂事後，有這把力氣能幫家裡幹很多活，走出去也沒人敢欺負我。」

「他們都躲著妳走吧？」

「是有不少人躲著我，又有什麼關係？自家還有兄弟姊妹，總不缺玩伴。」仔細想想，這把力氣放在兒子身上是好用，給閨女繼承也不錯，不必擔心她被人欺負，誰敢欺負她呢？

秋收後，小夫妻倆又去了濟春堂，讓老大夫替何嬌杏把脈。

老大夫道，這胎養得不錯，沒什麼毛病，程家興才把懸著的心放回去，又問了一遍：「我媳婦這胎懷的真是女兒嗎？」

「怎麼，你是喜歡兒子，不稀罕閨女？」

程家興擺擺手。「你不懂。你就告訴我，這回把脈，是不是還是女兒？」

老大夫喝了口涼茶，抬抬眼皮，道：「我跟你說過，哪怕是宮裡的太醫，也不敢斷言生男、生女，我們是有套祖傳的經驗，但跟你解釋不清楚；反正，這孩子在你媳婦肚子裡，是男是女已經定了，過兩、三個月生下來就知道，還問什麼？」

程家興被他氣著，心道老子本來是無所謂，這不是看著肚皮裡的孩子要繼承他娘那把力氣才問。那力氣還是給臭小子好，臭小子可以讓當爹的隨便使喚，還能一起做買賣，打虎親兄弟，上陣父子兵啊！要是閨女，就不能這麼幹呢！

然而，程家興的人生彷彿是來度劫的，夫妻倆小心翼翼地熬了三個月，十月底，何嬌杏有生產跡象了，得說力氣大有好處，痛到接生婆說差不多，使了大力，便順利地把孩子生下來。

黃氏找來的接生婆很有經驗，孩子出來後，動作非常麻利，很快便收拾好，還不忘瞅了一眼……沒小雞雞，心裡一涼，這下賞錢飛了。

她很後悔，聽鎮上濟春堂的老大夫說，程家三媳婦這胎懷的大概是女孩子，還心存僥倖，那老頭子要真說得準，早讓人請去府城甚至京城的大藥房坐堂，哪會困在這麼個小地方？

心想這事還有轉機，接生婆才同意過來，外面都說是女的，若在她手裡接生出個兒子，賞錢少不了不說，她的名聲也能響亮一回。結果，怎麼還真是個閨女？

這閨女瞧著比她接生過的孩子都好看，定是在肚裡便養得很好，可哪怕再好，不也是個丫頭？

她抱著孩子拍了拍，聽她哭出聲，才轉身把孩子交到跟進屋的黃氏手裡。

黃氏抱著孫女，可寶貝了，又聽見被轟出屋的程家興在外頭嚷嚷。「到底生了沒有？我怎麼好像聽到冬菇的哭聲啊？」

剛才孩子的確哭了兩聲，這會兒已經停下來，身上裹著襁褓，閉起眼，舒服地靠在祖母懷抱裡。

傻爹還在外面叫。「我媳婦呢？沒事吧？娘，您說話啊！應我一聲。」

黃氏衝外面喊，說生了閨女，讓他閉嘴別吵，又把冬菇遞給接生婆，走到床邊，拍了拍閉眼睡去的何嬌杏。

頭一胎熬人，黃氏知道她很累了，想休息，可眼下還不能睡，得趁接生婆還沒走，先餵奶試試。

何嬌杏被婆婆叫醒，強打起精神餵閨女。興許真遺傳到她的力氣，冬菇爭氣得很，不用親爹進來幫忙，靠自己就吸到了奶汁。

看媳婦抱著胖孫女，洋溢母愛，黃氏笑了笑，這才送接生婆出去。

屋裡烤著火還不覺得，但十月末已經挺冷了，黃氏一走出去便哆嗦一下，趕緊把門帶上，轉頭就看到等得著急的臭小子。

「剛才您說我進房會礙事，現在總能去看看了吧！我媳婦沒事吧？我閨女呢？好不好看？」說著，他又嘿嘿笑起來。「是我跟杏兒的孩子，肯定好看。」

黃氏已經提不起勁嫌棄他，只道：「我讓你準備的東西呢？」

程家興拿了紅雞蛋遞給接生婆，又給了半串銅錢。

接生婆一愣，小心翼翼地說：「何氏這胎生的是閨女。」

「怎麼？是閨女還要加錢？」

接生婆傻了，回過神後直搖頭，補了好幾句恭喜的話，揣著東西趕緊溜了，出院子前還跟黃氏說：「以後妳家哪個媳婦要生孩子也找我來，我接生，妳放心。」

黃氏應了聲，發現接生婆已經走得老遠，明擺著是覺得程家興樂糊塗了，趁他不清醒，趕緊拿著銅錢跟雞蛋走人，腳底生風的架勢，好像背後有狗在追。

另一邊，劉棗花燉的雞湯出爐，程家興一併送進屋裡，何嬌杏喝了湯，卻沒精神陪他說話，又睡過去了。

程家興把冬菇放進搖搖床裡，看了一會兒，想起來他還有活，便出去找劉棗花進來，請她看著些，自己趕去告訴其他長輩，何嬌杏生了閨女。

聽本家親戚恭喜一通，程家興又跑去河邊，向乘船出來的何家堂哥報喜。本來想親自跑到何家說一聲，就被堂哥勸回去。

「妹夫，我替你去。以我二嬸的性子，聽說之後肯定坐不住，定要上你家看看，等會兒就能看見人。」

程家興笑著應下，跑回家守著媳婦兒跟閨女了。

晚一點的時候，唐氏果真跟大媳婦來了，說家裡男人正好出門，都不在家，把香菇託給隔壁院子，先帶大媳婦過來看看。不只來人，還提著母雞，拿了紅糖。

這時，何嬌杏補過一覺，精神好些，靠坐在床頭，看唐氏抱著冬菇，滿是稀罕。

「之前說生兒子好，以為您不喜歡外孫女呢！」

「娘想什麼，妳不知道？還打趣我。只要是妳生的，我都喜歡，那麼盼著，還不是為妳打算。親家母跟女婿不介懷，就無所謂了，先開花後結果嘛。得個閨女也好，閨女聽話些，知冷暖，會體貼人。」

何家大嫂插不上話，這會兒才問何嬌杏，生得順利嗎？

「前面痛夠了，還好我力氣足，憋口氣，人就出來了。」

「那還好，以後再生，應該能輕鬆些。」

「這兩、三年不生了。家興哥說，老大夫告訴他，一胎胎連著生，很虧女人身體，還說我懷個孩子，我受苦，他受累，都不容易，先顧著冬菇吧！添人的事，過幾年再說。」

「妳家這個叫冬菇？那不是跟我們香菇一樣？」

「是啊，家興哥說過，生個像香菇那麼乖的女兒也很好。這名字是他取的，喊著還算順口，就由他去。我婆婆也說，小名隨便喊沒什麼，以後取大名時，讓家興哥拿錢去隔壁村問秀才，取個好的。」

說到取名，何家大嫂嘆了口氣，說真的難，比生個孩子還難。

「當初妳大哥想了很多，全跟別家的重複了，村裡這些姑娘加起來，什麼花兒都有，我說不能再往花兒去想，不然站在院子裡喊一聲，七、八個人答應。可不往花想，又不知道該叫什麼，沒生產前就在想，結果還是生下來後才定的。」

何嬌杏聽著好笑，說冬菇跟香菇一聽就是姊妹，希望她倆以後能相處得好。

親娘跟嫂子陪她說了會兒話，看了看外面天色，便讓她休息，告辭回去。
程家興送她們出門，看兩人順順利利過了河，才回三合院。
回來的路上，程家興遇見村人，向他打招呼。「程家興，你媳婦生了？聽說是閨女？」
「是又怎麼了？」
那人咕噥一聲。「你是不是瘋了？誰家生閨女還給賞錢？不臭罵接生婆就算好了。」
程家興本來紅光滿面，聽到這裡，臉色就變了。「我閨女礙著你了？胡說什麼？老子有錢，老子稀罕，老子願意疼她，關你屁事？老子不光要給接生婆雞蛋賞錢，還要替我閨女辦洗三酒、滿月酒，開席請吃飯。你就喝西北風，你就乾看著，老子不跟你這窮光蛋計較。」
大喜的日子，程家興不能動手打人，回嘴罵了個痛快，氣呼呼地回去，找上自家老娘，說要幫小冬菇辦洗三酒，要讓程家親戚都知道，媳婦給他生了大寶貝。
黃氏抬起手，摸了摸他的額頭。「沒發燒啊，怎麼那麼多名堂？想一齣是一齣的。」
程家興氣呼呼地說，剛才回來的路上遇見個不長眼的。「村裡那些王八蛋笑話老子得了個女兒，我就和他們過不去，非得要他們知道，我閨女比他兒子還寶貝。反正我決定了，娘別攔著，好久沒開過席，是該熱鬧熱鬧。」
其實鄉下不太講究，可既然程家興這麼說了，她也不攔他，三房不缺這點錢，辦就辦吧！

「我懶得跑，你自己去請人，別忘了親家公跟親家母那裡。真是的，早知道要開席，剛才就該把話說到，便用不著再跑一趟。」

程家興不想聽他老娘唸經，腳底抹油溜了，去準備辦席的事。想著先把該安排的安排好，明天還要去濟春堂，問問老大夫有關坐月子的講究。

老頭子嘴上有點缺德，但本事還是有的，媳婦已經生了，總得問問他。這時候倒是不錯，月子坐滿出來時，正好在臘月間，搞不好還能抓住過年的機會，發筆財呢！

家裡又添了張嘴，哪怕還小，也多出一筆開銷，得把握住機會，該掙的不能放過了。

洗三在村裡有另一個說法，叫做打三朝，這天擺出來的酒席，就叫三朝酒，但真正為此開席的人家，其實不多。這年頭，多數人沒分家，頭頂上老人當家，底下兒孫成群；要不是家底兒非常殷實，根本辦不起，生了兒子，多坐幾天月子、多吃兩顆雞蛋，就算好了。

所以，聽說程家興要為閨女打三朝，本家親戚都傻了，村人更不理解。哪怕真有錢，生兒子辦酒席無妨，可那是閨女，賠錢貨。

何嬌杏生完的這兩天，程家興進出都被人盯著看，有人看傻子，也有人懊惱。

村裡那些婆娘閒聊時，覺得程家興定不是生來喜歡閨女，頂多是不嫌棄，這樣恐怕是在討何嬌杏歡心。都說何嬌杏手段高，也沒看出她是怎麼做的，竟把程家興握在手心裡，指東往東，指西往西。聽說何嬌杏懷著孩子那幾個月，跟祖宗一樣，全家伺候她一個，出門有人陪著，要吃什麼就動動嘴，立刻有人送上來。

在村裡生活就是這樣，若自己吃苦受罪，卻有人過得好，便喜歡議論。原先傳言何嬌杏是懶婆娘，全靠廚藝讓夫家敬著，要不是她能掙錢，好吃懶做，還想過得舒坦？

現在，大夥又找到新的安慰，何嬌杏再有本事又怎樣，還不是沒生出兒子，是夫家的罪人。

何嬌杏在暖烘烘的屋裡坐月子，壓根兒沒聽見這些話。程家興也聽不到，村人說閒話會避著他，偶爾撞上口頭犯賤的，他也不跟人客氣，都會直接罵回去。

冬菇出生後，程家興說得最多的四個字是：關你屁事。

從小到大，程家興的名聲沒好過，所以他根本不在意，他又不靠村人的讚美過日子；再說了，世上最不缺牆頭草，一輩子的好名聲，也能因為屁大的事壞了，若要經營這個，累不死人？

程家興一門心思替閨女辦三朝酒，排場雖趕不上他成親時，卻也相當熱鬧。

正值農閒，程家與何家親戚，能來的都來了。不光吃酒，有想好生看看三合院的，還有想問問他之後要做什麼買賣的。冬菇生在十月底，再兩個月便過年，以他的性子，該有打算了。

何家的女眷進了屋，看過冬菇後，就跟何嬌杏說起話來，問她生完感覺怎麼樣，又講了些坐月子的講究，月子坐不好，回頭可是一身毛病。

「不提這些了吧，我都聽了好幾遍。婆婆跟大嫂說過，家興哥還進了紅石鎮，去跟大夫請教呢！」

剛才冬菇吃過奶，沒一會兒又睡著了，唐氏把外孫女包好，放在搖搖床上，聽何嬌杏這樣說，笑罵了一聲。「別生在福中不知福。沒瞧見村中婦人多羨慕妳嗎？全說妳嫁對人了。」

「我坐著月子，能瞧見什麼？只知道有人說了酸話。家興哥不喜歡麻煩，卻非要辦三朝酒，忙前忙後累了一通，聽婆婆說，就是讓村裡人氣的，跟人槓上。」

唐氏問她怎麼說？何嬌杏看看屋裡全是自家人，就說了程家興罵人的話，逗得大家全笑出來。

「心裡這麼想，妳嘴上可別這麼說。」

何嬌杏無奈攤手。「不是我說的，都是家興哥的原話。」

唐氏也問何嬌杏，年底有什麼安排嗎？家裡多了張嘴吃飯，還是得好好掙錢。

「現在妳生了，趁著坐月子，該考慮買賣的事。今年花用不少，年尾該有點進項。」

「我想了，家興哥也跟我提過。」

唐氏提了提神，問他們打算做什麼？

「有好幾種想法，還在琢磨哪個更能掙錢。這一年，我懷著冬菇，拘束得厲害，走快點家興哥都怕我滑倒，這也不能、那也不敢，實在憋悶。等出了月子，定要大幹一場，也把這一年長起來的肉甩掉，不然肚皮都鬆了。」

何家嬸子被這話逗樂了。「妳也不胖，是以前太瘦了，現在正好。剛生完，誰都是這樣，慢慢便能恢復。」

唐氏說：「到時候，要是外孫女不鬧人，有親家母幫著照看，倒不耽誤你們做買賣；要是她愛哭鬧、不好帶，就做點簡單的。」

何嬌杏道：「現在冬菇一天睡十個時辰，能鬧什麼？再說，我瞧著她不像是愛哭鬼，真哭了，也很好哄，抱著她搖一搖，再哼哼曲兒，便又睡過去了。」

冬菇好帶的話，是黃氏先說出來的。程家興回憶了一下，鐵牛小時候極鬧騰，而自家閨女哪怕每天也會哭兩聲，卻比大姪子省心太多。雖然前兩個月鬧過親娘幾回，還讓親娘碎了一口石磨，但生下來之後就很乖呢！

辦完三朝酒，村裡都在傳，嫁人要嫁程家興，他對外人不客氣，可對家人是真好，肯疼婆娘，遇事也靠得住。

黃氏拿這個打趣他，程家興卻滿臉冷漠，等老娘說完，哦了聲，轉頭往裡屋走，去陪媳婦跟閨女，順便商量做買賣的事了。

前世，何嬌杏特地進修過廚藝，會做的吃食多，自己也愛嘗試，對照課程，試做過不少網紅點心。前世進入末世之前，還很愛看各種美食節目，認識了很多特色小吃。最近在考慮買賣做什麼，她努力回憶，想起一樣看節目時覺得很驚豔，做出來過年也好賣的吃食，名叫嵌字豆糖。

這字糖的作法，是用黃豆粉和芝麻粉做成兩色糖條，再拼出字形。黃的當底，黑的做字，拼好之後拉伸開來，切成小方塊，字就嵌進了糖裡。

拼出富貴、興旺、長壽這樣的字糖，過年一定賣得好，擺出來是吉祥寓意，像把學問吃進肚皮裡。家有讀書人的更喜歡，且供著讀書人的，多半不是窮得叮噹響的人家，叫價貴些也買得起。

何嬌杏將這想法大致告訴程家興，讓他去隔壁村找秀才寫些寓意好的字，放著備用，還把要用到的食材準備起來。

「到時候，熬糖、和麵的活你來做，這兩步簡單好學，我來拼字拉伸跟切塊，除非看著咱們做一回，不然應該想不到怎麼仿，能好好掙一筆錢。」

程家興問她，這做起來快嗎？

「做熟了不慢，不過這不是炒膨的，不占地方，也不需要一塊塊包起來，更不用牛車來拉，是挑出去論斤兩賣的。我倆做糖，沒工夫出去，還是批發著賣。正好前兩天大嫂說他們蓋了房子，已經把積蓄掏空，問我年底做不做買賣，趁著年前把字糖挑上街，應該好賣。」

提到掙錢的買賣，程家興勁頭就足，聽完何嬌杏的話，便開始風風火火地準備了。

第三十六章

趁著何嬌杏坐月子，程家興先讓隔壁村的秀才寫字，拿回家讓她琢磨著該怎麼拼，又上袁木匠家找程家旺，請他吃了頓酒，訂做壓製糖條的木模具；再來，他在鎮上和家裡往返，拉回磨得細細的黃豆粉跟芝麻粉，囤在倉房裡。

到了冬月裡，東西都準備好了。何嬌杏坐了三十天月子，怎麼也不肯再悶下去，喚程家興去燒熱水，痛痛快快地把自己洗乾淨，準備投身字糖買賣。

本來，幫何嬌杏坐完月子，黃氏便要搬回老屋。她在三合院住了快一年，哪怕天天都能看見程來喜，心裡還是惦記；而且程家富也挨著老屋蓋了新房搬出去，老屋裡只剩他跟程家貴夫妻，想想都嫌冷清。

結果呢，不等黃氏提，程家興看出她想搬回去，先一步開了口。

「娘，您真想回去，也等過完年啊！要不勸勸爹，讓他搬過來住。我這屋子寬敞不說，要什麼有什麼，不比老屋舒服？」

黃氏不肯。「這裡再好，也是你跟你媳婦的，那破破爛爛的老屋，才是我跟你爹的家。哪天我跟老頭子走不動了，跟著你們兄弟住，還說得過去，現在能幹活，幹麼搬來礙事？都說遠香近臭，是有道理的，有歲數的人記不住事，愛嘮叨，你聽多了不嫌煩？」

「又不是今天才煩的，煩著煩著，不就習慣了。」

黃氏被這話氣著，又想收拾他。「你這臭小子！現在杏兒的月子坐完，冬菇又好帶，不用我不離身地盯著，有什麼事，你喊一聲，我再過來。」

程家興嘆口氣。「不是跟您說過，年前有買賣嗎？冬菇再好帶，跟前總得有個人，您幫忙照看一個月，讓我把這錢掙了，才能做新衣裳、買好吃的，過個肥年啊！」

「那我白天過來，忙完回去歇息。」

「別折騰了，還是年後回去，就這麼定了。您跟爹不答應，那我把哥哥們的貨停了。」

黃氏氣結。「竟然威脅老娘？我是這麼教你的？」

程家興躲開，不讓她揪耳朵，哼道：「您可想好了，大哥蓋了磚瓦房，錢花得差不多，現在一窮二白；二哥連新房都還沒蓋起來，之前被騙，後來還給嫂子看病，現在能拿出十兩都算多，大哥跟二哥全指望您了。」

真是個討債鬼啊！黃氏忍不住想把人捶進土裡，還沒動手，何嬌杏從後面走出來，對程家興甩了一記眼刀。「怎麼跟娘說話的？」

程家興認命了，嘆口氣。「我就是懶得廢話，娘要真不肯，搬回去也行。我還想，多個人熱鬧點，您跟爹搬來住，把老屋讓給二哥多好，省得他為新房操心。咱們家又沒幾個人，偏要分在四間房子裡住著，有什麼意思？」

這話打動了黃氏，想了想，道：「我回去跟你爹商量看看。」

「行啊，您勸勸爹，老房子借二哥住，就暫時不用蓋新房了。二嫂那身體，以後懷上不知道要多小心，說不定還會把二哥絆住，不得先準備些錢？哪怕蓋泥瓦房也不便宜，現在急著蓋，一個弄不好，以後推倒重蓋糟蹋錢；湊合著住，他心裡也不是滋味。」

別看程家興平時氣人，真要講理，還是很有道理的。

當天，黃氏回了老屋一趟，跟程來喜商量好，下午程來喜便跟程家貴說：「老三要做買賣，你娘得幫忙帶孩子，走不開，我也搬去住。老屋這邊，你幫我看好了。」

程家貴沒聽出毛病，點點頭。三弟跟大哥相繼搬出去，他就有點著急，現在老爹把老房子託給他照看，那蓋新房的事倒是可以緩緩，爹娘都搬出去了，老屋總不能空著。

周氏有點不甘心，兄弟們都住進寬敞明亮的新房子，他們卻還沒把錢存夠；可這種事，除了忍耐也沒辦法，錢又不會從天上掉下來，只能慢慢存了。

這一年，周氏特別難過，算下來，他們敗去十多兩，手裡的錢只剩一半。十來兩做嚼用，能用很久，但要蓋房，卻難如登天，看看程家富就知道，他們攢下不少，可買地蓋房全搭上了，只剩下幾兩銀子。

聽說程家興想出新買賣了，周氏顧不上難受，趕緊催著程家貴去看看了。

他們過去時，大房的人已經到了。

三合院的廚房門緊閉，幾人在堂屋等了一會兒，才聽到何嬌杏說好了。

大家出了堂屋，走到簷下來看，只見何嬌杏手裡端著白圓盤，上面是幾個豌豆黃的小方塊，方塊上面還有字，字形有點熟悉。

劉棗花立刻開口，問這是什麼？

「我叫它字糖，就是上面寫著福祿壽喜貴之類字樣的糖。」

「這個字是什麼？」

「這個啊！」何嬌杏笑了笑，指著字，一個個告訴她，說是富貴興旺。

這下，不用何嬌杏多說，只要口味不太差，在過年這種時候，這吃食肯定好賣。

周氏興奮了，臉微微脹紅，問這個怎麼賣？

剛才程家興沒說話，這會兒才道：「這不能挨個兒來數，論斤發貨。妳拿去後，愛怎麼賣，就怎麼賣。」

「那一斤賣多少錢？」

程家興豎起兩根指頭。

「二十文？快趕上肉價了。」

程家興一聽這話，捣著肚子笑了。「它要是賣二十文，我折騰個屁？是兩百文。」

周氏跳起來。「兩百文？誰會買這個?!」

程家興老神在在。「外面糖鋪賣的桂花蜜，一罐要五百文，我這字糖賣不起兩百文？」

「可人家一罐也不是剛好一斤，總有個三斤。」

「那不是差不多的價錢？」

周氏心道，這差多了，批發價就兩百文，出去賣豈不更貴？這價錢太不實在。

程家興懶得和她廢話，只道：「這東西一口氣吃不了太多，除非大戶人家，不然誰也不會論斤買，也就秤一兩，拿個一、兩塊打發家裡孩子，或辦席時擺盤。一斤兩百文，一兩就是二十文，捨不得花二十文買個吉祥福氣，那吃土糖塊去，這原就不是賣給窮光蛋的東西。」

程家興剛說完，劉棗花就跟著開口了。「勸什麼呢？做買賣講究你情我願，嫌貴怕掙不回來，別摻和就是，又沒人拿刀子逼妳。」巴不得趕緊把瘟神送走了。

然而，瘟神並沒有立刻走人，還在猶豫。

周氏問何嬌杏，這壓不壓秤，一斤有多少？

「這分量跟綠豆糕、桂花糕差不多。」

那就是壓秤了，一兩銀子只能買五斤，五斤能有多少？這買賣真能做嗎？周氏想著，拿起一塊嚐味道，不覺得這個有香辣肉絲那麼吸引人，除了帶點豆麵香，就是糖味，這樣要兩百文，價錢太黑了點。

周氏怎麼想，都覺得字糖這麼貴，別人不會買，便打起退堂鼓，說錢不湊手，讓程家興先做，她再看看。

「我是無所謂，還能賣給別人。不過我這買賣，信就得信到底，不信我不強求；要是只想發財，不肯犯險！作夢去吧。別跟我說先來三、五斤賣賣看，要拿貨，就是一箱。」

這番話，程家興是對程家貴說的。

想到手裡只剩十兩，程家貴也不是很有主意，問程家興這個為什麼能賣？

「明說吧，這就是過年賣的吃食，年前就要收工，特別的是上面的字，能賣到鎮上甚至縣裡那些有點底子的人家。有錢人不在乎少吃一、兩斤肉，添幾兩字糖，擺個吉祥如意。

「你覺得這樣不划算，那天底下不划算的東西多了去，酒樓裡一道大菜能賣兩、三兩，你不吃就不吃，還是有別人吃。這字糖要是人人都會做，根本賣不到兩百文，放眼望去，單我一家有，價錢便是我說了算。」

別說腦子一貫活絡的程家興，何嬌杏只在一旁旁觀，大概也明白，為什麼程家貴沒辦法乾脆地拿主意。

假如他一窮二白，可能會賭上身家性命求個鹹魚翻身，反而是有點錢後，人的膽子非但不會變大，還會畏縮。說到底，沒有的時候不怕虧，有了才怕衝動之下選錯路，賠個精光。

程家貴弄清楚字糖的特色了，又想聽程家興說說，這批發之後該怎麼賣。

程家興心想，去年他教過，自己想啊！這麼適合在過年賣的東西，又是獨一份，怎麼都不可能虧。因為不想廢話，心想有一會兒沒看見冬菇，就把字糖分給兩個哥哥，讓他們好生看看，多嚐嚐，回去商量好後給個話，打算進屋看女兒。

離開之前，程家興又撂下幾句話。「我說清楚了，字糖分給你們，做買賣不是行善積德，少算錢不可能。這跟上賭坊一樣，下不下注自己看，我不可能勸，要是勸了，萬一後面出點岔子，沒掙著錢，那不得由我貼錢來賠？醜話說在前面，我覺得這買賣怎麼都能掙，如果沒做好虧了本，別找我。」

程家興說完，便進屋去了。

何嬌杏慢了他一步，也說了兩句。「有些話點得太透沒意思，可都到這分上，我便直說了。我跟家興哥改做批發，是因為人手不夠，想省點心，不想操心後面的事，如果什麼活都讓我們來做，憑什麼讓利？要掙錢便出力，掙得多還得冒險，做買賣就是這麼回事。」

周氏心裡著急，道：「我們剛學著做，沒什麼經驗，弟妹你們有本事，多擔待些。」

「二嫂，我們也是去年開始摸索著做，那點生意經，賣米胖糖時能教就教了。做吃食買賣，最要緊不外乎兩點：口味和新意，只要東西夠好，按說都不會虧，最差也能保本。這字糖比米胖糖還好收拾，又禁得起放，我想不到怎麼虧，還要擔待什麼？」

何嬌杏懷孕時脾氣暴躁，生完又好了，現在看周氏糾結半天，還能心平氣和，心想他們原本擔心貨不夠發，沒跟東子說，二房若真不做，回娘家知會一聲，東子立刻就會來。

何嬌杏不煩，劉棗花都要煩死了，衝周氏擺了好幾下手。「問完了吧？問完了妳回去跟老二商量，我還有事找三弟妹呢！」

「大嫂也有疑問？」

劉棗花瞅了瞅周氏，不肯當著她的面說，把何嬌杏拉到旁邊去了。

兩人避開周氏，劉棗花才小聲嘀咕起來。「我想著，老三總不會弄出虧本買賣來帶兄弟，這肯定能掙錢。可字糖壓秤，一箱若有個五十斤，本錢就要十兩銀子。我們蓋新房之後，餘錢只剩五兩，我怕不夠，弟妹琢磨看看，這該怎麼辦？」

但還不等何嬌杏回答，劉棗花就憋不住了，直接開口。「我想跟妳借十五兩，借一個月，債不翻年，給兩分利怎麼樣？」

若來借錢的是周氏，何嬌杏會推給程家興，結果自是不借，因為不放心。

可劉棗花這個人，經過一年相處下來，彼此有些了解，處得也不錯，加上借十五兩的確不傷筋動骨，心裡就願意了，不過還是要跟程家興打個招呼。

哪怕劉棗花不聰明，還是會看臉色，瞧出何嬌杏肯借，心裡懸著的巨石落了地。

「那三弟妹幫襯我幾句，跟老三說說情，確實是蓋了房子，才拿不出來的；而認識的人裡，拿得出這筆錢的，實在不多。」

說完自己的事，劉棗花又瞅了拿著字糖轉身離去的周氏一眼，道：「我都算到一箱要十兩，她肯定也算得出來。我猜她手裡只剩十來兩銀子，全掏出來捨不得，她就是這性子，屁大的事也要翻來覆去地琢磨。妳別慣著她，她不做，我們還能多拿點貨。」

劉棗花說完，也走了，何嬌杏這才回屋看女兒。

她一進去，就瞧見程家興有一下、沒一下地推著小床。

「冬菇鬧你了嗎？」

「剛才哼了兩聲，我晃了她兩下，就不哼了。」

何嬌杏不放心，摸了摸墊在冬菇屁股下的尿布，真是乾的。

程家興嘿嘿笑道：「剛才我也以為是要尿尿，抱她去把，沒把出來。心想該不是餓了，但才餵過沒多久。」

說到這裡，程家興的目光往何嬌杏身上某部位瞟了瞟。

何嬌杏擰他一把。「你往哪兒看?!」

「我是關心妳。妳今天沒脹奶嗎？」

這要是在前世的動漫裡，程家興已經被拍進牆裡，摳都摳不出來了。何嬌杏頭上跳著無數黑線，想著這是她的親丈夫，才忍下來。

就在她腦補把程家興踹上牆的場景時，某人欠抽，伸指戳了她的胸口一下。

何嬌杏抬手拍開。「閨女看著呢，你也真好意思。」

程家興非但沒有不好意思，還多晃了小床兩下，得意洋洋地道，別說她看不懂，看懂了又怎樣？這說明她爹跟她娘感情好。

「還證明她爹臉皮厚，比城牆還厚。」
「別說我，妳現在才進來，是哥哥、嫂嫂又說什麼了？」
「大嫂說本錢不夠，想跟我借十五兩，照兩分利算，問行不行。」
「那妳借了嗎？」
「借不借總得跟你商量，還能我說了算？」
程家興當真點頭。「妳說了肯定算啊，想借就借。」
「那利錢我們該不該收？」
「她給妳就收下，沒什麼好想的。」
何嬌杏點點頭，想到另一件事，問：「你這麼了解二哥、二嫂，那他們能商量出什麼結果來？會不會跟這買賣？」
「應該會。人的本事不大，底氣不足，就會保守謹慎，只想牢牢抓住得到的東西，怕虧了掙不回來。二哥、二嫂拿不定主意，是覺得字糖的口味普通。可在我看來，字糖能賣，是因為吉祥寓意，不管拿去打發孩子或者裝盤擺桌，都拿得出手。上面有字，可比尋常糖塊矜貴，還趕在過年前賣，定能賣錢。
「這個道理，我說了，哪怕還是覺得價錢太貴，他們應該也會賭一賭，就怕別人掙了錢，自己乾看著，心裡難受。」
何嬌杏點點頭，轉身去數銀子，打算晚點拿去給劉棗花，不多想這件事了。

程家興說得句句都對，可事情還是生了變數。

何嬌杏送錢給劉棗花時，聽說周氏回老屋後又不舒服，雖然之前的病治好了，但程家貴還是擔心，怕有反覆，顧不上商量事情，趕緊帶她去鎮上找大夫，到了這會兒都還沒回來。

過了一個多時辰，程家貴來三合院，跟程家興說，他恐怕顧不上這次買賣，因為周氏懷孕了。

程家興道：「那二哥不能出去了，萬一二嫂在家不舒服，我還怕擔不起責任呢！你好生照看她吧！」又恭喜他，讓他把好消息告訴爹娘。周氏的肚皮快成黃氏的心病，只是怕兒子、媳婦鬱悶，不敢說罷了。

程家興說著，指了指廚房，程家貴會意，進去果然看見黃氏在燒火，遂過去說了。

黃氏聽了就道，買賣沒有懷孕的媳婦要緊，讓他這回千萬當心。

「現在農閒，你多擔待著，別讓你媳婦忙活。年後，等老三的買賣停了，老三媳婦就有空照看冬菇，到時候，我再搬回去幫你看著。」

「娘，您再跟我說說，孕婦該怎麼伺候？」

黃氏說，要吃得好、少勞累，別讓她到處亂跑，少叫她幹活。要是為了芝麻綠豆大的事情拌嘴就聽著，能讓則讓。

程家貴聽了，想到何嬌杏懷孕時，程家興經常往鎮上跑，跟老大夫混熟了，便又去跟程家興聊幾句，聽些忌諱和講究，這才高高興興地回去。

成親這麼多年，媳婦總算又懷上，程家貴不想考慮別的，就指望她這胎順順利利。

程家貴回到老屋，生了火，想幫周氏蒸碗蛋，還在打蛋，發現人從屋裡出來了。

「你不是去給爹娘報喜，這就回來了？」

「娘跟老三都說孕婦捱不得餓，我想著妳中午沒吃幾口，趕緊回來做飯。」

「那娘呢？三弟妹出了月子，現在我懷孕，娘不搬回來住？」

「冬天農閒，娘說年前這陣子讓我自己顧著，等老三他們忙完，年後再來。妳待在家休息，事情讓我做，春耕時娘過來，剛剛好。」

周氏問他。「你不挑擔出門？你出去了，誰照看我？」

「妳都懷孕了，還做什麼買賣？我已經跟老三說了，這回我們不摻和，我在家照顧妳。這一年，三弟妹懷孕，老三不也把前後的事全停了？三弟妹吃得好、睡得好，姪女生下來，就比別家的結實。」

周氏聽到這話，眼前一黑。「老三這樣，是因為他有錢。咱們不掙錢，我跟肚皮裡的孩子喝西北風啊？你跟娘商量一下，讓她來照看我，你去做買賣。」

程家貴回想程家興說過的話，道：「不管怎麼說，這回的字糖買賣，咱們一定摻和不了。剛才我過去報喜時，老三就說不敢讓我出去奔波，怕妳在家有個差錯，他賠不起。妳好生養胎，別想這些。掙錢的事，等妳坐完月子再考慮，今年錯過了，不還有明年？」

說是這麼說，只怕明年另外兩家有房、有地、有錢，自家除了孩子，一無所有，窮得叮噹響，那日子想想就難過。

周氏苦惱著，心裡更悶，不知道該怎麼辦才好了。

第三十七章

程家興聽說周氏懷孕後，立刻去河邊，讓撐船出來的何家堂兄幫忙帶話，叫東子明兒來大榕樹村一趟。

把出喜脈時，周氏的確滿心驚喜，但聽說趕不上買賣，喜悅就被沖淡許多；偏偏程家興的說法還得到全家支持，連老實的大哥程家富都同意。

程家富知道，劉棗花素來跟周氏不合，遂裝了一籃雞蛋送過去，順便開導幾句。

在問過東子的意思之後，字糖買賣風風火火地做了起來。

起初，何嬌杏拼字的動作不快，但做的次數多了，變得流暢起來。她心裡明白，字糖最稀罕的就是中間用芝麻糖條拼出來的福祿壽喜貴，做字時便格外仔細，拉伸後，切出來工整又好看。

託這買賣的福，程家上下把這些帶吉祥寓意的字全認熟了，尤其是挑擔子出門的，客人說要發財給發財，說要長壽給長壽，做個小生意，還認了不少字呢！

這買賣真像程家興說得那樣，哪怕劉棗花他們商量著抬了價，一斤賣兩百五十文，利潤還是很大。賣一百斤就是五兩銀子，一百斤聽起來多，裝出來也不過一擔，兩箱而已。

程家興也提過，普通人不會買很多，大多是一兩、二兩地秤，還真讓他說對了，買得多的還是大戶人家，因為有客人來就要上點心，買這個當擺盤，吃不吃不要緊，沒吃的撤下去賞給下人。一兩銀子能買四斤的東西，對有錢人來說，值個什麼？

程家富說，他揹出去的第一天，鎮上大戶家的管事就要了四斤，酒樓跟茶館也買了，全是論斤買，還問他是不是天天來賣？賣到什麼時候？

「哪怕相信老三不會做虧錢生意，但訂這麼高的價錢，我還是有點心虛，差點不好意思喊，沒想到生意竟然十分好做，有不少人抱怨太貴，可抱怨歸抱怨，最後也掏了錢。我照你說的，整斤的賣，三、五塊也賣，買得多還送他們，一百斤挑出去，一會兒就賣光了，真沒費多大力氣。」

出去半天，他便掙了五兩，哪怕程家富不貪財，也壓不住那興奮勁，更別提他媳婦兒劉棗花了。

劉棗花陷入莫大的幸福裡，感覺自己輕飄飄的，來陣風都能飛上天去。

「我回來前，還去鎮上的糖鋪瞅了一眼，他們還在賣花生糖、芝麻糖跟米胖糖呢！」

程家興早知道了，這一年他經常去鎮上，自是一清二楚。

就像何嬌杏說的，米胖糖看看就明白是怎麼回事，二、三月時鎮上糖鋪便賣起來。起初生意特別好，但時日長了有點膩味，價錢也掉下來了，如今已稱不上稀罕，不過還是有很多人愛吃，常去買，只是生意再也沒有去年那樣紅火。

以商人逐利的本性來看，應該也有人買字糖回去品嚐學習，但這個不是隨隨便便能琢磨透澈的。

程家興猜想，糖鋪年前定會努力嘗試，要是想盡辦法仍做不出來，說不定會到村裡打聽。

他倒是不怕，只叮囑了一句，讓程家富跟劉棗花最好別落單，賣字糖的進帳多了，一個人走，怕半路上被敲悶棍。

程家興說話嘛，點到為止，後面程家富怎麼安排，他是不管的。

把程家富送走後，何家兄弟也回來了，大哥直接拿錢回家，東子紅光滿面地過來，說這生意比去年的米胖糖還好做，口味不算獨特，賣起來卻快得很，酒樓和茶館都搶著要。

聽說這是黃豆粉加芝麻粉拌糖做出來的，一斤兩百文的批發，哪怕工序再複雜，小夫妻倆得的利潤也相當大，真是個掙錢的買賣。

可惜，這個平常賣不好，也就逢年過節或家有喜事，才會想買點回去，若只是想吃口甜的，便不會來買。

東子跟程家興說著話，何嬌杏聽見，也出來了。

「還跟你姊夫嘮叨什麼？回去歇著吧，這個月有你辛苦的。」

「我跟我姊夫說說今天的生意。」

「說完了還不回去？回去燒肉吃，吃飽了早點睡。對了，我也提醒你，這買賣利潤大，你們出去當心些，最好多幾個人一起走，求個安心。」

「剛才姊夫就提醒過我，我回去跟老爹商量看看。」

東子笑嘻嘻地說完，也回家去了。

黃氏把兩頭的歡喜看在眼裡，一陣感慨，晚些時候把冬菇哄睡了，關上門跟程來喜嘀咕。

「你說，老二媳婦是不是沒發財命？之前什麼事都沒有，她卻不懷，真到做買賣時，卻把出喜脈。這是老三做過最大的買賣，老二卻生生錯過了。」

程來喜坐在床沿邊，道：「那有什麼辦法？換個人懷孕，還沒這麼麻煩，老二媳婦那身子骨兒，她懷上，家裡人是丟不開手，誰能放心讓她一個人待著？」

「現在她還不知道這次的利潤，要是知道了，會不會鬧騰起來？」

「能怎麼鬧？又有什麼用？」

程來喜催著黃氏上床睡覺，別想這些有的沒的，好好幫程家興帶孩子，等過完年，把孫女交還給何嬌杏，再去程家貴那裡。雖說分了家，管不管周氏都說得過去，但做爹娘的還是要一碗水端平，別傷了兒子的心。

字糖在鎮上大賣的事，村人陸續聽說了，想到程家貴沒摻和，周氏娘家都替他著急。

這次過來看周氏的，不是周大虎婆娘，而是周氏的親娘，聽閨女說是因為她懷孕丟不開手，才錯過買賣，整個人都喘不過氣。

「誰家沒個懷孕婆娘？這有什麼了不起，值得耽誤那麼大的生意？」

「家貴說什麼都不放心我，想親自照看，讓這胎好好生下來。」

「那叫妳婆婆來伺候，幹什麼非得他來？對了，妳婆婆在三合院幫何氏帶閨女，我是不知道閨女有什麼稀罕，但她不過來，我能幫襯妳啊，妳怎麼有錢不要，把男人拘著？」

周氏這才告訴她娘，是程家興不答應。

「聽說我懷孕，老三就不讓我們家摻和，怕出了門，我有個差錯，他賠不起。娘，您說我這是什麼命？之前作夢都想懷，真懷上又來得不是時候。我大哥、大嫂賣字糖，一天能掙五兩，比去年好賺太多，我們偏偏摻和不進去。」

周氏只恨肚皮不聽話，簡直想一掌拍上去，咬牙忍住了。

她娘勸她再去找公婆，現在懷孕了，什麼事不能談？懷著孩子吃喝要錢，生完要養也費錢，大不了保證，真有差錯，不怪程家興。

隔天，周氏真去找黃氏，拽著她抹起眼淚。

黃氏要她別哭，有話好說。周氏卻停不住，只道家裡窮，懷不起也生不起，日子難過。

黃氏曉得周氏要什麼，明著說了，她管不著，誰能做主，就找誰去。

周氏想找何嬌杏，但何嬌杏在灶上忙，廚房門閂起來了。程家興也在裡面，看外面半天不消停，做完手邊的活，便熄火出去瞧瞧。

周氏哭著，他笑著，問這是什麼意思？

「第一次遇見當嫂嫂的找小叔哭窮、哭慘，抱怨自家男人沒本事。要是妳嫌我哥沒出息，不如和離？過不下去就別過，來我這兒哭瞎了也沒用。」

這時，劉棗花來了，看黃氏跟周氏全杵在這裡，兩步跑上前，問怎麼了？搞清楚後，說周氏懷著孩子，最好回去歇著，少出來蹦躂，別耽誤家裡的買賣。

程家興順勢回去廚房，門上門，繼續熬糖、拌豆麵、壓糖條。

他才不想惹這種麻煩，找個下家還不容易，為什麼非得在周氏懷孕時把程家貴弄出去？大家都知道字糖買賣能掙錢，卻有危險，像程家富和東子他們，不敢獨自挑擔出門。若讓程家貴去做買賣，他不放心周氏，周氏沒看他回來，心也落不到實處，兩頭互相牽掛，這胎還生個屁？

話是這樣說沒錯，可問題在於周氏後悔了，不只她，親眼瞧見暴利之後，程家貴也滿心悔意。

不管過日子或養兒子，錢都是很要緊的。現在想起來，因為得知媳婦懷孕，程家貴衝動下做了決定，卻發現家裡多個孕婦，其實沒他想得麻煩，當時還覺得，哪怕字糖買賣能掙錢，預計也是二、三十兩的生意，誰能想到大哥他們每天能掙五兩，那兩旬不就是百兩銀子？這樣一來，放棄這回買賣的損失太大了。

程家貴後悔歸後悔，決定到底是自己做的，沒道理怨人，便沒臉去鬧。他沈得住氣，周氏卻沈不住了，揀了程家貴去菜園的時候，偷偷跑到三合院哭訴，若最終她仍摻和不進，便巴不得生意斷了。

眼下周氏恨人有，心裡怨怪，只是不敢掛在嘴邊說罷了。不過，懷著孩子到底是好，哪怕劉棗花聽著氣得跳腳，也不敢動她，只得轉身跑回老屋找了一圈，又去了田裡，半路上撞見提著白蘿蔔回來的程家貴。

「是你親口說這回不摻和，怎麼現在又讓周氏去鬧？你媳婦跑去找老三訴苦，說她日子沒法子過了。她還要不要臉，你丟不丟人？

「去年你們一個個指著我的鼻子罵，我跟老三商量的時候，好歹還沒分家；如今既然已經分了，你跟周氏心裡就該有數，由著媳婦跑去找兄弟哭窮，我聽著都臊得慌。我是不聰明，可也知道做事得講規矩，尤其求人，不是哭鬧就能擺平。要人幫忙就得低頭，要借錢就得算利，分了家，誰會白白幫你？」

劉棗花想著周氏去三合院鬧事，耽誤買賣，火氣一上來，罵了幾大串話，要程家貴把周氏領回去。

程家貴讓做嫂子的這麼罵了一頓，面子、裡子全沒了，沈著臉把人喊回家。

進房後，周氏很少看自家男人這副表情，心裡也虛，低下頭，紅著眼眶說：「是，我就是仗著懷孕找過去的。錯過這樣好的買賣，你不後悔啊？何家兄弟每天掙的那幾兩，本來該是咱們的，是咱們的。」

程家貴心裡五味雜陳，道：「大夫說妳身體不是很好，讓我分出輕重，多照顧妳。」

「我剛懷上，能有什麼不好？咱們這處境，掙錢不是第一要緊事？沒錢過什麼日子？」

「手裡銀子是不太多，總歸有田有地、有地方住。」

程家貴不好受，不想多說了，讓周氏歇著。

「我跟你明說吧，真要我眼睜睜看別人掙錢，咱們就這麼窮，我就沒法好好歇著。程家貴，你不為我想，也得為咱倆的兒子考慮。」

不過，這種話跟程家貴說也沒用。

除了做糖，程家興把心思全用在女兒冬菇身上；而劉棗花生怕瘟神攪和買賣，很多事都搬到三合院來做，甚至把養了幾個月的黃狗也牽了過來。

這下子，除了時不時的幾聲狗叫，其他動靜全沒了。

做買賣的高高興興數錢，卻苦了懷孕的，三天兩頭的不舒服。

周氏這胎一點也不安生，經常又是暈、又是吐。一旬之內，程家貴帶她去了鎮上三回，濟春堂的老大夫都服氣了，說沒見過這麼能折騰的。

這年頭，很多窮人家看不起病，治風寒的藥都不便宜，更別說滋補安胎，進一趟濟春堂，半兩銀子說沒就沒了。回去的路上，周氏更不好受，走到半道兒上還抹起眼淚，問程家貴怎麼辦，才剛懷上就這麼花錢，自家這幾兩銀子哪頂得住？

尤其又到年關，哪怕不辦年貨，也要準備孝敬錢。年過完了，他們還能剩下什麼？

因為周氏時常喊不舒服，程家貴更走不開，以前他有事要出去半天，會告訴周氏，讓她老實待著，別做危險的事，但現在叮囑了也放心不下。臘月二十，他又有事，怕出去耽誤久了，特地去了周家，想請個人來陪周氏。

他過去時，周家人不在，說是親戚家辦喜事，全家去吃席了。唯有周氏她娘手裡有點活沒做完，想晚點去，才遇見女婿。

她當然也想去吃席，但更想跟女兒好生說話，遂託人帶話，去了何家老屋。

傍晚，程家貴回來，向丈母娘道謝，又客客氣氣地將人送走後，問周氏想吃點什麼，準備上灶做去時，就聽過路的說，周家鬧起來了，周大虎婆娘站在院子裡，罵人八代祖宗。

年前是容易出事的時候，有債不翻年的說法，不管欠錢或欠租的人，全被逼得很緊，逼得急了，就會有人做出謀財害命的事。

周家倒楣，知道他家的人吃席去了，賊便來碰運氣，家裡正門掛了鎖，但旁邊廚房卻只虛掩著。廚房裡沒別的，就是乾柴跟油鹽。那賊也不講究，沒偷著錢，便把豬油罐子抱走了。前些天，周家人才熬好油，準備吃一整年，結果出去吃個席的工夫，便弄丟了。

周大虎婆娘在院子裡罵了半天，看見她弟媳小跑著回來。

「妳上哪兒去了？妳不去吃席，不知道看家啊？家裡遭了賊，丟東西了！」

周氏她娘的心立刻提起來，嗓子吊得老高，喊道：「丟了什麼？我出去時鎖了門的。」

「妳是鎖了正門，那廚房呢？」

周氏她娘想著，廚房裡有什麼可偷，忽然想到前些天熬的豬油，腿一軟就往地上坐。

看她這樣，周大虎婆娘轉頭罵程家貴，說做女婿的不知輕重，他要出門，周氏懷的是程家的種，為啥還要娘家人管？程家上下死絕了嗎？現在好了，周氏她娘被他喊走，現在豬油丟了，他賠不賠呢？

「這個不怪女婿，是我說讓他有事來找我。」本來全家都要去吃席的，不也沒人，該丟的還是要丟。

「行啊，妳說不怪他，那拿錢熬一罐油來。妳沒把門鎖好，就該妳賠。妳趕著去照顧外嫁女，忙忘了，就讓妳女兒、女婿拿錢出來，沒得白白吃虧！」

周大虎婆娘邊說邊推，讓她趕緊去要錢，可周氏她娘哪裡有臉？只能悶頭挨罵了。

哪怕天天忙著做糖，何嬌杏也聽說了周家遭賊偷以及程家貴挨了頓臭罵的事。

二房那邊，因為周氏這胎懷相不好，這段時間沒少花錢，哪肯掏錢去填周家的損失。周氏她娘原就是自己願意來的，出門時家裡丟了東西，只能說是運氣不好。

鄉下地方丟錢的少，丟柴米、丟雞卻不少見，除非當場抓住，不然就這麼點東西，鬧不上衙門，到頭來只能自認倒楣。怎麼說也是自己沒把門鎖好，逮著女婿不放，說不過去。

村人一面勸、一面互相提醒，年前這陣子要多加小心。

哪怕賴不上程家貴，還是有人說周氏不對，沒想到周氏懷孕之後，花樣比誰都多。她才把出喜脈沒多久，便看過好幾回大夫，哪有剛懷上就跟祖宗一樣供起來的？

另一邊，何嬌杏忙了一陣，看時候差不多，餵飽冬菇，又跟劉棗花說說話。

聽完周家的事，她說了句。「最好還是生個兒子。」

劉棗花不解，嘀咕道，她還想看周氏的笑話，折騰個十個月，結果天不從人願。

「分家一年半，二哥、二嫂帶也帶不動，還和她比什麼？希望越大，失望越大，如果這胎是閨女，準沒有好日子過，真是造孽，以後嫁出去，禍害的還是夫家，就像是因果報應。」

平常何嬌杏不太會說這些，今兒是有感而發。

生下冬菇之後，村裡有些人的嘴臉，她實在看夠了。明明自己就是女的，還笑話別人生了女兒。這到底有什麼好笑？一女、一子才能拼成好字，家家都是兒子，不絕後嗎？

黃氏同樣聽到這話了，順著何嬌杏說的想了想，是有道理。之前就覺得何嬌杏和另外兩個媳婦不一樣，不光會掙錢，看著也是白白淨淨，生得一副聰明人的樣子，不像鄉下姑娘。

這會兒，劉棗花本來還有跟周氏較勁的意思，聽何嬌杏這樣說，也改了口。

「三弟妹說得對，她要是生閨女，那女娃恐怕沒活路了，還是得個兒子吧！但也要她能生下來，就現在這樣折騰，說不定哪天孩子就掉了。」

劉棗花說完，回頭看見婆婆在不遠處瞅著她，差點跳起來，說還有活兒沒做完，趕緊溜了，生怕因剛才那幾句話挨訓。

何嬌杏搖搖頭，又進屋看冬菇，見她睡著才出來，拜託黃氏看著，繼續接著做字糖了。

轉眼已是臘月下旬，何嬌杏跟程家興商量著，還是像去年那樣，提前兩天停了買賣，接著把年貨辦一辦。

買賣已經做了兩旬多，這回他們攢下的銀錢相當多，粗略算下來有幾百兩，之前懷孕包括坐月子用去的都補上了，錢箱子已經裝滿，又用了個新的裝。

程家富跟何家兄弟也在賺錢，跟著一起賺的，還有陪他們挑擔出去的親戚。

人窮的時候小器，掙了錢總能大方些。這陣子劉棗花天天吃肉，送了不少去三合院。何家那邊，除了挑擔出去的人，其他人打魚、賣魚，因為「年年有餘」，最近這買賣也很好做。

東子還說，等字糖生意停了，空出手來，跟去年一樣，再抬一桶魚上門，讓何嬌杏天天有魚吃；又道今年掙得實在不少，年後家裡想買幾畝水田，想著哪怕自己不種，佃出去也好，手中田地多，心裡踏實一點。

第三十八章

短短的時日裡，各家各戶都把日子過起來了，蓋房的蓋房，買地的買地，成親的成親。劉棗花也準備買頭牛來，出門能套車，農忙能幹活。

她還在琢磨這事，程家旺便回來了，聽說周氏懷孕以及爹娘住在三合院的事，就沒回老屋，跟程家興打過招呼，也借住過來。

這幾天，程家興使喚他，打了好幾樣小玩意兒。程家旺邊做邊說，他明年要成親了。

程家興愣住了，問他是不是要做袁家女婿？

「是啊。」

「早先就看出袁家對你有點想法，這兩年沒動靜，還當你不答應。」

程家旺說，他悶頭當學徒，也不認識姑娘家，要成親只能請媒人來說，還可能遇上黑心肝的。袁木匠家的情況，他算是知根知底，姑娘模樣是尋常一點，可勝在脾氣好、人能幹。

程家興看了看正跟黃氏說話的何嬌杏，回頭對程家旺說：「你想想清楚，合不合適先放一邊，你喜歡最要緊。成了親，就要過一輩子，別娶回來發現不喜歡，只好應付著過，可就糟蹋人了。」

人是這樣，若是喜歡，遇上麻煩會想辦法解決，有困難也可以克服；若不喜歡，便懶得為誰多花半分心思。

成親以後，人會長進，連程家旺也感覺得到，這一年多，程家興改變不少。

程家旺伸手勾著他的肩膀，促狹道：「三哥，聽說你還跟嫂子吵過架？」

「說你的事呢，幹麼往我身上扯？」

「好奇嘛。說說，你真跟嫂子吵？」

程家興抓抓頭，心一橫，告訴他。「妳嫂子懷著冬菇時，一時高興、一時生氣，天熱起來人煩躁，經常聽風就是雨的；不過因為是她，我才忍受得住。那段時日，今天想吃櫻桃，明天想吃核桃，我就今天往山上跑，明天往鎮裡去。」

「平時都是嫂子做好端來給你吃，那種時候，是該由你伺候著。倒是二嫂，怎麼回事？才小半年沒見，感覺她連氣質都變了，以前和和氣氣，這次回來卻總垮著臉，一身喪氣。」

程家興斜眼一瞥。「想知道她的事，你來問我？怕是找錯人打聽。」

「只是覺得，懷著孩子該高興點。」

「是啊，人人都這麼說，她不肯去想高興的事，你有什麼辦法？」

程家興說著，感慨起來，誰都不知道，他從周氏身上學到了很大的道理，用四個字來概括就是——知足常樂。手裡有二十兩的時候，該高興掙了二十兩，別去看著隔壁人家的兩百兩，就算瞪成鬥雞眼，那錢也到不了自己兜裡。

「以前聽過一句話，貪婪能讓好生生的人，變成面目可憎的惡鬼。」

兩兄弟說到興頭上，當娘的便拍他們的後腦勺，一人給了一下。

「什麼鬼不鬼的？要過年了，嘴上還沒個講究。你倆閒著沒事，提幾桶水來，缸裡用掉大半了。」

於是，兩人應了聲，提著桶子慢吞吞地踱到井邊，揭開井蓋，打起水來。

今年的買賣比去年早幾天停賣，瞧著大家掙得差不多，食材也全用光了，程家興跟兩邊兄弟商量之後，決定提前打住，好生休息一日，再為過年準備起來。

二十七這天，三合院裡來了幾個陌生人，一眼看去就不是鄉下人的打扮，穿著不錯，卻不是方便幹活的樣子。

劉棗花牽過來的黃狗瞧見他們，汪汪叫喚，挨了主人的罵。

「別吵，去旁邊待著，吵醒弟妹他們，看我不扒了你的皮燉狗肉湯！」

黃氏聽了，跟看傻子一樣，瞥了劉棗花一眼。「那就是個畜生，妳還跟畜生講道理？怕牠叫喚，那牽回家去。」

「我忘了今天不做字糖，牽過來拴好才想起來。」

剛好，說到這裡，上門的人眼睛就亮了。

「這果真是程家院子？主人是程家興？」

劉棗花回頭，上下打量他們，狐疑道：「你們是誰啊？怎麼沒見過？」

這幾個看著像一家子，領頭的男人說他是這家的姑爹，穿著裙子的胖女人姓何，是程家興他媳婦的姑母。

劉棗花哪怕不清楚何家親戚有誰，也知道那頭相處和睦，想著這是財神爺的姑母，頓時笑開了，拽著黃狗，讓這一家子進院子，看他們走到狗咬不著的地方，才鬆手。

狗通人性，看來客是主人家放進院子的，就沒追上去。

劉棗花進屋拿條凳，黃氏已經和婦人說上話，問何家堂姑是哪一房的？為什麼事來？

「杏兒她阿爺行三，我爹行二，是二房的。」何家堂姑又介紹了跟她一起過來的人，說是她男人跟兒子，夫家住在遠些的鎮上，來一趟還不容易。

都說不容易，那必然不是尋常拜訪，黃氏又問了一遍，是不是有事？

何家堂姑卻不直接應答，轉頭看一圈，問何嬌杏人呢？程家興又上哪兒去？

黃氏聽見，更是一肚子懷疑了。

房裡，程家興睡得好好的，卻被小床上的閨女鬧醒了。剛剛他才換過尿布，把人哄睡了，才洗手上床，就聽到外面有動靜。

程家興幫何嬌杏掖了掖被角，讓她繼續睡，自己披上衣裳，打著哈欠出屋瞧瞧。

程家興慢吞吞地走出去，跨過門檻，站在屋簷下，不耐煩地問：「不知道屋裡有人在睡覺啊？吵什麼吵？」

「老三來得正好，把杏兒叫起來吧！這是她堂姑，說有事找她。」

堂姑？才剛起床，程家興的腦子沒平時轉得快，呆站著想了一會兒，才從記憶裡挖出一件事。去年他陪杏兒回娘家時，被東子拉到旁邊，說二房的堂姑一回來，便問了很多跟何嬌杏有關的事，讓他當心點。

當時程家興還把這事放在心上，結果出了正月也沒看見人，再後來何嬌杏懷孕，便徹底把這人拋到腦後。

會在這時候過來，他大概能想到他們的目的，應該是想說字糖買賣的事。

於是，程家興上前打過招呼，又拜託劉棗花幫忙燒水泡茶，請他們進屋。

待大家坐定，程家興道：「前陣子忙買賣，我媳婦累得很了，正在補覺。若堂姑不著急，且等會兒，到吃飯的時候，她總會起來；要著急，直接跟我說吧！來一趟不容易，總不是來閒話家常的。」

何家堂姑語塞，暗想這都什麼時辰，居然還在睡覺？卻不敢當程家興的面說，只笑道：「也沒什麼事，這幾天聽說隔壁鎮出了字糖，說是去年賣米胖糖那些人做出來的。我一想，米胖糖不是杏兒搗鼓的買賣？那字糖也是她做了，你們挑出去賣嗎？聽說生意很好？」

「是還行。」

「那個字糖，我們鎮上沒得賣，只聽說過，還沒嚐過呢！」

程家興想了想，道：「那沒法子了，我們家裡人早吃膩了字糖，做出來的全挑出去賣了，一塊都沒剩。」

「正好，讓表妹表現一回。我們聽人說得神乎其神，早好奇那是怎麼做出來的。」

話是何家堂姑的大兒子說的，程家興瞅了他一眼，心裡實在好奇，得有多厚的臉皮，才能說出這種話來套方子？換個人，興許就尷尬了。

可程家興就是有那種本事，他不尷尬，反倒能讓別人下不了臺。

「材料全用完了，做不了，哪怕能做，也不能放人進灶上看，我媳婦做糖時，親爹娘也別想進去。堂姑，您別嫌我說話直，咱們做吃食的，把方子看得比什麼都要緊。」

何家堂姑第一次遇上這麼難纏的人，等程家興說完，不知道該怎麼接話了。

這時候，端著熱茶過來的劉棗花也後知後覺地明白了，敢情這幾個是盯上字糖買賣、來騙方子的親戚？可惜她已經把茶水端出來，不然非得往碗裡吐口水。

何家堂姑見狀，便慫恿程家興，問他想不想把買賣做到附近各鎮，甚至縣裡？挑擔出去賺的有限，這買賣不做大了多虧？

幾個人說得口沫橫飛，程家興卻興致缺缺。光過年做點小生意都能把人累壞，做大了還得守住方子，豈不是累死自己？人活得開心最重要，買賣做得不開心了，還做個屁？

程家興油鹽不進，何家堂姑一家子磨破嘴皮也慫恿不了。

眼看何家堂姑快要憋屈死，何嬌杏收拾好，出屋來了。

程家興一看見她，就站起身。「不是讓妳繼續睡？出來幹麼？」

「你出來半天沒回去，不是遇上事了？」何嬌杏看著一院子的生面孔，問是誰啊？

這下，劉棗花跳起來了。「怎麼，三弟妹不認識？她說是妳堂姑。」

「我堂姑那麼多，好些出嫁了幾十年，平常也不往來，哪能全認得出？」何嬌杏看向那婦人，跟黃氏一樣，問她是哪一房的？

上門攀親，結果人家完全認不出，話裡、話外也是不親近的意思，這就有點尷尬了。

但為了字糖買賣，何家堂姑還是繃住表情，說她嫁得比較遠，回娘家的次數少，又報了家門。

「我想起來了。怎麼挑在這時候上我家呢？」

劉棗花幫何家堂姑回答。「他們是為字糖來的，想跟你們一起做大生意。」

「那買賣，我們停了，今兒是最後一天。忙了個把月，該歇下來好好過年。堂姑要真是為買賣來的，只能說聲對不住。」

何家堂姑來時，真沒覺得談個生意有這麼難，但在三合院待不到一個時辰，才知道這世上還有有錢不掙的傻子。

何嬌杏要留她吃飯，她吃不下，跟男人、兒子氣沖沖地走了。

等那家子走遠，憋了半天的劉棗花才問：「之前我就想說，那會兒弟妹你們忙著做糖，不是開口的時候。」

「大嫂有話直說吧！」

「我想著，這買賣利大，哪怕咱們停了，別人琢磨不透，不死心，遲早也會上門。老三跟三弟妹是怎麼想的？」

怎麼想啊？忙起來的時候，真沒特別去想，既然說到這裡，何嬌杏琢磨了下，字糖也就是逢年過節或家裡辦喜事才會買，這手藝說起來不必留，要有人開個實誠價，賣就賣了。

想到這兒，何嬌杏朝程家興看去。

只不過交換個眼神，程家興便知她有了主意。「手藝是杏兒的，看妳怎麼想。」

「我想著，年後要真有人找上門來，只要價錢合適，咱們就把方子賣了，省了麻煩，還能賺筆大的。你覺得呢？」

「行啊，不過若真想賣，得賣給大商號，說出去鎮得住人，還能結個善緣。」

夫妻倆隨隨便便一句話，就決定了這麼大的事，讓劉棗花驚呆了。

直接賣方子怪可惜的，但字糖平時不好賣，每年只能做這一波，倒不如拿方子換錢，反正何嬌杏會的，也不只這一樣、兩樣。

劉棗花聽著，真情實意地羨慕了一通，想到自家跟著程家興，也掙了一百多兩，如今也算是鄉下地方的有錢人家，不光住上磚瓦房，有田、有地，還能買頭耕牛，手裡捏著銀錢，以後甚至還能送鐵牛上學堂，日子也算過起來了。

想著這些心裡就美，劉棗花樂呵著，忽然聽何嬌杏說：「賣方子的錢，是不是能在鎮上盤個鋪面？不做買賣時，把門關了回鄉下；想做買賣了，直接進鎮，還省了挑擔的工夫。尤其像伏天裡能賣的涼糕、涼蝦、涼皮，挑著極不方便，得有鋪子才行。」

程家興樂了，道：「岳父還說妳不是個有大志向的，平素只想安穩過日子，沒想到這麼有主意。」

「我也是當娘的人了，不稍稍掙點家當，以後怎麼給冬菇備嫁妝？而且咱們還要生，既然要生，總得對孩子們負責，你說是不是？」

不等程家興點頭，何嬌杏又道：「銀子放在家裡，還怕賊惦記，要真賣了方子，換回的錢不如拿去置產，有合適的鋪面，可以盤下來做生意，租出去也行，總是一份家業。」

聽說何嬌杏想置鋪面，程家興也動了念頭，便開始認真琢磨起來了。

幾人說完話，何嬌杏進屋給冬菇餵奶，劉棗花也跟進去。

前幾日，她已經連本帶利地把跟何嬌杏借的十五兩還了，又老大不好意思地提了件事。

「我想著，你們要是置起鋪面，以後不方便再帶我們做買賣，可我不甘心坐吃山空，就有個想法。」

「大嫂妳說。」

「三弟妹，妳隨便就能想出好多種掙錢買賣，但自己也做不了那麼多，到時候，妳能不能傳我一門手藝，我也想辦法開個鋪子，掙了錢，給妳分成。到時候，妳能做妳的生意，我這兒還有源源不斷的孝敬，不是更痛快嗎？」

真是不能小看劉棗花，為了掙錢，她也是能動腦子的。

仔細想想，她這個提議真不過分，何嬌杏會的多了，自己做不全，只要能談攏，教人一手也不為難。這跟賣方子是差不多的意思，但更像前世的技術入股，區別在於，賣方子是一口氣拿錢，技術入股是源源不斷地分成。

何嬌杏偏著頭，想了想，道：「好啊，到時候咱們的鋪子緊挨著，能拉來更多客人不說，有事也能相互照應。」

劉棗花聽了，拍了拍胸口，說幸好今天過來了。「我本來要去買耕牛，這麼看，還是先不買，若真要去鎮上盤鋪子做買賣，買了牛反倒不好養。」

「大嫂別著急，找我們買方子的人都還沒來呢！哪怕把方子賣了，鋪面還要慢慢打聽，不是說咱們想要，馬上就會有合適的。」

劉棗花也知道心急吃不著熱豆腐，可哪怕知道，想著還是痛快，心已經朝鎮上飛去，就指望能緊跟著財神爺掙錢，把二房的瘟神遠遠甩在後頭。

看她作起美夢，何嬌杏笑了笑，沒把人喊醒。等到餵飽冬菇，放進搖搖床裡，又陪劉棗花說幾句，聽程家興喊吃飯了，才從裡屋出去。

劉棗花便帶著鐵牛在這邊吃一頓，幫忙收拾碗筷後，才牽狗回去。走之前，跟何嬌杏約好，去紅石鎮上辦年貨。

臘月二十八，程家富跟程家興帶媳婦進鎮辦年貨。手頭寬裕之後，日子好過起來，他們不光買了福字春聯、各色零嘴，又進了成衣鋪。

前陣子忙買賣，沒顧得上做過年要穿的新衣裳，今天才添購。

程家興還買了爆竹，說要響響亮亮過個年。他們趕著牛車出來，手裡又有錢，進鎮後看什麼都高興，買什麼都快樂，出來時不過拿了錢袋，回去卻拉了半車東西。

難得出來逛一圈是高興，但想著家裡還有等著吃奶的閨女，一行人便沒多耽擱，中午買完就回去。

牛車先在程家富家門前停下，卸下他們的東西後，程家興夫妻才回三合院。

進門後，何嬌杏趕著給冬菇餵奶去了，程家興卻發現院裡有水跡，問程家旺上午在家搗鼓了什麼？

程家旺說：「你們出門之後，何家來了人，抬來兩桶魚，聽說你跟嫂子出門，沒多耽擱，放下東西就走。後來我跟爹一道刷水缸，把活魚裝進去。」

何家抬來的魚裝在簷下的大水缸裡，瞧著都還很有精神。

「何家人說，讓你們儘量吃，過兩天再抬一桶來。」

「你跟爹怎麼回的？」

「爹說這很多了，不好意思，讓他們別麻煩。但何家人熱情得很，聽我們推辭，就說過年本該吃魚，且三嫂剛生完孩子，吃魚湯能補身體。」

程家興大概點了點魚的數目，道：「這麼多魚，我們吃不完，給大哥、二哥送兩條，還有大伯那頭。我來裝，你去跟娘打聲招呼，陪我出門送魚。」

程家旺點頭應下。

第三十九章

程家興才剛回來，馬上又出門了，一口氣送了七、八條魚，回來時拿著親戚們塞回來的臘肉等物，對他的態度也大變樣了。

接著，程家興跟程家旺去了老屋。

聽到兄弟喊他，程家貴放下洗碗布，擦著手出來。

程家興沒說什麼，程家旺卻一皺眉頭。

「怎麼是二哥在灶上忙活？咱們村裡再懶的婆娘，也不會把洗衣、做飯這些活全推給男人們做，那要招人笑話的。」

程家貴滿臉疲憊，強打起精神招呼兩個兄弟，解釋不是懶不懶，是周氏身子不便。

「你們嫂子哪怕坐著都常常不舒服，讓她來幹活，我提心吊膽，不如自己來。」

剛分家時，程家貴身上一點錢也沒有，但精神不差，現在竟比當初還不如。

程家興說：「我們那頭忙完了，再留爹娘過個年，年後請娘來幫襯你吧！二哥，你別光顧著二嫂，把自己的身體拖垮了。」

程家貴點頭，問他們這時來有什麼事？

「我岳父送魚來，分兩條給二哥嚐嚐。」

程家貴道了聲謝，又說：「何家人好，我真是羨慕你。」

「聽說周家遭了賊，好像還扯上二哥，怎麼，事情沒解決？」

提起這事，程家貴的臉色變得又難看，倒楣事哪有那麼容易善了？

世人都痛恨賊，可各村裡總有那麼幾個手腳不乾淨的。鄉下地方又不像城裡閉門、閉院的，每隔一段時日，還是會有丟雞丟蛋、丟兩捆乾柴的事。

但這些，都比不上豬油值錢。這年頭豬瘦，餵足一年，頂多兩百斤重，那一罐是兩掛豬板油熬出來的，之後一整年或煎或炒，就靠這罐油，被偷了，周家人豈不氣瘋？

這幾天，周大虎婆娘想起來就罵，還叫村人幫忙捉賊，捉了幾天也沒逮住，那罐豬油眼看找不回來，不得找個人賠？罵完弟妹後，她纏上程家貴，但沒道理要他賠。這罐豬油的錢，程家貴是沒虧，但跟岳家鬧得不愉快，也是事實。

周大虎婆娘還翻了舊帳，說夫家這姪女是白眼狼，為了一罐豬油，親口說周氏不是東西。

這些話是氣瘋了不經腦子罵出來的，罵了之後，她才發現傷敵八百，自損一千。

周氏已經嫁人，也懷了孩子，只要這胎保得住，順利生出兒子，慢慢就能在夫家站住腳，名聲差點，對周氏損傷不大，卻會拖累娘家妹子。

周家小堂妹曾因為周氏毀了親事，當時差點要上吊，好不容易才勸下來。後來又說了一門親，雖是差點，也不好太講究。這喜事眼看要成，卻因為豬油的事，糊裡糊塗又完蛋了。

這一樁樁、一件件的，要程家興來說，跟他二哥沒有屁點關係，偏偏程家貴總能把自己搭進去。

好事一件沒有，壞事層出不窮，精神能好，才奇怪了。

在親兄弟面前，程家貴稍稍訴了兩句苦，程家興聽了幾句，就覺得沒意思，遂打斷他。

「上午我進鎮去了，還沒顧得上吃飯，這些事，以後有空再說。」

程家貴便讓他趕緊回去。

「二哥，你別太虧待自己，我總想勸你，做人得乾脆一些，心裡知道自己要什麼，就奔什麼去，別樣樣都捨不得丟。對自家人實誠點，有話咱們擺明了說，別總是打馬虎眼。

「之前你跟我說過，二嫂總是煩惱我媳婦跟她不親近。杏兒最不喜歡心裡想法太多的人，嫌處著累。二嫂總是心口不一，我們都知道她想要什麼，還裝模作樣，就很沒意思。」

程家興走後，程家貴愣了好一會兒。

周大虎婆娘的確煩人，但她說的，有些卻是心裡話。總不能嘴上說是一家，有事便去找人幫忙，輪到別人找上門時，就當兩家人防備起來。

從前程家貴總不認為周氏有大錯，那是因為他們夫妻站在同一邊，自己人看自己人，當然沒錯。

可現在聽了程家興跟周大虎婆娘的話，似乎也有幾分道理。

俗話說，人被逼急了，是會跳腳的。

接連不斷的壞事，讓周氏心情很差，家裡越來越薄的積蓄讓她焦躁，臘月二十九時，有人摸清了程家的情況，找上她，想商量一件事。

他們打起字糖方子的主意。做吃食買賣，總會遇見這樣的事，就算外面有人開始賣別的字糖，大家也想不到是方子流出去，只會覺得別人有能耐，看穿了門道，讓周氏不用擔心，只要說出字糖的方子，就給她一大筆錢。

周氏的確眼紅，可她知道自己掙不了這個錢，一口回絕了。

那人腦子也活絡，拿出二十兩，讓她說些知道的，比如程家興買了什麼材料？模具長什麼樣子？還讓她好生回想，家裡人有沒有偶然提到幾句，只要把知道的說出來，這錢就歸她。

周氏知道的都是些無關痛癢的事情，說出來便能換二十兩，能不心動？

她天人交戰半天，又告訴自己，是程家興針對她，編出一套套說詞，死活不肯帶他們賺錢。她知道的，說出來也不會妨礙誰，既然自家能掙錢，還不礙著兄弟，為什麼不說？

於是，趁著程家貴去搓洗衣裳的工夫，周氏跟偷偷過來打聽方子的人說了不少。

聽她講完，那人卻沒給錢，轉身就走。

周氏拽住他，他卻甩開她的手。「妳該不會真以為，這幾句話就值二十兩？我勸妳別嚷嚷，不然妳夫家就該知道妳見錢眼開、吃裡扒外。」

那人撂下話走了，還嫌棄周氏沒用，拿二十兩吊著，才說出這麼點消息。

周氏眼睜睜看人走遠，頓時感覺腦子裡響起嗡的一聲，眼一翻，厥過去了。

另一邊，程家貴在屋後搓洗衣裳，擰了水，想拿進屋陰乾，從後門進去，卻沒看見周氏。他喊了兩聲，沒人應答，便去院子。剛走到簷下，就看見倒在地上的周氏，心裡一驚，趕緊衝上前。

他去碰周氏，只覺得她的手冷冰冰的，再一看，她褲子都濕了，褲襠上全是血。

程家貴傻在原地，腦子裡只有一個念頭：沒了，孩子沒了。

程家貴愣了一會兒，有人從旁邊經過，問他怎麼了，才讓他驚醒過來，忍著痛失愛子的難受，把媳婦抱進屋裡，隨即瘋跑出去找大夫。

這時，黃氏跟何嬌杏在院裡殺雞，眼角餘光瞥見有人瘋跑，齊齊抬頭看，竟是程家貴。

這下顧不上雞了，黃氏喊住他，問他跑什麼？上哪兒去？

聽見老娘的聲音，剛才強忍著眼淚的程家貴一下哭出來。「娘，周氏流了好多血，好多好多血，我的孩子保不住了。」

最近這段時日，黃氏雖不喜周氏，但她比誰都希望周氏能好好把這胎生下來，準備年初一就搬回老屋，打算照顧到她出月子，怎麼把出喜脈才個把月，孩子就沒了？

「不是讓你好好照看嗎？你讓她幹什麼了?!」

程家貴手軟、腳軟，心慌得很，把事情說了，說完繼續趕去找大夫。

黃氏聽了，顧不得大過年的講究，丟下收拾到一半的雞，就要回老屋。

何嬌杏也要跟去，卻被黃氏攔下。「妳過去也幫不上忙，大過年的，別往身上沾晦氣，把冬菇照看好。」

黃氏嘴上冷靜，頭卻發暈，邁開第一步時，踉蹌了下。

何嬌杏實在不放心她，親手把人扶回了老屋。

見黃氏進去了，何嬌杏想了想，跑去隔壁，把事情告訴劉棗花。

聽說周氏又落了胎，劉棗花驚呆了。

「老二跟伺候祖宗似地伺候她，什麼活都不讓她幹，孩子怎麼會沒了？妳在哪兒聽說的？我一點風聲也沒聽見。」

「剛才二哥瘋跑去找大夫，娘看見把人叫住，他自己說的。」

劉棗花聽完，解下圍裙，說去看看。

後來，兩人沒進屋沾血腥氣，在灶上幫了點忙。劉棗花燒水，何嬌杏回去收拾殺到一半的雞，燉好後送一碗過去。

劉棗花把雞湯端進去時，周氏已經醒轉，黃氏在旁邊問話。她跟著聽了幾句，出來往何嬌杏那頭跑，一骨碌地說起來。「全家上下，我跟周氏相處得最多，比老二還了解她。這回的事，肯定不簡單！」

何嬌杏也在喝湯，聽見這話，就問：「怎麼說？」

劉棗花前後看了看，見沒別人，才道：「我送雞湯進屋時，娘在問話，想知道她怎麼暈在屋前。周氏的表情，我看著不對，她心裡應該有事，卻沒有說。

「妳想，要是她身上不舒服，出去幹什麼？鐵定是老二去後面搓洗衣裳時出了事。如果她占理，落得這個下場，不鬧騰嗎？好不容易懷上的孩子沒了，換成是我，準會瘋掉，怎樣都要找罪魁禍首算帳；她卻跟失了魂一樣，悶不吭聲，是不是因為遇上說不出口的事？」

在和周氏相關的事情上，劉棗花總能激發出熱情，加上買賣收了，她有大把空閒，跟何嬌杏說完話，便跑去村裡的老榕樹下，向別家婆娘打聽了。

大榕樹村之所以叫大榕樹村，正是因為村裡有棵枝繁葉茂的百年老榕樹。老榕樹下是村裡閒漢及嘴碎婆娘打發時間的地方。

本來劉棗花還想略略拐個彎打聽，結果那些大娘、嬸子一看見她，眼睛都亮了，連忙招手把人喚到跟前。

劉棗花還沒開口，其他人就妳一言、我一語地說起來，說了幾句之後，有人想起她，讓大夥打住，道：「鐵牛的娘，妳也說說，別光聽著。」
劉棗花就說，弟媳周氏不知怎地，大白天昏厥在屋前，出事時，二弟在屋後幹活，等到發現時，已經晚了。
有個婆娘聽了便說：「今天程家貴跑去找大夫時，村裡來了生人，聽說是匆匆來、匆匆走的，會不會跟他有什麼關係？」
聽到這話，劉棗花來了精神。「妳說仔細點，是怎樣的人，有沒有去我們的老屋？」
那婆娘搖頭，說不太清楚。
「不是我看見的，是周大虎婆娘。前些天她家不是丟了罐豬油，我從她家門前經過，聽她說村裡進了個賊眉鼠眼的人，要不是穿著還算體面，差點被她當成偷油賊打。」
劉棗花想了想，讓她幫個忙，去問問周大虎婆娘，看那個賊眉鼠眼的傢伙有沒有去程家老屋？
那婆娘知道劉棗花跟周家關係差，幫忙跑了一趟，回來道：「聽說是從那方向過來的，至於有沒有進去，就不曉得了。」
劉棗花是指望能打聽出什麼，卻沒想到真能得到有用的線索，猜想周氏是不是跟那人有關係，做了對不起程家貴的事情，才跟個鋸嘴葫蘆一樣，悶不吭聲？
不過，劉棗花知道說出來的話要負責任，到底是私下臆測，不敢胡亂往外傳，回去後尋著機會試探周氏，還問了黃氏，周氏說什麼沒有？

「落了這胎讓她太傷心，這會兒人還沒開過口。」

「娘不問問孩子是怎麼沒的嗎？好不容易懷上又掉了，以後還能不能懷啊？」

話是在院子裡說的，但周氏聽見了。她一直沒開口，這會兒忽然坐起來，衝窗外嚷嚷。

「我怎麼懷不上？妳才懷不上。」

劉棗花的火氣也上來了，直接闖進屋裡，倒豆子似地把心裡話全倒出來。

「周大虎婆娘說了，妳出事的時候，有個不認識的賊眉鼠眼男人來過。是他把孩子搞掉的？妳為什麼藏著、掖著不肯說？妳跟他是什麼關係？」

本來不確定的事情，在看到周氏的舉動之後，便坐實了。

劉棗花清楚地看見周氏變了臉色，雖然很快便穩住，但那瞬間的表情變化出賣了她。

「妳真背著老二跟別人攪和上？那孩子是被妳姦夫弄掉的？」

這下，周氏顧不得自己剛流產，下床要撕劉棗花的嘴，罵她黑心肺、爛肚腸、顛倒黑白、壞人名節，該下十八層地獄！

一轉眼，兩個媳婦扭打成一團，黃氏費了老大的勁也沒能把人分開，沒辦法，轉頭看了圈，看見裝水的碗，便把碗舉過頭狠狠地往地上摔，粗瓷碎開的聲響驚著兩人，才讓兩人停下動作。

「老二媳婦，妳下床幹什麼？以後還想不想懷、想不想生?!

「還有，老大媳婦，妳剛才說的，有什麼憑據？妳說她偷人，就要拿出證據來。」

劉棗花把前後的事說了，剛才她提到這些，周氏便一臉心虛，她肚子裡的孩子會掉，肯定跟這男人脫不了干係。

「妳胡說！我沒做過對不起家貴的事，我沒有！」

這下就連黃氏都覺得不對。之前不管問什麼，周氏丁點反應也沒有，一聲不響，這會兒話卻多起來；若說是因為老大媳婦口無遮攔引起的，反應還是大了點，便盯著她猛看。

起初，周氏還咬牙跟黃氏對視，一會兒便頂不住，在婆婆懷疑的目光下，轉開目光。

這下不只劉棗花，黃氏也懷疑起來，但當下沒證據，沒衝二媳婦發難，轉身去找兒子，讓他們打聽，看看那時候進村的到底是誰。

程家興跟程家旺去問了，可親眼見過那男人的不多，更沒有人認識他。

這事本來要不了了之，誰知道，磕磕絆絆地過完年，正月初三，那人又進村了。

想到程家人曾打聽過，村人看見他，趕緊上程家報信。

這時，程家興正拿著燒火鉗挾埋進灶裡的番薯，忽然聽說這消息，便把番薯埋回去，抄著燒火鉗，跑出家門。

他在村道上將人堵個正著，張嘴第一句是。「有點事想問你，哥兒們吃碗茶去？」

程家興把人帶回了三合院，何嬌杏端出兩碗熱茶。這會兒工夫，程家富、程家旺包括最先打聽這事的劉棗花都到了，程家二老也在。

那人原是將計就計來的，看陣仗不對，也怕勢單力薄吃了虧，便要找理由脫身。程家興伸手攔下他。「哥兒們別急，有幾句話想問你，說明白就放你走。」

那人臉色一變再變，還是忍耐下來，讓他有話直說。

「那我說了，上回你進村幹麼？是不是去了我二哥家？又對我二嫂做了什麼？」

那人沒立刻應答，劉棗花急了，推開程家興，擠上前去。

「你就說你是不是周氏在外面的姦夫？有沒有幹對不起我二弟的事？你可想好，別以為能騙人，該打聽的，我們都打聽清楚了。」

那人愣了好一會兒，回過神來，哈哈笑了。「我是去找過程二嫂子，至於為什麼，你們問她啊！我眼再瞎，也看不上她。真要挑有夫之婦勾搭，也得找程三嫂子這樣的，是不是？」說完衝何嬌杏眨了眨眼。

何嬌杏見狀，抬手拍折了他的手臂。對不住了，這人想命長，就別犯賤，要犯賤，總得吃點苦頭。

那人險些痛暈過去，程家興看都沒看他，掏出帕子幫何嬌杏擦手，還吹了吹，關切地道：「就這樣的，我也能收拾他，哪輪得到媳婦出力？手痛不痛？」

結果，來弄方子的倒楣蛋，就這麼折了手，還被轟出去。而程家人留下何嬌杏照看冬菇後，都趕去老屋了。

第四十章

後來的發展，是誰也沒料到的。

一會兒後，程家興回來，何嬌杏從他嘴裡聽說了前因後果。

「看爹娘的意思，這回無論如何都要二哥休妻，他若不肯，就由長輩出面，也要替他休了。」

程家興想起他的烤番薯，從還有點餘溫的灶裡掏出來，拿草紙裹著掰成兩半，一半自己拿著、一半遞到何嬌杏手裡，看她吃了，才繼續說。

「我們去問話時，二嫂說那男的只是來買字糖方子的人，告訴他找錯人後，他就走了。」

「我覺得奇怪，若告訴他找錯人，怎麼會直接走，不是該上咱們家來？結果我還沒問，大嫂便跳起來，拆了二嫂的臺。」

周氏的事情，劉棗花看得向來很準，道周氏沒講實話，一口咬定那男人是姦夫。

「大嫂差點把二嫂逼瘋了，不說明白就要揹上通姦的惡名，只得說了。那人不是正經來買方子的，是使手段套，應該是聽說二哥、二嫂他們沒摻和買賣，料想他們有埋怨，遂拿了銀錢當誘餌，想從二嫂那裡打聽出來。」

這倒是說得通。

「可大嫂不是說，二嫂被問話時心虛了？真要遇上這種事，完全可以告訴咱們，咱們還要記她一份情，謝她提醒不是？」

程家興啃了兩口烤番薯，點頭說是。「我也這麼說，這套說詞還是站不住腳，錯漏百出。總之，最後逼問出來了，那男的答應給她二十兩銀子，讓她知道什麼便說什麼，她想著自己知道那點兒無關痛癢，就說了。

「結果，那死騙子壓根兒沒給她錢，還反過來威脅她，讓她生生氣暈過去，這才把孩子搞掉了。

「二嫂還想讓二哥去找那男的算帳，正好，爹娘也要二哥休妻。她覺得價錢合適，就能出賣家人，這回是芝麻綠豆的小事情，那以後有要緊事呢？到時看見成百上千的銀子，也能想著兄弟情嗎？」

何嬌杏搖頭，想了想，安慰道：「以前都是小事情，這回的確過分些，不過咱倆一直防備著，不怕她往外說，就看二哥怎麼想了。他覺得湊合著也能過，那咱們以後遠著他就是，別去做逼著哥哥休妻的惡人。」

「我也這麼想，弄明白是怎麼回事，就先回來了。」程家興說著，吃完最後兩口烤番薯，扔了皮，把手擦乾淨。「妳說，她幹出這種事，怎麼還有臉喝咱們家的雞湯？早知道，我潑到臭水溝裡，也不會端去給她。」

果然，程家興還是生氣的。這回買賣不帶他們並沒有錯，結果周氏只記仇，不記恩。

「這回真做對了，生生試出個白眼狼來，要是帶她掙錢，怕還看不出她的本性。」

何嬌杏抬手，在他後背上拍了拍，看沒什麼用，就說有些睏，讓程家興陪她睡會兒。

兩人進了房間，看自家男人一把火燒著沒處發，索性讓他發洩到床上了。

這招果真見效，程家興完事後，還說騷話，道生完冬菇好處不少，媳婦胸前比剛成親時波瀾壯闊了些。

何嬌杏翻過身。「再心疼你，我就是傻子。」

程家興從後面抱著她，出月子後忙了個把月，一通買賣做下來，何嬌杏如願以償掉了肉，現在小腹雖不如懷孕前那麼平坦，也只有一點點軟肉，摸著挺舒服的。

他在她的小腹上揉揉揉、捏捏捏，就挨了下打。

「鬧什麼呢？」

程家興貼她在耳邊笑，笑聲低沈。「就說妳不對勁，原先大白天裡怎麼都不肯讓我碰，今兒主動送上門來，是怕我被二哥、二嫂傷了心，想讓我高興？」

「是想讓你沒空胡思亂想，管他們怎麼解決。」

何嬌杏又轉過身，在程家興臉上捏了一把。「我看你們兄弟感情深，怕你想不通。」

程家興聽完，痞笑著親親她。

「以前可能會，跟妳成親後，就不那麼想了。」兄弟分家後，想疏遠些也不難。

若周氏生下兒子，只要不偷人、不闖下天大的禍，要休妻是千難萬難。
她進門六、七年，本來這胎興許能扭轉命運，現在卻沒了。連落兩胎，長輩們覺得周氏不是個吉利人，搞不好命裡無子，又得知她做出賣兄弟的事，本來最不忍心的黃氏，第一個硬起心腸，喊著程家貴的名字，讓他休妻。
程家貴還沒回過神，就被他娘驚著了。
「我帶她去給三弟賠罪，這胎落了以後還能再懷，娘饒她一回。」多年夫妻總有感情，程家貴不想休，也不忍心休掉周氏。
可黃氏沒有要饒過她的意思。「你兄弟做吃食買賣，靠的是獨門秘方，別人眼紅來問，她就把知道的全跟人說，這種媳婦，你還要留？今兒你留著她，可就留不住你三弟了。」
劉棗花尋著插嘴的機會，說大房不會跟這種壞胚子往來。
「以前只當姓周的愛算計，沒想到連親兄弟都能出賣。」
這話讓周氏炸了，紅著眼，死死地瞪著劉棗花。「妳就沒幹過這種事嗎？有臉說我？」
劉棗花想了想。「妳說賣花生的事？我娘家來打聽，我只說想做自己做去，哪裡洩漏方子了？妳可是衝著二十兩銀子，把知道的全倒出去，沒拿到錢，還讓人氣得落了胎。」
周氏氣壞了，程來喜見狀，站出來說：「都給我閉嘴！這回的事，沒得商量。老二，你若還是我兒子，就把這婆娘休了，我讓你娘再給你娶個賢慧能幹、不生事的回來。」說完轉頭喊程家富。「你跟老四去請個會寫字的來，再找大伯他們來做見證。」

程家貴真沒想到，這回爹娘全鐵了心，眼裡全是血絲，直直地盯著他爹。「我跟周氏這麼多年的情分，我不想休妻。」

「你不休妻，那從今天起，我跟你娘不要你孝敬，也不會再管你，三個兄弟不同你往來。誰都怕你這媳婦，怕她見著錢，又把家人賣了。

「如果她是個好的，那你是重情重義；可她從根子就壞了，你還覺得無關痛癢，這是執迷不悟。

「分家不到兩年，老大跟老三都把日子過起來了，就你越過越糟，不想想是為什麼？有這婆娘在一日，就別想好。今兒休了她，天下好女人多的是，你樣樣不差，還怕娶不著？」

平時程來喜不太發話，他一開口，事情往往就定下了。

周氏這才知道慌，死死地抱著程家貴的胳膊。她不能被休，被休就完了。

「家貴，你想想，我做什麼，不都是為了咱們。」

可是，程家貴真能扔下爹娘、兄弟，單跟周氏過日子？

幾刻鐘後，請來的人寫了休書，程來喜拽著程家貴按下手印。

周家人雖聞風趕來，但已經阻止不了。

一則周氏成親多年，沒生孩子；二則她出賣兄弟，人品卑劣。這兩條加起來，程家要休妻，誰也找不出理由相勸。

休書蓋好手印後，劉棗花親手把周氏拽出院子，還說當初周家沒辦陪嫁，讓他們趕緊把人領走，別再放出來礙眼。

從寫休書開始，周氏便渾身發冷，腦子裡嗡嗡嗡叫個不停，等到被劉棗花推出門，總算清醒，鬧著要往牆上撞。

程家兄弟死死拽著程家貴，不讓他插手，其他人則冷眼旁觀。最終，周家人看事情沒了轉圜餘地，把周氏拖回去了。

二房休妻的事，程家興夫妻從頭到尾都沒攪和。

夫妻倆親熱完，睡了一覺，是被冬菇鬧醒的，抱她把尿，又換了尿布，再把搖搖床收拾乾淨。

全弄好以後，何嬌杏上灶做飯，程家興捏著鼻子，把尿布裝進木盆裡。

之前這些都是黃氏收拾，但老屋出事後，爹娘就回去了。這活他要是不幹，就得讓媳婦來幹。

稍稍猶豫後，程家興認命地把木盆端到井邊，又費了老大力氣，把蓋在井口的石板搬開，提水上來。

怎麼說程家興都是男人，許多事不講究，也沒燒熱水來兌，就著井水，把閨女弄髒的衣物搓洗了。

何嬌杏出來就看見程家興蹲在井邊，滿臉嚴肅的樣子，興許因為很不拿手，反而更認真，但動作怎麼看都是標準的門外漢，瞧著硬邦邦的。

何嬌杏笑著搖搖頭，沒驚動他，進屋看看冬菇，瞧她安靜睡著，才放心回廚房去。

沒等飯做好，鐵牛就跑來了。

程家興剛把尿布洗乾淨擰好，準備晾起來，便看見鐵牛伸長脖子，朝他看來。

程家興招招手，鐵牛這才上前。問他做什麼，說是他娘喚他來看三叔家有沒有人。

「你娘還說了什麼？」

「讓我看明白了就回去告訴她，可能有事找三嬸嬸吧！」

說話的工夫，程家興晾好尿布，又洗了手，讓鐵牛別急著走，拿了些年前進鎮買的蜜餞、果子給他。

鐵牛笑嘻嘻地跟程家興道了謝，才跑回去。

鐵牛走了一刻鐘後，劉棗花便來了。

「大嫂不幫我哥做飯，跑來幹什麼？什麼事這麼著急？」

「飯菜熱好了，放在鍋裡，他端出來就能吃，我過來跟弟妹說說話。今兒這齣，弟妹從頭到尾沒摻和，你也早早走人，還不知道後來的事吧？」

何嬌杏正好忙完，一邊招呼程家興來盛飯、一邊和劉棗花打招呼。

「大嫂吃了沒？要不要一起？」

「我剛才啃了餅子，還不餓，你倆吃吧！我特地過來跟妳說話的。」

何嬌杏還是舀了碗湯給她，讓她邊喝邊說。

劉棗花喝著魚湯，把周氏被休的事告訴他們。

「我跟周氏不合，村裡人人都知道，可我沒想到她真會被趕出去。休個婆娘，得罪的是她娘家所有人，從這裡算起，她娘家還沒嫁人的妹子全倒了楣，多少要受牽累。

「想來爹娘顧忌的，到底還是老三，二弟和家富一樣，都是農家漢子，沒多大能耐，失了靠山，往後日子難過。」

程家興也在喝湯，被這話氣樂了。「要不要媳婦，是二哥自己的事，我可什麼都沒說，誰要讓我揹這黑鍋，我是不會認的。」

劉棗花道，外面的人都說，下這決定，是要把幾個兄弟攏在一起，怕程家興一氣之下，拋棄程家貴。

「咱們分了家，本就是各過各的日子。鬧起來時，大哥跟家旺沒說話吧？」

「是沒有，到底分了家，怎麼還都是老二的事，自己揀的路，真把日子過壞了，也怪不了咱們。若真鐵了心要跟周氏過，誰能替他寫休書？誰又能逼他按手印？爹把屎盆子全扛下來，都說老二重情義，當爹的棒打鴛鴦。」

劉棗花一口氣說下來，程家興頗感意外，沒料到除了錢以外的事，她還有靈光的時候。程家興的表情太明顯，劉棗花老臉一紅，道：「這話不是我說的。剛才鬧完之後，我跟大伯母一道回去，大伯母說可憐天下父母心，咱們爹娘為了二弟，什麼都做了。」

原先她沒想這麼多，只覺得痛快，還是聽大伯母說，假如是何嬌杏沒生兒子，家裡要程家興休她另娶，他會不會休？別說休，誰敢提一句，恐怕都是挨打的命。

這樣一來，周氏要恨，也是恨到當爹娘的頭上，恨不了程家貴，覺得都是被逼的。程家大伯母說完，順道敲打了劉棗花，當媳婦的永遠要知道家裡人的底限在哪兒，什麼事能忍，什麼忍不了。

這回的事，往小裡說，是周氏一時鬼迷心竅，中了外人的圈套；往大了說，要是真記人恩情，把兄弟放在心上，怎會以為說幾句沒什麼？不該反過來提醒兄弟，讓他們當心？說周氏的根子壞了，就壞在這裡，這種事有一回便能有第二回，難道等她下回闖禍害人再休嗎？

要是做兒子的心眼歪了，爹娘自會想辦法把人引回正道，但教導媳婦不是公婆的責任，說到底是娘家沒教好，還有自己不學好。

今兒個發生的事情太多，劉棗花實在憋不住，想著正好三房不清楚後來的事，就來找何嬌杏說說話。

何嬌杏邊吃邊聽，等劉棗花說完，才道：「我料想，二哥是兩頭都放不下吧！一日夫妻百日恩，他不忍心休妻，也怕傷爹娘、兄弟的心，夾在中間，裡外不是人。二哥休不休妻，看他決斷，咱們萬萬管不著，要是最後把人留下來，我們也得防備，以免再發生這種事。」

劉棗花聽著，點點頭，見吃得差不多，便順道幫何嬌杏一起收拾碗筷了。

之後兩天，劉棗花又過來了幾趟，給何嬌杏帶來不少消息。

聽說周氏回去後，跟周大虎婆娘鬧了一場。本來娘家就不太容得下她，周大虎婆娘遂當場翻了舊帳，說她德行差，留不得。

本來要請家法處置周氏，以保全家裡其他女兒的名聲，但周氏的爹娘狠不下心，把人保下來。但周家不同意再收留她，生怕還要生事端，打算找個下家，再嫁她一回。

因為沒生兒子及德行有虧被休的女人，再嫁困難，可要是不挑，也能找著人接手。

最後，周家選了清水鎮的人家。那戶的三個兒子都大了，全在掙錢，還有兩個嫁出去的閨女；不過說給周氏的，不是兒子，是那家的爹。

兒子們看爹孤獨可憐，商量後，想找個人來伺候他。說是續弦，其實不當家，銀錢全捏在兒子手裡，只要做家務、顧好老頭子就是，遂湊了筆錢打發周家，讓他們以後別上門，又立下字據為憑。

從周氏被休到再嫁，前後不到一旬。

聽相熟的嬸子說周氏已經再嫁，劉棗花嚇掉了挾在筷子上的大肥肉，閒聊完，便轉身跑去找何嬌杏了。

三合院裡，何嬌杏抱著閨女逗得正歡，聽劉棗花說，周氏又嫁了，手一抖，險些沒嚇著一旁的程家興。

劉棗花也嚇了一跳，讓她抱穩當了，或者先把冬菇放下。

何嬌杏問她。「我不關心周家，爹娘跟二哥怎麼說？」

「我沒去看，不知道老二是什麼反應。我想著，這是好事，聽說周氏已經嫁了，老二總能往前看，不至於一直惦記。周氏也好笑，那天還說他們夫妻情深義重，罵爹娘棒打鴛鴦，要真有那麼好，她會這麼快改嫁？說到底，還是個現實的人。」

何嬌杏的目光落在閨女身上，想了想，轉頭對程家興說：「我燒兩道菜，晚點你請二哥吃酒，兄弟坐下說一說吧！事情過了好多天，總不能這麼僵著，得有人站出來。」說著，便把冬菇遞給程家興，要去廚房忙。

程家興伸手接過閨女，摸了摸她的臉蛋。「是不能任由二哥消沈下去，耽誤自己不說，還拖累爹娘。」

劉棗花說她來幫忙，真要聊，叫程家富也上門，有什麼話說清楚。

「那大嫂殺雞，我來收拾魚，做道酸菜魚，再加辣子雞丁。對了，家裡還有酒嗎？」

程家興應了，說當然有，年前打了好幾斤，結果今年前後都是事，沒喝多少。又問何嬌杏，有什麼是他能做的？

何嬌杏正在水缸裡撈魚，還沒顧得上琢磨，但隨即就不用她琢磨了，聽見了很輕的兩聲噗噗。

她抬頭一看，程家興面如土色，認命地抱閨女換尿布去了，還偷偷捏了捏閨女的胖臉蛋，咕噥道：「小祖宗，妳可真會挑時候啊！」

冬菇被他爹翻騰來、翻騰去，費了點勁才收拾好，一身清爽，樂呵呵地躺到搖搖床上去了，當爹的則熟門熟路到井邊搓尿布。

看他嚴陣以待的模樣，劉棗花忍不住笑出來。

「以前老三連衣裳都沒自己洗過，如今居然搓上尿布，弟妹真行啊！」

何嬌杏還想跟她客氣一下，程家興就哼哼起來。「不就是搓尿布？大驚小怪。」

「不是我大驚小怪，我真沒見誰家爺們幹這活的，就你疼人。」

劉棗花燒出一鍋水來燙雞毛，何嬌杏殺了兩條魚，她倆幹活時也聊幾句，不知道以後進門的老二媳婦會是哪家的。

「過了這段時日，娘應該會去找費婆子，讓她幫忙。老二這個情況，是好說的。」

何嬌杏同意。周氏被休，後進門的不用給前面的低頭，且周氏又改嫁了，程家貴自然不會老惦記著。再來，程家貴會疼人，還是分家別過，有田有地，真說起來不算差了，只要不過分挑剔，娶房媳婦很容易。就指望程家興他們跟他好好說說，吃完這頓酒，讓他振作起來。

第四十一章

晚上這頓酒，只有兄弟幾個一起吃。平時程家興喝得很少，這天豁出去了，只為了陪哥哥們盡興。

等他們吃完，已經很晚了。何嬌杏把程家興扶進屋裡，替他脫衣裳，又端來溫水讓他漱口，然後幫他簡單擦洗一番。

程家興酒品不錯，雖喝多了點，但不鬧騰人，讓他坐下就坐下，讓他抬手就抬手。

何嬌杏先把閨女哄睡了，又幫男人收拾一番，自己最後才漱洗。吹燈上床時，程家興已經躺平睡熟了。

何嬌杏輕輕爬到床裡側躺下。這陣子的事實在不少，一下子也睡不著，摸黑盯著程家興的側面看了一會兒。

她不清楚自己是什麼時候睡著的，只知道醒來的時候，被自家男人緊緊地抱在懷裡，想翻個身都不行。

何嬌杏推了程家興兩下，卻險些讓他蹭出火來，看他脫了褲子就想過來，使力把人按住，爬爬爬，爬下床去了。

人坐在床沿，程家興還要伸手去抓，何嬌杏只得捧著他的臉親了親。「我該去給閨女餵奶，你再睡會兒。」

「臭閨女才這麼小，就知道跟她爹搶人。」

看他躺在床上耍賴，何嬌杏嗔道：「都當爹的人了，還沒個正經。」

「怎麼說話的？我跟我媳婦親熱，不是正經？」

「別鬧了，你想想早飯吃什麼，我餵完冬菇就做。看你們昨晚喝了不少，這會兒腦袋暈不暈？」

何嬌杏抱來冬菇餵奶時，還在跟程家興說話，問他昨晚那頓酒吃出好結果沒有？

既然聊起頭，程家興也不想睡了，抱著被子坐起來，靠在床頭上看媳婦餵奶。

「我看他心裡還是有數，知道這麼頹喪下去，爹娘要跟著擔心，讓我們暫時別管他，由他想想，保證不會耽誤了後面的春耕、春種。我聽他這麼說，就沒提再娶的事。農忙好啊，忙起來，人就沒空胡思亂想，等過段時日，事情淡了，再考慮後面的事。」

程家鬧出這麼大動靜，傳到魚泉村裡，何家人不是很放心。正月裡，東子便拿送魚當藉口，來了一趟。

「我們都是道聽途說，不知道確不確實，爹娘不放心妳，又不好直接跑來，就讓我上門看看。阿姊一切都好吧？」

「我能有什麼不好？」

何嬌杏問他，大老遠跑來，只為了這個？

「還有件事。前兩天，二爺爺那房的堂姑又回來了，說年前來妳家，連塊點心都沒吃到，妳只顧著睡；還說妳家賣字糖，也沒裝一包給遠道而來的長輩，只招呼人在院子裡喝水。」

其實何家堂姑說得更重了些，東子揀了幾句輕巧的學了，問何嬌杏，那堂姑真來過？來幹什麼？之前送魚過來時，也沒聽說。

何嬌杏一拍腦門，道：「也不是什麼要緊事，你不提，我真忘了。好像是臘月底的事，反正買賣剛停，大家累壞了，我跟你姊夫睡得正香，堂姑就來了；可我壓根兒不認識她，突然上門，客客氣氣地請她喝茶，問有什麼事？結果是為了字糖買賣來的。」

東子也在喝茶，聽見這話，放下了茶碗。「她怎麼說？」

「想讓我當面做上一回，這種要求誰會答應？她又說要把這買賣做大，好掙大錢，我也不想。年前已經讓各大商號看到字糖，接著打算找個可靠的人賣方子，這樣一省力、二省心。你看我平常也不回頭賣舊貨，之後便做別的去，想想還是賣了方子合算。」

這麼想也沒錯。東子說，以後有機會，還是可以做香辣肉絲，那滋味是真好。

「你姊夫也很惦記那個，說肉絲的配料多，工序複雜，不好模仿。現在沒合適的機會做，把家裡這點麻煩事解決了，接著賣那方子，之後可能到鎮上看看有沒有合適的鋪面。」

「想開鋪子？」

「以後的事還不好說，我是想，總不能光捏著銀子過活，還是要置辦些家業，哪怕不做買賣，也能租出去，以後也有東西給孩子們繼承。」

東子好一陣唏噓。「阿姊，妳變了好多，成了親就是不一樣。」

何嬌杏忍著沒敲他頭，笑道：「人都得往前走，還能原地踏步？你難得過來，想吃點什麼？我做給你吃。」

東子順口點了兩道菜，看何嬌杏忙活起來，也閒不住，去找程家興，問有沒有什麼他能幫忙的。

還真沒有，程家興便把人誆到小雲嶺去，捉雞、逮兔、採蘑菇。

以前，程家興三天兩頭就要來小雲嶺一趟，後來做起買賣，便沒精力了。今兒正好，天氣也不錯，適合到山上轉悠。

東子看他上山不久，就逮著肥胖的野兔子，動作之麻利，真看不出手生。

程家興瞅了瞅他。「是你見識少。不過這確實要技術，早先我也拿牠沒轍，後來下了狠心，天天在山上磨著，摸透牠的習性，又知道兔子洞在哪兒，就好捉了。」

東子想，除了早年不務正業、三天兩頭往山上跑的程家興，別人應該沒那工夫累積捉野兔的經驗。心裡這麼想，倒是沒說出來，乾脆也做點自己的事，採了半筐菌子。

等兩人過足了癮，下山回到村裡，遠遠就看見三合院煙囪裡冒出的白煙，也到了吃午飯的時候。

他們回去時剛剛好，何嬌杏從鍋裡端出一大碗肉末蛋羹，還有道黃豆燒肉，招呼兩人上桌，再去屋前拔了棵白菜回來，揀下菜葉燒湯。

等菜湯也上桌，何嬌杏才幫自己添飯，坐到程家興旁邊。

「看你倆揹回來的東西，是上小雲嶺去了？說起來，以前我想去大雲嶺上見識見識，結果成親之後，硬是沒尋著機會，起先忙買賣，後來又懷上了。」

聽她提到大雲嶺，程家興又想起當日拌的嘴，道：「妳別想了，死心吧！」

他越是這樣，何嬌杏越想逗他，還故意去問程家興。「不知道大雲嶺上有些什麼？」

「不就豺狼虎豹那些，也有鹿吧！聽說前些年縣裡大戶家的兒子中舉，擺過鹿宴，那鹿總歸是要錢不要命的上深山裡弄出來，這也是我猜的，沒親眼見過。」

「怎麼說到這上面了？阿姊，剛才我忘了跟妳講，爹說堂姑要是再跑來提什麼過分的事，別給臉，滿足她一回，往後麻煩事更多。

「娘也說，之前幫妳說親時，那堂姑句句說要給表哥找城裡媳婦，所以家裡就沒多提妳。現在，堂姑反過來怪家裡把妳說給我姊夫，沒想著她。」

打死程家興都沒想到還有這齣。經小舅子提醒，他想起來，成親之前的確有人在何家那裡鬧事，想讓他們退親。

當時，他還跟何嬌杏鬧過脾氣，沒想到，現在都成了親，居然還有不死心的。他仔細回想一下那天上門的人，全是癩蝦蟆，橫看豎看，也沒有配得起何嬌杏的。

「早知道她還想挖我牆角，上次連茶都不會給她喝。有本事再過來，看我不趕牛踩死她。」

東子塞了口肉，安撫道：「她說說罷了。兩個表哥，一個成了親，另一個也訂下了。」

話雖如此，在這種事情上，程家興就是小器鬼，認真記恨了兩天。直到年後，等正經要買方子的人上門，才專心談起買賣來。

想合作或買方子的人，加起來有四家，最後程家興決定把方子賣給鋪面遍布各府縣的王家，他們家的香飴坊不光賣糖，也賣糕餅點心、蜜餞果子。

至於價錢，兩邊商議了幾回，王家是由二少爺親自過來談，道一則不逢年過節、不辦喜事，字糖不會好賣；二則起初能賣個新鮮，時日長了，價錢會跌。

「府縣那麼多人家，哪個月沒有成親跟做壽的？東家不買，西家也會買。過年光靠兩個鎮，我就賺回幾百兩，你們賣到各府縣，隨隨便便都能大賺一筆。」

字糖買賣是這樣，要是自家揹出去賣，不逢年過節，的確不好拉客。擺到鋪子裡就不一樣，辦席買蜜餞果子時，順便就買了。哪怕平時賣得沒那麼好，也還是有得賺。

「我們做得還比較粗糙，你把方子買回去改一下，能翻出好些花樣。我們不光是賣你方子，也賣給你巧思。」
到底出身大商戶，王二少爺比出五根手指，說給程家興年前買賣十倍的數，五千兩。
「我有心想結個善緣，但這價錢還是低了，得再添點。」
談買賣，對方給的一口價，往往不是心裡的底限，都還可以商量。兩個人精又扯了半天，王二少爺發覺程家興不好糊弄，問他要多少，別往高了喊，說個誠意價。
「那翻一倍，要十個指頭。」
王二少爺剛喝下的茶差點噴出來，勉強嚥下去後，拿手帕擦了擦嘴，說太高了。
「我們也要承擔一些風險，這價錢我給不了。不打馬虎眼，最多八個指頭。」
程家興把茶碗一放。「行，就八千兩。不過你得答應我，任誰來打聽，都別說出花了多少銀子買的。」
「那你也得把方子守好，既然賣給我了，你家就不要再做。」
程家興說：「你來找我之前就該打聽過，信得過才來談生意。哪怕以後方子洩漏出去，也絕不會是從我這裡，字糖方子只有我跟我媳婦知道，我倆軟硬不吃，口風緊著。」
王二少爺知道程家興重承諾，是個講好條件就不會變卦的人，才敢來找他。
後來，程家興沒把人帶去家裡，而是與何嬌杏進鎮，在鎮上教了手藝。
不光是香飴坊的大師傅，王二少爺也在旁邊看著，看何嬌杏做過一回，就發現真是巧思。這做起來確實不難，哪怕剛開始拼不好字，多練練總成；又佩服何嬌杏，外面廚子想不到的，卻讓她做出來了。

何嬌杏從程家興那裡聽說了，知道方子賣出八千兩的鉅款，遂不吝嗇地告訴香飴坊大師傅，用糖條能拼出吉祥如意字樣，就能拼出其他花樣，在這上面動動心思，哪怕味道一樣，人家也願意買你的，而不是其他家的普通糖塊。經過大師傅的手，擺在鋪子裡賣的字糖，應該會比他們小作坊做的好些。

王二少爺聽著，從碗碟裡拿了塊字糖，邊吃邊問程家興。「尊夫人真是鄉野婦人？」

「她要不是，會嫁給我？」

這麼說倒也沒錯。王二少爺還道可惜，真是讓出身耽誤了，以她的見地，何嬌杏若能生在富裕些的人家，說不定會闖出不小的名堂。

他們是行內人，看著都不能把東西仿出來，足以想見，第一個做出來的人有多聰明。不過，何嬌杏到底是女人家，還成了親，王二少爺不好拉著她猛誇，只得把這些話放在心裡，打算再看看，以後這對夫妻應該還會有所作為。

方子很順利地賣出去了，王家給了銀票，裝在木匣子裡有好厚一疊。匣子被程家興埋在裝滿東西的背簍裡，回去時，他揹背簍走前面，何嬌杏跟在後面，方便看著。

走在村道上，看見熟人，程家興還跟人家打招呼，完全沒露出馬腳，恐怕誰也沒想到，他這會兒揹著八千兩的銀票呢！

一段時日後，香飴坊擺出字糖販售，大夥都不確定，程家興是不是把方子賣了？村裡人人都在議論這事，也有好奇心重的向程家人打聽，大家都說不知情。黃氏跟劉棗花雖然曉得是程家興賣的，但掙了多少，也答不上來。兩人最近經歷過不少事，知道輕重，不敢亂說。

劉棗花悄悄問過何嬌杏，賺得多不多？

何嬌杏說還行，盤個鋪子、再做買賣的本錢都夠了。

劉棗花聽了，一番感慨，果然使笨力氣發不了財，還得動腦子。

「弟妹啊，妳爹娘對妳真是太好了，把全家的聰明勁都給妳了。」

剛掙了筆大錢，眼下何嬌杏不想琢磨買賣，只想過過小日子。開春又是能挖筍的季節，遂跟劉棗花商量著，做點泡椒春筍吃。

程家興也沒往外瞎跑，準備避過了這陣子，再慢慢打聽鋪面。

不過，哪怕再不聲張，人家覺得你發了財，就會有心術不正的來打歪主意。

這幾日，有兩個賊眉鼠眼的人在三合院附近閒晃，看著像是過來探路，都讓何嬌杏那嚇死人的力氣「勸退」了。

想要當賊，他家永遠有人，硬闖又打不過，該怎麼辦？便有人想約程家興去賭錢，上了賭桌，有的是辦法讓他輸得脫褲子。

結果呢，程家興一聽就搖頭。

好不容易想出來的坑錢圈套，眼看又走不通，那人急了，問他辛苦掙錢，難道閒下來不想放鬆放鬆？

程家興瞅著對方，道：「開玩笑呢，你看我像是閒下來的樣子啊？我閨女的尿布等著我搓，還有媳婦要我伺候。」

來約他的人傻眼了，怎麼會有男人把這般丟臉的事說得理直氣壯？

「程家興，之前你還說不能讓女人家騎在頭上呢！」

程家興抬腳就要踹他。「會不會說話?!什麼叫讓女人家騎在頭上？我媳婦那雙手是搓尿布的嗎？」

來約他的人想了想，何嬌杏拍得碎石板、掰得彎燒火鉗，怎麼就不能搓尿布了？

「走走走，咱們玩幾把，這點活兒回來再做也來得及。」

程家興甩開他，還是不肯去。

「我看你沒打什麼好主意，想贏我的錢？明白告訴你，我沒錢，我家的錢都給我媳婦管，你有本事約她去賭。」

何嬌杏耳朵尖，在屋裡聽到外面有人說賭。賭癮可沾不得，沾上能有幾個得善終的？立刻抱著閨女出去。

她瞅著蹲在院子裡的兩個人，一個是她男人，還有一個她不認得。

這也不妨事，她笑咪咪地喊了程家興一聲，問這是誰？

「不用知道他是誰，反正也不熟。」

「不熟的？那能找你去賭錢？」

程家興態度擺得正，趕緊解釋。「我告訴他，我沒錢，他真想發財，跟妳賭去。」

「跟我賭？」何嬌杏掃了那人一眼。「賭錢，我玩不來，要不咱們賭一賭，我是不是能一掌能拍死你？明白告訴你，家興哥沒錢，以後再有這種事就找我，我好生教教你們做人的良心，別看著人家掙錢，就想拽他染上惡習。誰敢帶我家男人去嫖、去賭，讓老娘知道了，我拆他房子、刨他祖墳！」

平日總是笑咪咪、好言好語的何嬌杏，竟然說得出這種話來。

兩個男人都嚇著了。

何嬌杏往前走了兩步，對那人喝道：「還不滾蛋，想留下吃斷頭飯嗎?!」看人灰溜溜地走了，才轉身回屋。

程家興跟在後面，縮了縮脖子，又吞了口口水，鼓起勇氣問她：「杏兒，妳沒生氣吧？」

「你沒跟他去，我氣什麼？帶人去嫖、去賭的，都是些損陰德的王八蛋，不嚇唬趕不走，跟茅坑裡的蒼蠅一樣，煩死人。」

程家興這才稍稍鬆了口氣，嘀咕道：「人是嚇唬走了，妳這名聲也壞了。」

何嬌杏並不在意。「嘴長在別人身上，管他怎麼說？最好把我講成母夜叉，要上我家來惹事的，都掂量著點。」

第四十二章

程家興賣字糖方子是一月底的事，日子飛逝，驚蟄後，天氣漸漸暖和起來，桃花紅、梨花白，常有春雨伴著春雷。

何嬌杏在自家竹林裡挖了兩回筍，做好泡椒春筍後，抱了一罈送去老屋。二房休妻後，程來喜跟黃氏都很不放心程家貴，都搬回老屋住了。

送筍過去時，何嬌杏還聽到小豬崽哼哼搶食的聲音，放下罈子，和婆婆聊了幾句。

黃氏說，她不敢太逼著老二，也不好一直勸，只得帶著他商量家裡的事，讓他多幹活。

「現在你爹天天喊他下地，我也不能總去找那些大娘跟嫂子說話，就捉了兩頭小豬，養大了，還能分你們肉吃。」

春天裡的陽光不灼人，曬著暖烘烘的，何嬌杏轉頭看了看老屋門前的院子，已經用半人高的竹籬圈起來，裡面有好幾隻嫩黃的小雞崽。

「娘也養雞了？餵群雞、養兩頭豬，再種片菜地，打發閒暇是好，若忙不過來，花點錢僱人送豬草。咱們現在不差這一口，別累著了。」

哪怕黃氏不知道確切數目，也知道字糖方子賣了好價錢。前些天，程家興來送了孝敬，說過年時鬧騰著給忘了，塞了十兩銀子給她，要她想吃什麼就拿去買，不必儉省。

這也是跟何嬌杏商量過的，十兩銀子不多，但也不少。鄉下人吃喝都從地裡出，打油、打酒才用得著錢，十兩能撐很久了，也不過分招搖。

「我跟妳爹都還沒滿五十，就這點活，能累著啊？妳才是呢，幹麼去挖筍、摘菌子？還自己做豆腐吃，真是不怕麻煩。」

「我就愛做吃食，也沒別的喜好。」

黃氏很是感慨。「愛做吃的不少，但能做出名堂的，只有妳。對了，我還有件事想問，這兩天去田裡時，村裡那些婆娘跟我嚼舌根，妳跟老三是不是又有什麼事？」

都不用想，何嬌杏就知道婆婆的意思，告訴她。「如今若說我們家是本村第一富戶，也沒錯。人嘛，窮的時候像瘟疫似的，人人都躲，生怕走得近了，跟著染上窮病；一有錢，人氣就跟著來了，哪怕咱們不往外跑，也有人找上門來。」

「我也猜到是這樣。到底是誰啊？」

何嬌杏說她不認得，她嫁過來之後，除了忙生意，就是懷孕、養小孩，沒到河邊洗過衣裳，也沒跟人約著幹過農活，認識的就是自家那些親友，沒多走動的，哪怕看著眼熟，也喊不出名字來。

「本來不想跟您說的，香飴坊賣起字糖後，哪怕不張揚，村裡也該猜到我們拿方子去換錢。前段時日，有賊眉鼠眼的人來探路，被我嚇走了。

「既然偷跟搶都不成，他們就想約家興哥去嫖、去賭。但像花街這種地方，不就是銷金窟嗎？只要癮頭上來，多少錢都不夠敗。我就告訴他們，誰敢帶我家男人去搞那些名堂，就拆他房子、刨他祖墳，他們便不敢再上門了。興許私下有人找他，反正沒被我見著。」

黃氏聽著，臉色都變了，只要迷上賭，真沒幾個下場好的。

「還好，哪怕以前老三懶懶散散，不做正事，也沒從我這裡騙錢去賭。妳看他有時候愛說大話，卻沒作過飛來橫財這種白日夢。

「話是這麼說，妳也別疏忽大意，男人縱容不得，得管著他，別給他學壞的機會。我還得提醒老大媳婦，妳那邊有人攪和，她那頭估計也少不了。老大家是沒妳家這麼富裕，但照村裡人看來，也是發了財。」

黃氏還說，姑娘家才要顧惜名聲，嫁了人的，凶橫一點倒沒有什麼，不過讓人說說閒話，日子反而能過得省心些。

「妳家清靜，是因為老三跟妳都不好拿捏，要不是這樣，只怕天天有人上門，約吃酒，還有借錢的，都不會少。」

其實現在也不少，不過何嬌杏天天待在家，找她的不多。

程家興經常出門辦事，開春後進鎮買布給家人做春衫，又想起二月分要給冬菇辦百日宴，得開始準備起來。出門時，只要發現只有他一個人，就會有人上前搭話，男女都有。

有人攀交情，想得他提攜；有人想騙錢；還有來勾搭的。有了錢，不能多納兩個人？有些自認模樣不差的小娘子，想攀上程家興，往後總有法子將何嬌杏擠開，這麼凶悍的婆娘，哪能守得住男人？

這些事，程家興經常自己解決了，不太會拿回來說。

程家興的主意不好打，心思活絡的，便想到他兄弟。但程家旺也有譜了，唯有程家貴缺個續弦。

不等黃氏主動提，就有媒婆上門，還不只一個，問程家貴之後想娶什麼樣的媳婦？

黃氏沒把人往外面推，只道其他都能讓步，可品性得好，這最要緊。

後來，冬菇的百日宴成了變相的相親大會，有意思想和程家結親的，都帶著閨女過來了。

男人在外面院子吹牛、喝酒，女人吃完以後，就進了堂屋，圍成一圈，看似吃糖、嗑瓜子閒聊，實則套話的套話，看人的看人。

何嬌杏跟著打量幾眼，想著這種事由不得她說，便跟婆婆打了聲招呼，抱著女兒進裡屋。

唐氏也來了，見狀便跟進去，帶上了門，問閨女是不是累了？

「是有一點。沒想到會來這麼多人，說到底，冬菇是閨女，哪怕我跟家興哥稀罕，別人又不稀罕，何必來湊熱鬧？」

唐氏伸手，讓何嬌杏把孩子給她瞅瞅。「剛才讓人拽著說話，沒好好看看我外孫女。」

她抱著冬菇，掂了掂，逗得三個多月大的孩子咧嘴直樂，心裡軟成一片，悄悄跟何嬌杏說：「我看冬菇比香菇還白淨些，養得真好。現在好不好帶？」

何嬌杏把每天要做的事說了一遍，沒見過別人家的孩子鬧騰起來是什麼樣子，冬菇應該還行吧？有時也哭兩聲，不過收得快，逗一逗又會高興起來。

「這是因為妳跟女婿的性子都好，當娘的若是受氣包，生下來包准也是愛哭鬼。」

唐氏帶過好幾個孩子，抱著外孫女的動作嫻熟得很，何嬌杏坐在旁邊看她逗孩子，母女倆閒話幾句。

「我們那邊都知道你倆把字糖方子賣了，前些天總有人來跟我打聽，問到底值多少錢。我說不知道，他們還猜了一通，說最少也有兩、三千兩。」

何嬌杏點點頭。「是沒說錯。」

唐氏有些擔心。「妳現在也算發了財，都說男人有錢就學壞，千萬注意點，別一個不當心，讓男人被外面的人籠絡了去。

「當初女婿上門來求妳爹把妳許給他時，的確是誠心誠意，成親之前對妳就好，之後也不錯。但別看以前表現好，就踏踏實實地放了心，還是警覺些，有什麼苗頭趁早掐了，別留著考驗他。好比把好吃的放在人跟前，就別怪他饞嘴，這是自然而然的，他忍不住。反正，該管的，妳管著；該攔的，妳攔著。」

何嬌杏抱著唐氏的胳膊，靠在她肩膀上，小聲地說：「這話跟我婆婆說的一模一樣。她也說，別小看了外面那些黑心肝的，該防備的得防備起來。」

唐氏聽著舒坦，笑道：「親家母待妳很好，比許多當娘的對親閨女都還好些。說起來，我跟妳爹肯把妳嫁過來，也是看中親家公和親家母對家興好。以前只當是他們偏心，現在看著，還是妳男人會籠絡。許多人家的閨女嫁出去了，就真是潑出去的水，除了正月裡回來一趟，平時沒個往來。

「但我聽爹說，家興經常去河邊，很關心我們，嘴上說著，東西也沒少送，對岳家尚且這樣，對雙親如何，可想而知。」

「要說這點，東子做得也不錯，看著像我家這個的。對了，東子是不是該說親了？」

唐氏點點頭。「剛才我也仔細在看，今兒來的對他來說，年紀還是大了點，配程家貴合適些。這回啊，親家母真得擦亮眼睛，幫程家貴選個端正姑娘。妳的日子越過越紅火，就怕妯娌有個攪家精。」

何嬌杏心裡清楚，道：「娘想得到的，我婆婆應該也想得到。有些事她沒想到的，家興哥會偷偷去提醒，他鬼主意多。」

何嬌杏說著，站起來往窗邊走去，打開一道細縫，朝院子裡看了看。

許多男客都喝醉了，扯著大嗓門嚷嚷，也有端著酒碗要去找程家興的。程家興旁邊坐了個隔房兄弟，正搭著他的肩膀，脹紅著臉說話。

何嬌杏只透過窗縫看向程家興，他竟然就感覺到了，轉頭看過來。

兩人對視一瞬後，何嬌杏又關上了窗。

一會兒後，程家興藉著解手回裡屋，推開虛掩的房門，剛喊了聲媳婦，就發現岳母也在這邊，本來還吊兒郎當，這下正經不少。

「娘怎麼在屋裡？不出去吃糖、喝茶嗎？」

唐氏笑了笑。「這就出去了。你倆在屋裡歇會兒，我抱外孫女出去曬曬太陽。」說完真把冬菇抱出去了，還體貼地帶上門。

程家興順手閂門，把媳婦往懷裡一摟，頭埋到她頸邊蹭了蹭。

何嬌杏偏頭看他一眼。「喝了多少？怎麼一身酒味？」

「能躲的都躲了，這不是看咱們掙了錢，來敬酒的實在多。說是給閨女辦百日宴，我倒成了主角。」

何嬌杏輕輕推他一把，讓他等著，自己出去端了盆清水進來，擰著帕子，幫程家興擦臉。

屋裡有桂花蜜跟熱水，何嬌杏舀了一大勺，用熱水和開，遞到程家興手裡。

「喝一點。」

程家興使性子，別開頭說不愛喝這個。

「不喜歡也喝幾口，我聽人說，蜂蜜水能解酒。」

「我怎麼沒聽說過？」

程家興心想，蜂蜜那麼貴，鄉下沒人會喝這個解酒吧？又想著，何嬌杏是關心他，心裡舒坦，哪怕平常不愛吃甜，也接過去，咕嚕灌了半碗，抱怨蜂蜜加太多了，簡直甜得膩人。

看他喝下大半碗，何嬌杏才不再勸，接過碗放在一邊。

見她把碗放下，程家興伸手將人拽進懷裡，抱著親了親，問剛才是擔心他，才開窗看？

「只瞅了一眼，你是怎麼發現的？」

「感覺有人在看我，就掃過去。」

感覺扣在腰間的臂膀堅實有力，何嬌杏舒舒服服地坐在程家興腿上，問他。「這些日子盯著你看的還少嗎？還沒習慣？」

「非要妳男人說這麼明白，他們看我的眼神，跟妳的感覺不一樣，說也說不清楚，不一樣就是了。」

夫妻倆說著，又膩歪上，氣氛正好，便聽到院子裡有人扯著嗓子喊，聽著醉醺醺的。

「程家興，你掉進茅坑裡了？解個手去這麼久。」

還有人來拍窗戶，邊拍邊喊。「你出來，我們接著喝，再喝他三大碗。」

剛想要動手動腳的某人身體一僵，臉上一黑，把媳婦放在旁邊，起身出去看看。

瞧他那架勢，何嬌杏躲在被子裡笑了半天。

程家興一出房門，就踹了不識相的醉鬼一腳。「喝口水的工夫，吵什麼吵？真出息了，還知道進茅房找人。」

醉鬼勾著程家興肩膀，衝他嘿嘿笑，也不管他說什麼，端起酒碗就往他手上塞。「來，接著喝，喝他個痛快。」

「我說你喝了沒一斤，也有七、八兩，還不痛快？」

旁邊傳來一聲響亮的酒嗝，程家興差點被熏暈。

何嬌杏慢一步出去，站在簷下看得好笑。

劉棗花本來在堂屋聽大娘跟嬸子們閒話，看她出來，也拿著瓜子跟出來。

「剛才我還去說了家富，每回都這樣，人家敬過來，他不好意思推，來一個、喝一個，喝得醉醺醺，第二天還喊頭痛。頭痛是一回事，平常沒幾句話，喝多了便說個沒完，扯著誰都能說半天，丟死人。我看老三比他機靈得多，還知道躲，哪怕喝醉了也不會亂說話。」

何嬌杏說，能不喝醉，還是別喝醉得好。「照大嫂說的，以後大哥要想痛痛快快喝酒，妳就陪著，別讓他在酒桌上被人坑了，事後後悔也來不及。」

能一起喝得酩酊大醉的都是自己人，劉棗花還真沒想到這點，點點頭。

「今兒人多出不了事，由他去吧，明天酒醒了，我再提醒他。窮的時候沒人算計，現在有點錢，是該仔細點。上次那些人去妳家約老三去賭錢，沒約著，後來有人來找家富，被我知道，去他家罵了一頓。」

何嬌杏沒來得及接話，便有女眷喊她。「妳們妯娌倆在這裡說什麼？還不進來，堂屋裡多熱鬧。」

到底是主人家，何嬌杏又看了程家興一眼，才轉身進屋。「這就來。妳們在聊什麼，笑得這麼高興？」

親戚、朋友都是上午就來，吃完酒席後，有事的就先走了，沒事的便在這邊磨了一下午，用了晚飯才回去。

客人走後，何嬌杏看了看裡外，還好，只有堂屋地上堆了許多瓜子殼，其他房間沒人闖進去，看著還是乾乾淨淨。

劉棗花墊後，扶著程家富回去之前，先來打過招呼，說借來的桌椅都還了，碗筷先泡著，明天再洗，屋子也等明天一起收拾。

何嬌杏也不想摸黑收拾，只掃了掃地，把瓜子殼清掉，才去打水漱洗。回房後，看程家興已經側躺著睡覺了。

第二天，何嬌杏餵飽冬菇，吃了早飯，上灶燒熱水，準備把那堆油膩膩的碗碟洗了。

程家興挽起袖子要幫忙，卻被何嬌杏推了出去。

「這兩天天氣好，你抱閨女進村裡逛逛。朱家也有兩個小的，你看看別人家的孩子，跟他們聊聊。」

這是頭一胎，經驗欠缺得厲害，經常是摸索著做。瞧冬菇長得白胖，何嬌杏心裡還是沒譜，抱去問大夫，只會告訴妳這時能吃什麼、不能吃什麼，至於多大的孩子該做什麼，怎樣才是正常，還得聽生過幾胎的嫂子們說。

如今冬菇睡得比之前少，性子漸漸活潑起來，好奇心也一天比一天重。昨兒讓唐氏抱出去曬太陽，據說高興得很，看著紅花、綠葉都新鮮。

唐氏回家之前告訴何嬌杏，別怕這、怕那，外孫女養得好，看起來比很多家的男孩子都壯實，不要天天把人放在屋裡，應該多出去逛逛，等到入夏，想抱出去，還會怕曬著她。

何嬌杏想想，自己可能真是過分小心，百日的孩子不像剛出生時那麼脆弱。她幫冬菇把過尿，放進程家興懷裡，又拿了鯉魚布偶塞過去，這是娘家嫂子做好、洗乾淨送來的。

「你帶她多玩玩，等我們收拾好再回來。現在冬菇好動，放在家裡，耽誤我做事。」

何嬌杏說完，還不放心，想多提醒幾聲，程家興便捉起閨女的小手揮了揮，把人抱出去。

何嬌杏目送他們出門，看著傻閨女趴在她爹胸前，抱著她爹的脖子，直直看著沒跟上來的娘，看著看著就笑起來了。

看著雄赳赳、氣昂昂出門去的活寶父女，何嬌杏沒忍住，也笑出來。

第四十三章

送程家興出去後，黃氏跟劉棗花就到了。

劉棗花快一步坐下洗，又抬頭對搬著小板凳過來的何嬌杏說：「本來能早點過來的，但昨天家富喝得有點多，我幫他擦洗，還是滿身酒味，熏得我沒辦法睡。」

何嬌杏說程家興也醉了。「我家這個，說不喝就真不喝了。酒桌上是熱情，但也沒有端著碗硬灌的，總得自己願意張嘴。人的酒量有深淺，量力而為，大醉傷身。」

「像你們這樣捨得請酒的不多，尋常人家開席，不會讓人敞開來喝，倒沒個爛醉時候。咦，咱們說了半天，怎麼沒看見老三？有事出門去了？」

何嬌杏低頭洗碗，笑道：「我轟他出去的，讓他抱閨女曬曬太陽，省得待在家裡添亂。早上起來，家興哥就說要洗碗，妳們想想，平時他幫冬菇搓個尿布，動作都是硬邦邦的，讓他來洗這麼油的碗，不說能不能洗乾淨，萬一砸了借來的碗，豈不還得賠錢？」

婆媳倆聽著，一陣好笑，問：「那他就老老實實出門去了？」

「走之前還說讓我歇著，他拿錢請人來洗。我想著，要是忙不開，請人來幫忙就罷了，這兩天還不至於。」

劉棗花道：「那不是體貼妳嗎？」

「他把冬菇照看好，就是體貼我了。朱家院子不也有兩個小的？我讓他抱冬菇過去，跟那些當爹的聊聊，應該能有不少話說。」

何嬌杏想對一半，是有不少話說，但都是程家興在說。

朱小順不在，他跟人聊起孩子經，總能說得頭頭是道，從吃說到穿，從穿說到玩，說完了，還把過來湊熱鬧的惹生氣了。

起因是，大夥兒瞧見冬菇，誇了句這閨女養得真好，便帶出這麼多話來。

程家興說的，推敲起來興許沒錯，可哪怕知道這些，對那些人一點幫助也沒有。因為別人家沒這麼厚的家底兒，怎麼可能在一個孩子身上花那麼多錢？

程家興說痛快了，還摸了摸別家抱出來的孩子，說是比冬菇要大個把月，看著竟比她瘦弱，不禁撇撇嘴。

「是你們說兒子才稀罕，怎麼養成這樣？」

他正說著呢，冬菇就伸出手來，揪住他的耳朵。

「哎喲喂，小祖宗快撒手，別把妳爹耳朵擰掉了。」

才滿百天的胖閨女聽不懂他說的，揪著耳朵直樂，捏來捏去，直到捏紅了才撒手。

程家興氣結，正準備跟她約法三章，說清楚以後不許動手，傻冬菇就抱住他的脖子，小臉蛋貼了上去。

這不是暴擊，是會心一擊。

程家興到嘴邊的話，就這麼嚥了下去，想起還帶了鯉魚布偶出門，趕緊塞到閨女懷裡。

冬菇一點也不鬧人，乖乖地待在程家興懷裡，拿著布鯉魚捏來捏去，烏溜溜的眼睛直盯著手裡的玩具。

這時候，附近挺多人，有抱著自家兒孫的，有路過停下來看熱鬧的，另外還有幾個三、五歲大的孩子，直盯著冬菇瞧。

盯著盯著，就有人說：「程三叔，你家的妹妹真好看。」

不等程家興誇他有眼光，小男孩又眼巴巴地開口了。「等我長大，也想娶這麼好看的媳婦。」

「什麼?你小子才幾歲，就敢打我閨女主意?!」

「不能把妹妹嫁給我嗎?」

程家興笑出了聲。「我是想不開還是怎麼地?好好的閨女，為什麼非得嫁給你呢?你有什麼啊?」

「現在是沒什麼，以後又不一定。」

「那也行，你要是能有出息，讓她一輩子衣食無憂，我倒是可以考慮一下。」

本來，冬菇這麼小，根本想不到十幾年之後的事，但既然說到這裡，還真有人去想。

現在程家興就有上千兩的家底兒，等冬菇長大時，恐怕已經是地方上有名的富裕人家。

這種人家的姑娘，怎麼會嫁給鄉下漢子？總是要進城享福的。

於是，他們再看冬菇的眼神都變了，心裡羨慕起來，這才是命好會投胎的。

被好些人盯著看，冬菇也沒什麼感覺，拿著鯉魚布偶玩了一陣子，玩夠了，就轉著頭到處看。

這會兒，程家興也吹牛吹得差不多了，抱起胖閨女。「走嘍，爹帶妳上別處玩，咱們去妳伯公家看看。」

冬菇好像知道當爹的在跟她說話，還咿啞應和一聲。

父女倆樂淘淘地離開了朱家院子。

冬菇出生時，程家興聽了不少閒話，那會兒氣得跳腳，天天跟人吵嘴，現在嘛，倒過來了。

程家興帶著閨女征戰大榕樹村時，家裡的女人已經手腳麻利地收拾好昨兒留下的殘局，院子也掃得乾乾淨淨。

哪怕吃了兩頓，還是剩下些酒席菜，何嬌杏瞅著吃不完，便叫公婆跟二哥過來一起吃。

午飯過後，還有事忙的人陸續散了，何嬌杏這才有空陪陪閨女，問起上午的事。「你跟冬菇出去玩得怎麼樣？」

程家興點頭。「挺好的，以後有空，我再帶她出去。咱們閨女模樣好，人又乖，很給她爹長臉，我看別家的都羨慕我，羨慕到眼冒綠光。還有臭小子眼巴巴地瞅著說，以後想娶她當媳婦，作他的大頭夢呢！」

何嬌杏被這話逗得發笑，笑眼彎彎地問：「那你怎麼回他？」

程家興梗著脖子道：「當然臭罵他了！」

何嬌杏不怎麼相信，眼尾輕輕一挑。「是嗎？你真罵他了？」

程家興別開頭，咕噥地說：「罵得稍稍委婉一些。」

「那是怎麼個委婉法？你說說看。」

這下不光媳婦，連閨女都眼巴巴地看過來，讓她們母女倆這麼盯著，程家興立刻軟得跟麵團一樣，老實招了。

「我說，他要能有大出息，讓我閨女一輩子衣食無憂，我就考慮看看。」

這下，何嬌杏笑得更歡，好不容易笑夠了，才道：「你就是這麼罵他的？真是……」

看程家興的樣子，在嘴上贏了四、五歲的孩子，還挺得意的。何嬌杏一邊悶笑、一邊低頭看冬菇，雖然還小，但看她白得跟雪一樣的膚色和大致輪廓也知道，長大了模樣不會差。

想想也是，當初她沒一口回絕費婆子，就是看程家興的模樣不錯；而培養出感情之前，程家興一眼看上的，也是她這皮相。

兩個長得很可以的人結合，生出來的孩子，自然不錯。

「四、五歲的孩子知道什麼？我看他就是瞧咱們閨女白胖好看，才說了那話。現在你還不用擔心，過幾年等冬菇大一點，模樣長開了，估計有不少人惦記，能煩死你。」

程家興想了想，說他不擔心這個。

「妳也好看，可當初沒人煩妳。閨女只要能繼承到妳那手碎石板絕活，跟前包准清靜。」

何嬌杏說未必，家境殷實，模樣好看，哪怕力氣大點，也勸不退他們。

看何嬌杏就知道，她對外面那些言語輕佻的人從不客氣，雖說沒有其他姑娘那麼溫柔，也有別樣的滋味。有她這個當娘的作例子，閨女日後的行情，總不會輸她。

這麼說，程家興還是無所畏懼。管他呢，喜歡的留著選一選，看不上、非要來糾纏的，就打他，打個兩回，總知道退。

程家興說著，懶洋洋地伸了伸手腳，忍不住打了哈欠。「現在聊這個太早了。春天啊，真是容易犯睏的時候。」

「光春天嗎？對你來說，不是春睏夏乏秋盹冬眠？」

程家興認真想了想，點點頭。「沒錯，還是杏兒最懂我。」

「行了，要真的睏，你回屋睡會兒。冬菇跟你出去玩了一上午，也得歇歇。」

「妳呢？不睡覺嗎？」

何嬌杏擺手。「你帶閨女睡吧，我想曬曬太陽。現在天氣正好，之後熱起來，就不敢出門了。」

程家興點點頭，抱女兒進去了。

何嬌杏把籐椅搬進院子，又拿了針線籃，想給閨女做幾個小玩具。這年頭，各家姑娘嫁人前都會學些女紅。她不太會繡花，縫補還可以，做棉花填充的小玩意兒，應該沒問題。

她邊做邊想著昨天的百日宴，親戚、朋友帶來好些個姑娘，看樣子都是有心想跟程家貴成好事的。婆婆看著樂呵呵，她卻覺得不太可能成事。都是熟人家，要真有合適的，早該提了。娘也說，不急於眼前，再看一看。

曬著太陽，一恍神就想遠了，何嬌杏甩甩頭，把心思放回手上，繼續動針線。

替程家貴選媳婦，到底是婆婆的事，她這個做弟妹的說不上話。

忙起春耕、春種以後，程家貴的精神比過年時好些，大房也傳來了喜訊。

之前劉棗花落了胎，如今總算又懷上了。前段時日，她就猜到了，又拿不準，直到燒肉時，胸悶得厲害，想著這很像是懷孕才有的不舒服，才找了個不趕集的日子，去了濟春堂。

老大夫一幫她把脈，說是有了。

劉棗花聽說後，樂壞了，她一直後悔當初把孩子折騰掉了，早想幫鐵牛添個兄弟，他們只有一個兒子，心裡還是不大踏實。聽老大夫道恭喜，就笑傻了，不知道是怎麼走回來的，到家了還在嘿嘿笑。

程家富讓她在家裡待著，自己上老屋報喜去。

劉棗花懷孕之後，便很少往外跑，尤其剛把出喜脈的這段時日，稍微有個不好，都可能落胎，便格外謹慎起來。家裡那點活撇不開，還是得做，菜地就交給程家富了。

所以，即便飯桌上經常能看見葷菜，程家富看起來還是比過年時瘦了些，但精神還可以，起早貪黑卻不叫苦也不喊累，每天都挺有勁。

自家老爹跟兩個哥哥都在田地裡忙活，程家興無聊，便出門幾趟，去鎮上看鋪子。

這一去就發現，紅石鎮不大，主要道路是兩條交叉的長街，其他的都是小巷，小巷裡則是民宅。

做買賣的鋪子集中在兩條長街上，說少也不少，可要說生意好的，就是茶館、賭坊之類的。遇上趕集，是能看見熱鬧場面，可要是不過節且不逢集，很多鋪子都清清冷冷，一整天下來，沒幾個客人。這種情況下做買賣，雖不至於虧本，也很難有天天客滿的盛況。

看明白後，程家興回來跟何嬌杏說，鎮上是逢集掙錢，平時利潤不大。

「過兩天，我趕牛車進縣裡看看，比較平時和趕集日，看能不能做買賣。這樣一來，可能要出去個兩、三天。」

成親這麼久了，他話裡的意思，何嬌杏能聽不懂嗎？

「有我在家，你還不放心？比起家裡，你才該當心些，看明白了，早點回來。」

媳婦要是不好說話，得想法子勸她；她好說話，程家興也犯毛病，又捨不得走。想到有兩、三天見不著媳婦跟閨女，還沒出門，他就惦記上了。

算起來，冬菇已經五個多月，能看出她的確受到親娘影響，手腳很有力，別人還在側翻時，她就會滾；別人學坐，她已經在床上爬了。

程家興很喜歡拿大紅大綠的布玩偶逗她，看閨女伸手來抓，就往後退，反覆幾次，冬菇生氣了，便直接伸手往當爹的身上招呼，經常一巴掌拍在他腿上。

閨女要長成她娘那樣，還需要很多年，現在只是個比別家孩子手勁大的小寶寶，真得慶幸，沒把當爹的拍得骨折。

程家興皮糙肉厚，覺得不痛不癢，何嬌杏就說他了。

「你別老是惹她，她打你打成習慣，總有一天拍斷你的腿。」

「這哪是惹？我是在鍛鍊她。看看冬菇，現在的反應比以前快多了。」

程家興還是知道分寸，逗一會兒，就把布玩偶塞給冬菇。冬菇玩一玩，勁頭過去後，就扔到一邊了。

除了這些布玩偶，程家興還買了博浪鼓。這年頭給小孩子的玩具不多，冬菇有這些，很讓村裡孩子羨慕，每回抱她出去，只要拿博浪鼓轉一轉，其他孩子聽見，就會跟過來。

當爹小半年後，程家興覺得，他已經很會帶孩子，但黃氏總說這不是帶，是玩。

何嬌杏瞅著，程家興肯花工夫跟閨女玩，就挺好的。不管抱人還是出門，他都很熟練，家裡有什麼事，把孩子交給他看著，她可以放心。雖然這傻爹經常把閨女氣到想打人，可冬菇不記仇，轉身又跟他親親熱熱。

他倆真是合拍，完全能玩到一起，何嬌杏總懷疑，閨女雖然遺傳到她的力氣，但其他方面恐怕更像程家興，活潑好動的樣子，和她小時候完全不同。

只要想到閨女像爹的這種可能，何嬌杏就忍不住去想，等冬菇長大一些，該不會天天出去捉雞、攆狗，甚至打遍全村吧？程家興可是地痞出身，以前經常跟人幹架的。

何嬌杏還在擔心閨女會不會長歪時，程家興便趕著牛車，依依不捨地去縣裡了。

臨走之前，他不光要何嬌杏親他一口，還跟冬菇雞同鴨講。程家興可憐兮兮地說了一通，冬菇卻不能體會什麼叫離別愁緒，反而被老爹的浮誇表情逗樂了，格格笑了一通。

「爹要出門，妳居然高興成這樣，真是個小沒良心的。算了、算了，不說了，我走了。」

何嬌杏把閨女抱回來，送了他幾步。

程家興擺擺手讓她回去。

「出去當心，遇到該花錢的就別省，辦完事早點回來。」

「知道了。這兩天，閨女全要妳自己帶，忙不開，就花幾文錢，請人來洗尿布。」

程家興說完擺擺手，趕著牛車走遠了。

程家興去縣裡的事，沒告訴家裡其他人，黃氏也是忙完過來看孫女時，發現兒子不在家，問了媳婦兒才知道的。

何嬌杏說，程家興去縣裡辦事，過兩天才會回來。

黃氏又不傻，媳婦這樣說，便不再追問。兒子成家立業了，不會每件事都告訴爹娘，許多事都是跟媳婦商量。

「那妳一個人在家行不行？還是我過來陪妳兩天？」

「娘還有雞跟豬要管，來這裡住多麻煩？真要擔心，也該擔心出門的不是？」

「換別人出去，興許會放心不下，老三機靈著呢！」黃氏說著，順手拿起布老虎在冬菇眼前晃，邊逗她邊問：「前兩天，東子是不是來了？遠遠看著是空手，是帶話給妳嗎？」

「東子說小菊要嫁人了，這個月辦喜事。」

黃氏想起來，何嬌杏說過，娘家有個堂妹跟朱小順訂了親。「四、五月間，農活那麼多，還辦喜事？怎麼不選在農閒時？秋收後、春耕前不就挺好？」

這話，何嬌杏也問過。「東子說，算出來的幾個好日子都在農忙這一陣。朱小順跟家興哥有點像，平常不太下地。至於小菊家裡，寶根叔是殺豬的，農忙時有空，反而是冬月、臘月趕著收豬、殺豬，忙不過來。到時候，咱們還一份禮，趕個熱鬧就是。」

當初程家興娶媳婦，朱小順送了厚禮，現在他要成親，娶的還是何家姑娘，程家興覺得要還一份禮，正好這兩天他趕牛車進縣裡，打算順便買。

第四十四章

三天後，程家興趕著牛車回來，還沒卸貨，就在來迎接他的媳婦臉上偷親一口，抱過閨女。

「這幾天，冬菇有沒有想爹？」

他問的時候，把閨女舉起來，上下左右地瞅，瞅完喪氣地道：「都胖了，看樣子是沒想。」

何嬌杏便唬他。「你沒聽過，有些人傷心，會肥的？」

「是嗎？」

「三天沒看見你，她心裡難受，難受起來，就多吃了點。」

何嬌杏分明是在鬼扯，程家興還煞有介事地點點頭。「那冬菇想她爹了，妳都沒想妳男人？怎麼就沒胖呢？」

何嬌杏看看快跟閨女一樣幼稚的某人，不理他，轉身卸貨去了。

「結果呢，縣裡生意比鎮上如何？」

「好得多，買賣可以做。我找了個牙行，讓他們替我打聽，看看有沒有好鋪面。半個月後，我再去縣裡一趟，順利的話，就能把鋪子買到手了。」

程家興辦起事來，一點都不拖泥帶水，俐落得很。他這麼說，何嬌杏也放心，自家男人想事情向來周到，至今沒出過什麼紕漏，也沒看過比他頭腦靈光的。

「半個月，那不就在朱家辦完喜事之後？你說要去備一份禮，備好了嗎？」

「我還能忘了嗎？」

何嬌杏想拿來看看，程家興說沒什麼好看的，從懷裡拿出個藍布袋子遞給她。

何嬌杏沒急著打開，問他是什麼？

「妳自己看。」

她打開一看，是把銀梳子，握把有雙面浮雕，是孔雀的圖樣。掂過就知道是純銀的，一定不便宜，還帶著這麼細的雕刻。

「多少錢買的？」

程家興沒告訴她，只說：「我路過銀樓時，想起來，成親之後還沒給妳打過首飾，就進去轉了一圈。怎麼樣？喜不喜歡？」

這個雕工，雖然沒有後世的精巧，但在這時代，也相當難得了。

何嬌杏笑彎了眼，一看就很喜歡的樣子。

這下程家興可痛快了，掏出另一個小布包，說本來還想給閨女買個小鎖，又怕掛在脖子上扯來扯去勒著她，就換成這個。

「我蹲在那裡想了半天，最後買了個小銀鐲子。」

何嬌杏沒讓他直接套在冬菇手上，拿過來看了，仔細摸過一遍，做得倒是圓滑，便試著幫冬菇戴，要是閨女覺得不舒服，就趕緊拿下來。結果她挺高興的，沒去拽、去扯。

「她不往嘴裡放，那戴著也行；若往嘴裡塞的話，還是得拿下來。先戴兩天看看，怎麼說，都是她爹的心意。」

何嬌杏說著，拉過她的手，在掌心上親了親，問她喜不喜歡？

興許是手心癢癢，冬菇格格笑起來。

程家興出去三天，忙著辦事，現在看到媳婦跟閨女的笑容，心裡驟然暖和起來，感覺這幾天的奔波和辛苦都值得了。

半個月後，朱家替朱小順辦了喜事，迎娶魚泉村的何小菊。這場喜宴的排場比不上當初程家興娶妻，可也是非常熱鬧。

那天，大半個村的人都去湊熱鬧，何嬌杏抱著冬菇，等程家興把前、後門的鎖掛上，連廚房也鎖好後，一家人去吃了席。

本來按照村裡的習慣，要在朱家熱鬧一天，但因為要給冬菇餵奶的關係，何嬌杏吃過午飯，就先回去了，留程家興捧場。

她抱著閨女回到三合院，拿出鑰匙要開門時，就發現不對。

前門上的大銅鎖，有被撬過的痕跡，可能撬的時候滑了手，刻痕留在門上了。

何嬌杏一看，就想去朱家把程家興喊回來，想了想還是先拿鑰匙開門，餵飽閨女再去。朱家院子裡，程家興正跟人說話，發現何嬌杏折回來了。

「吃好了沒？吃好了，跟我回去一趟。」

旁邊的人聽了，一把抓住程家興的手腕。「程三媳婦，妳自己回去可以，不能把人帶走，我們沒說完，酒也還沒喝痛快。」

程家興甩開他的手，問何嬌杏有什麼事，本來說好的，怎麼突然起變數？

何嬌杏貼到他耳邊低聲說，家裡的鎖頭被撬過，讓他回去看看。

上回周大虎婆娘豬油被偷，就是出門吃席的時候。這賊真會找時機，知道家裡沒人，才敢上門。

聽說有人撬他家的鎖，程家興哪還喝得下酒？站起來，跟朱小順說一聲，就趕回去了。

夫妻倆回到三合院，仔細檢查了一遍，發現不光前門的鎖，後門甚至窗戶都被動過。

程家興進屋去巡，見還算整齊，看樣子賊沒進來。

「幸好我去買鎖的時候沒貪便宜，要不然今天真要被偷。」

若是平時，還能跟附近人家問問有誰過來，但今兒半個村子的人都去朱家吃酒了，還真不好打聽。

程家興正在琢磨該怎麼辦時，劉棗花來了，她注意到程家興匆匆忙忙地走，便跟過來瞧瞧，聽說三合院差點遭了賊，簡直不敢相信，然後想起一件事。

「我懷著孩子，怕在朱家院子被推擠到，過去得晚。我出門時，看到附近麥地裡有人在幹活，要上你家，肯定得經過那裡，你去問問，沒準兒他會看到有誰經過。」

程家興點頭，讓何嬌杏待在家裡，出門去打聽了。

麥地裡的人說，上午路過的人多，但臨近朱家開席時，只有三、四個人經過，其中一個是較晚出門的劉棗花。

開席在中午的時候，程家興覺得，這賊應該不是臨時起意，是認為程家興肯定會帶妻女去朱家吃席，選了他們不在的時候上門。

雖是猜測，但程家興查了那幾個中午經過的人，還真有發現，賭鬼董小力可能就是賊。一來，董家離程家三合院有段路，他們的田地不在這裡，沒事應該不會經過；二來，最近董小力手頭有點緊，聽說在外面欠了錢。

前年，董小力被人帶去陳麻子的賭坊，贏過一些錢，後來輸得要當褲子，債主天天都在催，可不就急了嗎？聽說最近都在想生財的法子。

程家興是私下查的，但捉賊要見贓，光憑懷疑有什麼用？他思來想去，打算下個套。

這日，知道董小力在老榕樹下閒坐，程家興便抱著冬菇過去，說過兩天要帶她進鎮，上布莊買好料子，請裁縫幫她量身做夏衣，還說不如全家一起量好了，也替媳婦做幾套。

一年到頭，程家三合院少有大門緊閉的時候，這麼一想，董小力又盯上了程家興。

幾天後，見程家興果真趕著牛車，帶媳婦跟閨女出門，董小力就拿著特別打磨過的斧頭，偷偷摸到程家後門口，抄起斧頭撬鎖。

他才劈了一下，就聽見狗叫聲，還來不及反應，程家富已經帶著黃狗過來，黃狗突地躥出來，一口咬在他大腿上。

董小力揮著斧頭，就要往狗身上招呼，程家富立刻暴喝一聲——

「你敢！」

董小力是不敢，不是心疼畜生，是怕誤傷自己，遂咬著牙，用斧背敲狗，趁黃狗被打懵，拖著傷腿，一瘸一拐，要從另一邊逃走，卻發現剛才趕著牛車出門的程家興，抱著女兒堵在另一頭，前面是抄著扁擔的何嬌杏。

何嬌杏沒把董小力提在手裡的斧頭放在眼裡，讓程家興把閨女抱穩，退開一點。

「朱家辦喜事那天，就是你來撬我家大門的？上回拿剪子，準備不充分，今兒又來了？可以，你有勇氣。」

何嬌杏邊說邊往前走，正準備對董小力不客氣，卻聽見外面響起成串的腳步聲，還有那熟悉的大嗓門。

劉棗花聽說今天捉賊，怕程家興勢單力薄，剛剛上周家院子去喊了一聲，告訴周大虎婆娘，有偷油賊的消息了。

哪怕丟油是許久前的事，周大虎婆娘想起來還是心痛，聽說賊出現了，馬上帶著兒子、媳婦趕過來。

「好哇，董小力，今兒你別想跑，賠我豬油。」

真要說起來，周大虎婆娘就是董小力的恩人，要不是她來得及時，董小力已經被何嬌杏打殘了。

不過，周大虎婆娘也沒放過這個好不容易逮著的賊，打得他滿頭包。

場面一下慘不忍睹起來，一邊是身上負傷、勢單力薄的小賊；另一邊是帶著好幾個壯漢、凶神惡煞地要他賠豬油的鄉下潑婦。

程家興見狀，心想偷油的十有八九真不是董小力，他是欠了一屁股債，窮瘋了，可也不是什麼都看得起，要不全村這麼多人，怎麼單單只盯著自家的三合院？且他查過，周家的豬油被偷時，董小力的賭運挺不錯，當時手頭寬裕，還進鎮打過好幾回酒。

這種事，程家興想得到，別人想不到嗎？周大虎婆娘當然也知道這回的賊不一定是上回偷油的，可管他是不是，好不容易逮著一個，按頭也得讓他認下，先賠了豬油再說。

「都說妳家的豬油不是老子偷的，別想給老子扣屎盆子。」

董小力氣瘋了，他來程家行竊，讓程家人逮著，是他運氣差，跟姓周的有個屁關係？剛說完，又挨了打。

周大虎婆娘早搶過他的斧頭，還讓自家人將他死死抓住，看他嘴硬，放棄讓人親自承認的打算，準備堵住他的嘴，直接跟董家理論，遂轉頭問程家興。「程家興，你閨女剛換下來的尿布洗了沒有？借一塊來用。」

看在人家跑了半個村子過來幫忙的分上，程家興伸手在冬菇屁股上探了探，把現在穿著的這塊脫下來給周大虎婆娘，正要進屋幫她換塊乾淨的，就看見了可怕的一幕。

周大虎婆娘把剛借到手的新鮮尿布揉成一團，塞進了董小力嘴裡。

董小力死也不肯張嘴，看他不配合，周大虎婆娘一抬大腿，頂在男人脆弱的命根子上，只聽見一聲哀號，他的嘴就被尿布堵上了。

親眼目睹這一幕，在場的幾個男人都有摀住褲襠的衝動，程家興也彷彿感覺到那種鑽心的疼，不覺夾了夾屁股。

薑還是老的辣，村裡這些潑婦，真不是好惹的。

這下，程家興不確定，董小力躲掉何嬌杏這頓打，落到周大虎婆娘手裡，到底是不是好事了。

程家興還記得要幫閨女換尿布，進屋之前，深深地看了快要背過氣去的董小力一眼，語重心長地說：「你就老實交代了，從以前到現在，偷過哪些東西，還嘴硬什麼呢？沒吃夠苦頭是不是？」

這會兒有人拿麻繩過來，董小力被周家人反綁起來，押了出去。

董家的人到了，董小力的媳婦要去拿掉那團尿布，還沒碰到，就讓周大虎婆娘一把推開，要董家人賠豬油，賠不出來，便直接給錢。

周大虎婆娘說得差不多了，還轉頭找人幫腔。哪怕之前因為休妻的事，程家跟周家幾乎鬧翻，眼下卻不是計較這個的時候，便叫幫閨女換好尿布出來的程家興也說兩句。

程家興走到何嬌杏旁邊，說這不是第一回了。上次董小力沒把鎖頭撬開，這次直接拿斧頭劈，董家人是要給個交代，不然誰敢跟董小力住同一個村子？不怕下個倒楣的是自己？

這時四周已經圍了一群看熱鬧的人，本來事不關己，聽程家興這麼說，都覺得挺有道理。

董家才來幾個人，再說董小力作賊被當場拿住，本來就不占道理，哪說得過周家人？

程家興看著這場面，忍不住想嘖嘖兩聲，一邊護著懷裡的閨女、一邊對何嬌杏嘀咕。「到底是誰去把周大虎婆娘找來的？變成這樣，我身為苦主，都忍不住要同情董小力了。」

何嬌杏瞅了瞅他，真沒看出他臉上有一丁點同情的痕跡，分明是在幸災樂禍，看熱鬧不嫌事大，想了想道：「應該是咱們家的人，大嫂嗎？」說完便抬頭去尋。

劉棗花生怕被人碰撞到，遠遠地站在外面看熱鬧，正看得起勁，發現何嬌杏對她招手，就走過去。

何嬌杏偏頭，低聲問她。「是大嫂上周家喊人的？」

「是啊，老三說董小力今兒一定上鉤，我想到周大虎婆娘還在惦記那罐豬油，正好請她來幫幫忙，省得髒了妳的手。再說，董小力沒偷著東西，被逮也只是挨頓打，教訓不夠。」
這麼說也是，行竊不成，也不能真把人打死或打殘了。
現在董小力落到周大虎婆娘手裡，比落到何嬌杏手中還慘得多，都快被那群罵起來沒完沒了的潑婦逼瘋了。這會兒拿掉塞在他嘴裡的尿布，說不定會直接認罪，也不一定。
哪怕這樣，這人也不值得同情。
說到底，賭坊是自己去的，錢是自己輸了，自己去借的，連今兒個被逮住，都是自己不死心，連著兩回上門行竊。他們不把人拿住，給個教訓，以後還能安寧嗎？
當日還沒鬧出結果，第二天又有人去董家，程家興沒力氣跟他糾纏了，想起和牙行約定的日子快要到來，準備趕去縣裡。比起村裡的熱鬧，盤鋪子才是要緊事。
程家興收拾收拾，又出了門。這回去了兩天，董小力的事也有了結果。
「最後還是賠了錢，村裡難得逮著賊，丟過東西的那些人家，當然不會放過他，把對竊賊的恨全發洩在他身上。董家出了錢，這回姑且饒過他，再有下一次，村裡便容不得了。」
劉棗花說著，問：「董小力來過妳家賠罪嗎？」
何嬌杏說：「家興哥出門後，董小力他娘來過，在我跟前哭了半天，說這回是她兒子做錯了，他是讓外面的人逼得太緊，狗急跳牆，現在已經得到報應，人傷得嚴重，現在還在床上躺著，請我高抬貴手，饒他一回。」

「本來把賊逮住了，也給了他難忘的教訓，我是不想再說什麼，結果，他娘忒不會說話，氣得我又罵了人。」

劉棗花不太能想像自家這個溫柔的弟妹會罵人，就要她說說。

何嬌杏不高興地道：「他娘跟我說，我也是當娘的人，將心比心，多體諒她。她不說這話，我是能體諒，可憐天下父母心，兒子作賊，還要當娘的低下頭，一家家去賠不是。但她那麼說了，我體諒個屁？什麼將心比心？我閨女長大後還能去當賊不成？這不是咒人嗎？」

看她認真地在生氣，劉棗花要笑瘋了。

何嬌杏瞪了她一眼。「大嫂，妳別笑得這麼誇張，小心肚子。」

劉棗花好不容易緩過來，又問她那天借出去的尿布呢？收回來沒有？

「從他嘴裡拽出來的，還能再墊回閨女屁股下？反正不是值錢玩意兒，權當送給他了。」

第四十五章

程家興從縣裡回來之後，略略聽何嬌杏說了幾句，知道董家賠了錢，董小力他娘還過來道歉，便不再惦記這事，而是獻寶似地拿出一份書契。

「牙行的人帶我去看了幾間鋪子，我仔細考慮後，買了這裡。那鋪子位在街面上，還挺熱鬧，是前東家不大會做生意，虧了才要脫手。雖然不是前面開店後面住人的，卻有上、下兩層，樓上可以改成房間來住，樓下開店，看著不錯，但價錢比鎮上鋪子貴得多，這次帶出門的銀子都用掉了。」

他帶了整整一千兩出門，另外還有點碎銀，沒想到居然剛剛好。

「上衙門改契後，原東家把鑰匙拿給我，我把本來的鎖拿下來，自己換了一把。如今咱們也是在縣裡有鋪子的人，往後想掙錢了就過去，縣裡的有錢人比鎮上多。」

何嬌杏把書契鎖好，又從程家興手裡拿過鑰匙，想著之後有機會，也去看看自家鋪子。

之前家裡人知道程家興去縣裡，但不知道是去做什麼，等鋪子買到手後，程家興才跟他們說明白。這時劉棗花才知道，三房一步跨出去老遠，看不上小小的紅石鎮，已經把目光投向長榮縣，就算想跟著做生意，但他們買不起鋪面，只能租賃，也不會有多便宜。

即便如此，要是三房真搬過去，劉棗花肯定會跟著去，很怕一猶豫就被甩遠，一旦落得太遠，再想追上去當個跟班都難。

她不光心裡這麼盤算，也跟程家富提過，程家富只道今年不成。「現在最要緊的，還是妳肚子裡的孩子。」

劉棗花擺擺手。「就你聰明，我能想不到？現在老三他們也空不出手，要去掙錢，姪女就必須有人帶，請人信不過，只能讓娘跟著去。可娘真沒心思，今年最要緊的，不是替老二續弦，幫老四辦喜事？他們的終身大事一天不解決，娘一天走不出去。」

這麼說是沒錯，程家富還是感覺怪怪的，瞅了瞅劉棗花。「我聽著，怎麼感覺妳事不關己？妳是大嫂，兄弟要娶媳婦，妳不幫忙看看？」

「有娘在，我多什麼嘴？再說，除了財神爺，我看都差不多，沒相處過哪知道好壞」

劉棗花伸手摸摸肚皮，想著今年踏踏實實地把孩子生下來後，哪怕程家興夫妻還不想進縣裡，她也得去勸一勸，賣字糖方子的錢，又用不了一輩子，再說哪有人會嫌錢多？

劉棗花沒事就瞎想，琢磨著何嬌杏還能做出什麼好吃的。

何嬌杏真沒辜負她的期待，看著日頭漸熱，拿大米搭配糯米，做起涼蝦。為了做涼蝦，她還添了把漏勺。做成以後，何嬌杏舀出兩碗，兌上紅糖水，撒上芝麻及花生碎，把其中一碗端給程家興，讓他嚐嚐。

「你不愛吃糖，我調得淡些。」

程家興不用勺子，端起來咕嚕一聲，滑溜溜的涼蝦就入了口，紅糖水是早放涼的，吃起來果真爽口。

「可惜我們這裡沒有賣冰的，要是有，去買點冰打碎加進去，滋味才是真好。你不愛吃甜，還可以做點山楂糕切成丁，這樣能解膩味。」

程家興一邊喝、一邊聽她說，道：「那是拿去賣錢的做法吧？自家人吃這樣就很好。我看妳做得多，是不是打算端些給爹娘？外面太陽大，妳待在家，我送過去。」

「你分成三缽，給爹娘送一缽，也別忘了大嫂跟鐵牛。」

「那還有一缽呢？」

「待會兒我去送。小菊嫁過來也有些日子了，我去看看她。」

正巧，何小菊也想到三合院坐坐。她嫁過來之前，便想跟何嬌杏打好關係，但這些天忙著適應夫家，要學做事，還得認人，一直抽不出空呢！

何嬌杏過去時，何小菊剛煮了鍋豬食，提去餵豬。朱家的雞舍和豬圈都在屋後，所以兩人錯開了。聽小姑喊了一聲，何小菊趕緊倒好豬食，提著空桶從屋後繞出來。

「杏兒姊姊，妳怎麼來了？」

何嬌杏捧著小缽子，道：「我做了紅糖涼蝦，端來給妳嚐嚐。本來早該找妳說說話，家裡的鎖卻讓賊撬了，這段時日都為那事煩心，現在逮住了賊，才有空過來。」

何小菊放下桶子，打水洗手，才來接何嬌杏的吃食，也沒直接往嘴裡送，先擱在灶臺上。

她放東西的工夫，她小姑已經纏上何嬌杏，問：「程三嫂子，妳家近來不做買賣嗎？字糖生意是去年的，怎麼今年還沒動靜？」

「買賣總沒有閨女要緊，眼下我顧她還顧不過來。」

「不是有妳婆婆幫忙？耽誤什麼，也不能耽誤了發財的事。」

何嬌杏聽著，抿唇笑了下。「前兩年掙了些，眼下還有錢花，倒不著急。」

這時，何小菊放好東西出來，何嬌杏便拉著她，出去說話了。

兩人走出朱家院子，站到旁邊的田埂上。

因為沒有住在一個院子裡，從前不太見面，並不十分親近，突然要親親熱熱地說話也尷尬，何嬌杏就直接開口了。

「寶根叔點頭把妳許給朱小順以後，家裡跟我打過招呼，說咱們姊妹能嫁到同一個村來，是緣分。我先嫁過來這裡，又是做姊姊的，應該多照應妳。」

何小菊笑得靦覥。「成親前，我有些不踏實，是想著杏兒姊姊在這邊，才穩下心。」

「妳嫁過來也有半個月了，朱小順對妳怎麼樣？」

何小菊點頭說挺好的。

「他家裡人呢？」

說到這個，何小菊遲疑了下，才道：「也還可以。」

何嬌杏嘆口氣，領著何小菊往前走了幾步，站到樹蔭底下。

「家家都有本難唸的經，指望選一戶人家，嫁過去丁點麻煩事也沒有，進門便能舒舒服服過日子，這樣的事少之又少。年輕媳婦總有許多難處，妯娌之間，很多事靠男人沒辦法解決，得自己琢磨。」

以前程家興帶朱小順做過買賣，他家的情況，何嬌杏大概知道一些。

聽說朱小順並不討爹娘喜歡，是奶奶疼他，不知道近兩年有多少改善。

「日子是妳在過，我們都是局外人，不好說三道四，但以我的經驗，該強硬的時候，就得強硬起來，得讓人知道妳不好欺負，才不會被當軟柿子捏。至於做到什麼程度，就要看家裡男人接受多少。裡裡外外的事，妳多跟朱小順商量，別一拍腦門，自個兒拿了主意。」

何嬌杏起了話頭，何小菊也說了些，這才知道，他們要把日子過順，也不輕巧。

朱小順心知程家興肯帶他們發一回財，已是看在從小一起混的情分，後來這幾回買賣，他不是全然沒心思，但想到程家興帶不了那麼多人，就沒開口。心裡知道不好再去麻煩程家興，他不敢隨便花錢，而是捏著，觀望看看能做什麼。

朱奶奶支持他，其他人的想法就多了，總結下來有兩個，一是想把他放在朱奶奶那裡的銀子擠出來，二是希望他再去跟程家興攀交情，好繼續發財。為了說動他，一群人還哭了好多回的窮。

何小菊沒說得這麼明白，只道嫁進門之前，許多問題看不出來，真成了家裡的一分子，麻煩事還不少。

「剛才小姑是在問妳做買賣的事？」

何嬌杏點頭。「她問今年的買賣什麼時候開張。說實話，我們還沒商量過，眼下我跟家興哥的心思全在冬菇身上。冬菇像我，生來力氣比別家孩子大，現在已經會爬，後面要學走路、學說話，起碼半年都騰不開手。難道我當娘的能圖方便，把孩子扔給婆婆帶？」

何小菊看過冬菇，想起那白白胖胖的討喜模樣，誰忍心丟下？

「只要日子過得下去，是應該先顧著孩子，老是丟著不管，怕她長大了跟妳不親。」

她知道何嬌杏的為人，不是拿閨女來推託，是當真這麼想，就在心裡笑了笑，朱家有些人的盤算要落空了。

姊妹倆也沒說太久的話，知道對方過得還好，何嬌杏便準備回去，走之前告訴她，有急事就上三合院來。何小菊點頭答應，送走何嬌杏，才沿著來路回朱家院子。

何小菊回去後，發現幾個小的已經在吃她剛收到的紅糖涼蝦了。

她還沒說什麼，朱家小姑又湊上來，問道：「程三嫂子的手藝真是沒話說，她是隨便做什麼都能賣錢啊！妳們出去說些什麼，有沒有問她做買賣的事？」

剛才何小菊有點不高興，但被小姑這麼一攪和，到嘴邊的話又忘了，想著算了，那涼蝦本來也得分給這些小的，比起這個，和他們說清楚做買賣的事更要緊。

朱家小姑不想聽這個，過幾年她也要嫁人，指望說親之前，家裡能發個財，才能嫁去更好的人家。

「我哥是榆木腦袋，跟程三哥的交情明明很好，卻不知道利用，怎麼嫂子也這樣？程家的買賣需要人手，只要做起來，你們去開個口，還能不帶著你們？」

何小菊道：「靠別人掙錢，總不是長久的辦法，妳哥有他自己的打算。」說完不肯再說，讓幾個小的別把涼蝦全吃光，留一碗給朱小順，就去幹活了。

另一邊，何嬌杏回到三合院，看程家興抱著胖閨女坐在堂屋裡，正拿著筷子，一下一下地碰著閨女的舌尖。

「做什麼呢？」

「妳不讓我餵她吃涼蝦，我拿筷子頭蘸點紅糖水給她嚐點甜味總行吧？」

程家興說著，又蘸了一下，把筷子頭伸到冬菇面前去逗她。冬菇真是個嘴饞的，伸長了手去搆，搆不到便去拽當爹的胳膊，想把筷子扯到嘴前。

程家興感覺閨女拽他那力道，真是不小，又想著，不知當初丈母娘是怎麼帶何嬌杏的？

「冬菇的力氣天天變大，現在我帶著還行，等她兩、三歲，得讓杏兒親自照看，別人恐怕奈何不了。」

何嬌杏心道，她這把力氣是穿越帶來的，不是天生就有。穿越過來時哪怕是小孩子的軀體，內裡是成人，即便剛開始不太適應，怎麼可能真傷到人？

但冬菇這種從娘胎繼承的力氣，比她當初麻煩多了，在她明白事理並且能控制好力氣之前，是要費很多心的。

何嬌杏在心裡感慨，又抬起手，在閨女的胖臉上捏了幾下。

起先冬菇任由她捏著，並不理會，看當娘的不懂事，捏起來沒完沒了，才放棄對筷子頭的執著，轉頭瞪何嬌杏一眼，衝她啊一聲的同時，還揮了揮拳。

「喲，還生氣了！怎麼，娘捏妳兩把不行啊？」

瞅著當娘的又伸出魔手，冬菇把整張臉埋進程家興懷裡，藏不住的，也用自己的小胖手遮起來。

剛才出門跟何小菊談了些略沈重的事情，一回來就被閨女逗笑了，何嬌杏抬手摸了摸她軟軟的頭髮。

「閨女性子果然比較像你。程家興，你可給她帶個好頭，別等到十幾年後，咱們村裡多出個扛大刀出門的女土匪。」

程家興看向埋首在自己懷裡的胖閨女，笑咪咪地說：「怎麼可能成女土匪？頂多女承父業，當個地痞。」

何嬌杏拍他的腿。「你還得意起來?!」

程家興看她一掌拍下來，差點以為大腿骨保不住了，還好她只是做做樣子，不是真要謀殺親夫。

這下，程家興有恃無恐了，得意洋洋地說，地痞有啥不好？又問：「剛才妳不是去朱小順家？怎麼樣？」

何嬌杏坐到他身邊，說：「跟我娘家比，朱家是亂糟糟的，但我回來的路上想，家家都有難處，外人看不出，身處其中才知道。」

說都說到這兒了，程家興仔細想了想，道：「朱家有幾個人是挺煩的，不過何小菊是朱小順自己看上求回來的，總得對人家好，只要朱小順跟她一條心，日子說好過也好過。」

親兄弟有磕磕絆絆的時候，妯娌更是如此，但夫妻倆站在同一邊，什麼問題都能解決。不說朱家，程家不也是一樣？

從他倆開始掙錢之後，麻煩一件接一件，還是順順利利解決了。

「是這個道理。我也跟小菊說，讓她有事多跟朱小順商量，遇上困難，可以過來跟我說，一家姊妹，能幫總要幫的。現在朱小順成親了，老四也得帶媳婦回來認人，要說沒著落的，只剩下二哥。」

以程家貴來說，如果隨便找，其實很容易說親，除了娶過媳婦以外，其他都不算差；問題在於，程家對媳婦有要求，都怕再來個攪家精，如此想替程家貴選不錯的對象，就不是那麼容易。

之前有過眉目，張家爹娘覺得程家可以，但人家姑娘在意程家貴成過親。這不能怨她，哪個女人會希望自家男人心裡裝著另一個人？

這件事，別說何嬌杏，黃氏也不好指責，只能私下裡跟自己人說，程家貴疼媳婦，錯過他，是對方的損失。

過了些天，張家婆娘找到大榕樹村來，跟黃氏賠不是，站著聊了幾句，說自家大姊那邊還有個閨女，比她家的大些，模樣更好，也是踏踏實實過日子的，不多嘴多舌。

黃氏納悶。「妳閨女說什麼都不肯，比她好的，能看上我家老二？」

「我家這個年輕，沒吃過多少苦頭，還在作夢。我外甥女經過了一些風波，性子比我閨女沈穩多了。」

又聊了一會兒，黃氏才恍然大悟。

張家婆娘說的，句句都是實話，如果沒有前幾年的慘事，她外甥女早已嫁了好人家，偏偏命裡坎坷，才留到現在。

那姑娘十六歲訂親，本來次年要嫁人，卻沒等到那一天。

那年年底，她跟著她爹進鎮趕集，半路遇到吃醉酒的無賴要對她動手動腳，當爹的去護閨女，被人打破頭。那無賴一看情況不對，酒醒便跑了。後來路人幫忙抬她爹去醫館，又去她家報信，人還是沒保住，當天就斷了氣。

父女倆出門趕集，只有閨女回來，當爹的死了，家裡人能不怨她？之前跟她訂親的人家，也把親事退了，說是等不了她出孝。

守孝三年，出孝至今也有一年光景，那姑娘二十歲了親事還沒著落。村人都覺得她命不好，怕娶回來帶衰自家，加上她沒了爹，也讓很多人忌諱。

原本，要是家裡不介懷，多為她費點心思，還是能嫁出去；可全家都埋怨她，要是有不順的事，當娘的便說，要是妳爹還在，會如何如何。

「我大姊不是真恨女兒，只是沒辦法面對，看見她，就想到歿了的男人。咱們女人本就不易，我大姊不滿五十，男人卻去世了，心裡多難受？我們憐惜外甥女，又沒辦法勸。」

尤其，當年當爹的帶閨女出去，就是想到年後閨女要嫁人，想替她添點頭花之類的。平時，家裡要買東西，都是讓男人出去，帶閨女出去那麼一回，便出事了。

說到底，那姑娘無辜得很，明明是個好的，偏偏揹著不好的名聲，娘家不疼，還退過一門親，年紀也有些大，一般娶媳婦的，都不會挑她。

張家婆娘想，程家貴是找續弦，才來跟黃氏提一提，想碰碰運氣。別人嫁給程家貴，可能會不甘心，但她外甥女恐怕作夢都想從家裡逃出來。只要程家看得起，她應該很願意嫁來過日子。

黃氏仔細聽完了，照張家婆娘的說詞，那姑娘是哪裡都好，屋前、屋後一把罩，人能幹得很，原先個性也開朗，後來因為那件事，才慢慢變了，現在話比較少，除了招呼人，都不太開口，整天埋頭做事情。

「我外甥女沒爹，嫁出去後，娘家不太能靠，除此之外，其他都是很好的。雖說她已經二十了，但看著就是好生養，肯定能替夫家開枝散葉。我看你們也是想幫家貴找個能踏實過日子的，妳想想看吧！」

黃氏笑了笑。「也就是聽妳說，我又沒見過人。」

「想看人還不容易？我指個路，妳去瞅瞅就知道。」

黃氏還真想去，反正瞅一眼又不虧什麼，不過，應該找個參謀。

兩人說完，黃氏送走張家婆娘，放下手邊的事，去了三合院。

黃氏找到何嬌杏，把事情說了，想讓何嬌杏陪她去，幫忙看看張家婆娘的外甥女。

何嬌杏一口答應，婆媳倆一合計，打算明早就去。

「那找什麼由頭呢？」

「村裡有個老秀才，咱們就說是去找他幫忙取名字，路過他們院子，討口水喝。」

何嬌杏聽著，總感覺這話有些熟悉，忽然想起，當年黃氏就是藉口捉豬崽，「路過」她娘家的。

好嘛，這又來了。

第四十六章

張家婆娘是從金桂村嫁過來的，金桂村跟大榕樹村一樣，是因為村裡有棵一到中秋前後就芳香撲鼻的金桂花樹而取名。

她大姊嫁到同村的望戶楊家，是楊家老二的媳婦，生了兩子三女，在當家人出事前，日子過得很不錯。

張家婆娘想說給程家貴的，是那家次女，她上面有個早幾年就嫁人的姊姊，底下還有個正在說親的么妹。

當娘的心結很深，本來只當這閨女不存在，還是家裡人說必須找個人家把她嫁了，她不說親，底下的妹妹不好越過姊姊。

顧忌一多，楊二妹的婚事就棘手起來。

因為遲遲說不成，弄得楊家么妹也來氣了，還說過為什麼死的是爹不是她，要她別拖累人。本來隨便都能嫁得不錯，卻因為爹出了事，失了頂梁柱，好一點的人家不肯來提親。

聽了這麼沈重的話，當夜楊二妹睡不著，心裡其實比誰都難受。爹出事以前，最疼的是她，被人打破頭也是因為她，當時她差點想不開，要去跳河，但想到爹拚命都要維護她，她若這樣死了，對得起誰呢？

所以，哪怕楊氏族人個個都怪她，尤其她娘和么妹，遇上不順心的總要罵她，楊二妹都沒解釋，也沒還過嘴。

至於她大姊，因為早兩年嫁出去，連兒子都有了，沒受到波及。

楊家大姊勸過家裡人，可沒什麼用，看勸不動家裡，便跟二妹說，留在家裡沒出路，等出了孝，只要有差不多的人家上門來問，便直接答應，只要對方不是地痞或賭鬼，都可以慢慢經營。嫁出去不光對自己好，對家人也是好事，只要不用再見到楊二妹，感情總能慢慢恢復。

楊家大姊挺會勸的，成功說動了楊二妹，可惜一直沒人來問。

這天，有一對看著像母女的婦人，從楊家門前的土路經過。

楊二妹在院子裡剁豬草，聽到說話聲，要是以前，她肯定會抬頭看一看，順便歇口氣。剁豬草是力氣活，多幹一會兒，肩膀便疼得不得了。

但這兩年，她看過太多嫌棄的眼神，聽過太多扎心的話，養成了事不關己便不聞不問的性情，不管哪個到旁邊來，不管人家說什麼，她都無動於衷。

除了知了鳴叫，天地間好像只剩下她剁豬草的聲音。

這對看著像母女的婦人，就是大老遠過來看人的黃氏及何嬌杏。

兩人知道走對地方了，運氣還很不錯，正好院裡有人，可不確定這是不是楊二妹，想著搭幾句話總該知道，結果人家壓根兒沒有要出聲的意思。

何嬌杏停下腳步，做出擦汗的樣子，對黃氏說：「娘，我累得很了，這不是有戶人家，咱們歇歇腳，討口水喝？」

聽到這話，楊二妹才抬起頭來，金桂村裡的女眷她都認識，這兩人卻相當眼生。她與何嬌杏對視了一眼，讓她們等會兒，放下刀，進了一旁的廚房，從鐵鍋裡舀出一碗涼開水。

楊二妹把水遞到何嬌杏面前，又要坐回去剁豬草，被黃氏喊住了。

「妳是這家的閨女啊？叫什麼名字？」

以前黃氏經常到大榕樹下跟人閒聊，有心要跟楊二妹搭話，並不困難，尤其楊二妹之前出事以後，村裡鮮少有人能好好對她說話，話越發少的楊二妹遂難得回了幾句。

見這兩個婦人反應依舊如常，楊二妹才問：「妳們不是村裡人吧？」

不等何嬌杏搬出想好的說詞，楊家么妹從屋裡出來了。「豬草還沒剁好，妳跟誰聊上了？哪來那麼多話？」

她說著，還掃了黃氏跟何嬌杏一眼。「這哪家的啊？」

黃氏笑道：「我們路過妳家，討口水喝，這就走了。小姑娘，妳年紀輕輕，火氣別這麼大，對自家姊妹和氣些好。」

這話怎麼聽怎麼不順耳，楊家么妹回了句。「我家的事，妳知道什麼？用得著多嘴？」

「我是不知道，才不懂妳為何對自家姊妹惡聲惡氣。妳這樣，外人看了會跟我一樣，瞧不出妳的好。說到底，壞的是自己的名聲。」

黃氏說著，把碗還回去，又跟楊二妹道聲謝，拉著何嬌杏走了。

走出一小段路後，黃氏問何嬌杏。「老三媳婦，妳看怎麼樣？」

「楊二妹看著像是不理閒事的本分人，又經過風浪，應該比別人更知道珍惜，只是太安靜了，如今二哥話也不多，就怕他們湊一起會有些悶。」

不管哪家的娘，心裡肯定還是向著兒子，就算兒子不那麼好，也不愛聽別人指責。

何嬌杏不放心的，其實是程家貴，怕程家貴把熱情全用在周氏身上，待續弦的妻子冷淡。要把日子過得好，一頭熱絕對不行，總得兩人齊心合力，但這話，何嬌杏不好跟婆婆明說，索性避過不提。

黃氏想了想，道：「一開始可能會，只要她能順利懷孕生子，應該就會好些，有了孩子，夫妻之間能親近許多。」

「娘是瞧上楊二妹了？」

黃氏坦白地說，看著真不差，但還是有些猶豫，怕楊二妹是生來命苦，以後說不定還會有大坎坷。

何嬌杏聽了，便勸她。「也不是說早年坎坷就一輩子坎坷，有些人先甜後苦，也有些人先苦後甜。我覺得娘別想那麼多，單看這個人，覺得襯得起二哥，便要八字來合，只要不沖，就可以了。」
黃氏嘆口氣。「妳說得對，我有點畏首畏尾了。前一個沒替他看好，現在難免多想些。」
說著，婆媳倆回了大榕樹村。

過了幾天，黃氏去小河村找張家婆娘，請她幫忙，去楊家說親。
楊家人得知楊二妹有人詢問了，很驚訝，問來打聽的是誰？知不知道楊家的事？
「我早就說了。」
「那家真的不介懷？」
「介不介懷不清楚，既然開了口，總歸能接受吧！那家找的是續弦，不是那麼挑剔。」
張家婆娘一說續弦，楊家人便露出了然的神情。
張家婆娘看出他們想岔了，道：「雖然說是找續弦，對方才二十五、六歲，沒兒沒女，田地不少，還有個出息很大的兄弟。不怕告訴你們，要不是我閨女死活不肯跟娶過媳婦的人，我都想把她嫁過去。那頭分了家，進門好過日子。」
分了家、兄弟很有本事、二十五、六歲、前面有過一個婆娘。
把這些條件拼湊起來，就有人反應過來，問道：「是不是大榕樹村的程家貴啊？」
「若真是他，可是一門還不錯的親事，哪怕他成過親，二妹配他也是高攀。」

「現在這樣，誰還能找著比程家更像樣的？能嫁出去就不錯了，還挑剔什麼？」最後這句是楊家大哥說的，大家也同意，尤其楊家么妹，還酸了兩句，說出事死的是爹，某人卻活得好好的；以為嫁不出去了，結果竟有很不錯的求上門來，有些人的命真是好。

楊二妹的手緊握成拳，放在大腿上，一句話都沒說。

做姨娘的問她怎麼想，她也就是點點頭。

「妳別擔心，程家貴他娘應該是來看過，瞧妳不錯，才問我要年庚。」

聽見這話，楊家么妹一愣。「是不是前兩天過來討水喝的婦人？」

楊二妹也想到了，當時便覺得奇怪，說是路過口渴，向她討碗水。喝完後，兩人卻掉頭往回走，根本沒往前去。那個給么妹忠告的大娘，果真是程家貴他娘？那她過來之前，應該就知道楊家情況，竟然還能跟沒事人似的。

哪怕沒看見程家貴，因為黃氏，楊二妹心裡生出了一點希望。嫁過去後，是不是就能從頭開始，好好過日子呢？

張家婆娘把楊二妹的年庚交給黃氏，黃氏拿去找算命先生。算命先生認出黃氏，說這兩副八字沒有上次拿來得好，但還湊合。

上次？那不就是程家興跟何嬌杏。整個村裡找不出比他倆恩愛的，及不上不是正常？

「你就說這個能不能娶？」

「能合四個字，算中婚，平平穩穩過日子。」

黃氏又對楊二妹的八字問了幾句，其實算命先生不知她拿的是誰的八字，只道這女子早年坎坷，中年普通，晚來命好。

「她命裡六親無靠，要過好日子全憑自己，好在占子女運，生的子女有出息，中年時要辛苦養活一家，晚來有福可享。

「妳不是第一回來算，我跟妳說個實話，看八字，這女人是很好的，嫁給誰都不會差，夫妻之間有嫌隙，也不會是她的錯。這女人忠貞堅強，男人則有點優柔寡斷。他要是頭婚，娶個好女人，那一點事也沒有，肯定能過得好；是再婚就要防著，怕他跟前面的斷不乾淨。」

黃氏聽著，後背一涼，一著急便脫口而出。「前面那個改嫁了，嫁得還挺遠的。」

算命先生立刻懂了。「往壞處想，要是她嫁出去過得不好，也有可能回來。反正妳兒子要再娶，後來這個得趁早籠絡好，不然好好的日子，可能被前面的攪和壞了。」

黃氏給了錢，回去的路上一直在想，本來擔心的是新媳婦，沒想到麻煩的是自家兒子；又一想，程家貴看起來沒什麼，但每次跟他說續弦的事，的確沒多少興致。

黃氏很怕事情被算命先生說中了，回去就找程來喜，把這些話一股腦兒地告訴他。

「既然說女人是好女人，那妳問問家貴的意思，他也答應，就把好事訂下。妳跟他說明白，要不想孤獨終老，便好好跟後面這個過日子，別放著眼前人不管，成天為前事抱憾。做爹娘的只能將道理說明白，娶媳婦的是他，跟人家過日子的也是他，有些事總要自己面對，別人幫不上忙。」

看樣子，程家貴不想孤獨終老，不久後，村裡都聽說他又訂了一門親，說的是金桂村的楊二妹。

金桂村離大榕樹村有點遠，很多人不知道楊二妹是誰，但也有聽說過的。

這天，劉棗花挺著肚皮過來時，告訴何嬌杏，最近有些人去她院裡閒聊，都問起程家貴跟楊二妹的事。

何嬌杏招呼她坐下。「我見過她，是個不會跟人爭執、悶頭做事的姑娘，模樣也挺中看的，就是話少。」

「弟妹這麼說，是看得上她的意思？」

「我瞧著，配二哥足夠了，她出孝之後一直沒嫁出去，應該是娘家對她太差，任誰都看出來了，男人娶了她，等於沒有岳家。前些天我跟娘過去看人時，撞見她妹妹對她頤指氣使，做妹妹的在屋裡納涼，當姊姊的在外面剁豬草，看著怪不像話。」

不光是跟劉棗花，何嬌杏跟程家興也說過，這回找的雖然也是話不多的，但看著和周氏並不像。

程家興也納悶，問：「不就是去她家瞧了一下，怎麼看出那麼多來？」

「我跟娘上門時，她在剁豬草，聽見我們說話，也沒抬頭，可見能專注於自己的事，不愛聽閒言碎語。不跟著別人攪和，不容易被挑唆，自然少是非。後來她妹妹出來，說的話句句不中聽，我看她也沒生氣或嫉恨，恐怕是聽多了惡言惡語，連局促和害臊都沒有了。

「過得不幸的人，一旦有好日子，肯定會緊緊抓住，但凡二哥配合些，都能過好。」

程家興先從何嬌杏嘴裡聽到這番話，然後才聽黃氏說了算命先生講的那套，很是驚訝。如果算命的不是瞎說，那何嬌杏還真有點眼力。

娶續弦不像第一次成親那麼麻煩，尤其女方並不稀罕這閨女，兩方合計下來，省了許多事兒。

忙完秋收，程家貴又當上新郎官，請本村親戚吃飯，讓他帶著新媳婦認人。

成親當天，程家貴才看見楊二妹。說實話，比他想的強得多，光模樣就比周氏還好看。這樣的姑娘，要不是發生了那種事，不可能嫁到他家來。這麼想著，程家貴對她生出憐惜之心。雖然別人的憐憫，不是楊二妹想要的，可為了把程家貴籠絡過來，讓他忘了周氏，好好過以後的日子，要她以弱示人也不算什麼。

程家貴成親後，家裡發現，雖然楊二妹話少，跟程家貴相處得竟還不錯。她就是個裡外一把罩的能幹人，嘴上是不太會說，但做得倒是很不錯。

後來，黃氏偷偷問程家貴，新媳婦怎麼樣？程家貴也是點頭，說很好。

程家貴先辦酒席，接著程家旺也回鄉成親。何嬌杏真正見到四弟妹袁氏，是辦完喜酒後第二天的事了。

程家旺先領著袁氏去見親戚長輩，然後才是幾個兄弟。

他們夫妻過來時，何嬌杏正坐在自家屋簷下，看冬菇扶著牆練習走路。程家興守在冬菇旁邊，仔細地護著她。

兩人的目光都在冬菇身上，忽然聽見不遠處有人喊三哥、三嫂。

別說程家興跟何嬌杏，連冬菇也把頭轉過來。小女娃見她四叔的次數不多，哪怕人都走到跟前了，還覺得眼生，伸手抱著程家興的腿，用小胖手指了指過來的人。

程家興把她抱起來，告訴她。「那是妳四叔、四嬸。」

要她一張嘴就把「四叔」、「四嬸」喊明白，太為難人，冬菇便張嘴喊了聲叔，又抱著她爹的脖子，跟她爹親熱起來。現在她已經認得出爹娘、爺奶，也會喊人，除此之外，只會說飯飯這些字詞，複雜了就說不明白。

冬菇學說話沒比別人快，學走路的速度卻很大，上個月開始扶著牆走，現在哪怕還有點晃悠，也不會輕易摔倒。程家興打算牽著她走走看，等到牽著都能走得很好，就可以嘗試著放開手了。

村裡其他家的孩子都是隨便帶，沒有照看得這麼好的，多數人家的孩子滿周歲了，還只會爬，走不穩當。程家興覺得，自家閨女滿周歲之前，肯定能走得很好。

他天天教，天天帶著走，家裡吃得又好，冬菇的胳膊跟腿都很有力。之前黃氏過來，逗著她玩，把人逗惱了，挨了一下，那手勁不比別家兩歲孩子差，力氣夠大的。

冬菇的力氣這麼大，要站住不難，只要拿捏好平衡，很快就能走、能跑。

程家興說起這些時，何嬌杏便道，等冬菇能走、能跑之後，就不好帶了，到她明是非之前，跟前都離不開人。

第四十七章

聽兄嫂說著，可能因為成了親，程家旺看冬菇的眼神變了些，比以前還多兩分喜歡，從程家興手裡抱過來後，更是親熱，捨不得放，不停跟冬菇說，他是她四叔，要她喊一聲來聽聽。

程家興看著礙眼，嫌棄道：「這麼稀罕我閨女，也沒給她打幾樣玩具。」看他張嘴就要東西，何嬌杏扶額。「老四，你別管他，他見不得別人搶他閨女，冬菇跟誰親熱，他就說誰，第一次當爹的就這毛病。」

剛說完，程家興瞪眼看過來了。「妳是我媳婦，怎麼拆我臺呢？我這不是毛病，是怕誰伸手冬菇都給抱，回頭來個心不好的，把她騙去賣了。」

程家興辯完還不夠，伸手戳閨女的臉，語重心長地道：「冬菇啊，有沒有聽到爹說的？妳看這種長得人模人樣的，未必就是好東西。妳是好姑娘家，怎麼能隨便讓人抱呢？」

話落，他瞅了瞅程家旺。「老四，你抱夠了吧？」說完便把閨女搶回來。

程家旺看著，也覺得好笑。「冬菇會玩玩具了？她喜歡什麼？我抽空做幾個給她。」

做兄弟的真這麼說了，程家興又擺擺手。「算了吧，成親之後有你忙的，我閨女要玩玩具，我幫她買，你操什麼心？」

程家旺還在看冬菇，看得心癢癢的。何嬌杏說：「喜歡小孩子，就讓四弟妹加把勁，生一個給你。」

一直沒插上話的袁氏，臉突地紅了。「怎麼扯到我身上？」

何嬌杏笑著，讓他倆進堂屋坐下說話，自己去燒水泡茶。等她端著茶碗回來，兩兄弟已經說到後面的打算上了。

程家旺拿了黃氏代管的那筆錢，準備先在袁木匠那邊接活。「現在我打桌椅板凳、床、櫃子都沒問題，但手藝還是粗糙了點，做出來經用不經看。我跟岳父商量，這陣子在鋪裡接些便宜的活，等手藝更精湛些，再考慮自立門戶的事。」

程家興抱著胖閨女聽他說，聽完才道：「我不懂你們那行，反正你在外面遇上困難，就回來說一聲，幾個做哥哥的不說本事多大，多少也能幫你。」

何嬌杏也講了一句。「以前你自己過日子，瀟灑些沒什麼，成親以後，得顧家才是。」

「三嫂，我知道。」

「那我就不多嘴了。這次回來，準備待多久？」

程家旺捧著熱茶灌了幾口，回答。「過幾天就走。我跟岳父說好，回那邊後，還要辦兩桌酒席請客。」

「你回來，爹娘總是很高興，可惜每次待的時日都不長。」

要是可以，程家旺也想住在家裡，但既然選了木匠這條路，還沒學到火候，就得跟著師傳去看、去做。等以後可以自立時，會慎重考慮在哪裡開鋪子，選個離爹娘近些的地方。

有目標是好事，聽他說以後如何如何，程家興還挺高興的。送走程家旺跟袁氏後，回頭跟何嬌杏念叨，道程家旺很有想法，也肯下苦工，總能做出些名堂來。

另一邊，從三合院離開後，袁氏也跟程家旺說了幾句。

「三哥、三嫂看起來跟一般的鄉下人不一樣，難怪說是家裡最有出息的。」

程家旺問她怎麼個不一樣法？

袁氏搖搖頭。「說不上來，真要說，就是感覺，看三哥說話、做事，跟那些大戶人家的沒兩樣，比一般人多很多底氣，但他比較隨和，看著不驕傲。

「至於三嫂，比我們鎮上人還像鎮上人，像是體面人家出來的。鄉下媳婦身上大多有一股小家子氣，三嫂卻沒有。」

程家旺聽完，笑了個夠。

袁氏問他笑什麼。

程家旺道：「我三哥就愛聽別人捧他，這些話應該當面告訴他，他肯定高興。」

「你當我拍馬屁呢？我說真的。有本事的人，看著跟一般人不一樣。」

「我倒沒什麼感覺。三哥的性情跟以前差不多，可能妳知道他有能耐，才覺得他不一樣。以前，他躲著不肯下地幹活，村裡人說起來都搖頭；現在他還是不下地，卻有了家底兒，人家再說起他，都說他有本事，不用去賣力氣。說到底，還是得有本事，才能讓人高看一眼。」

發現話扯遠了，程家旺又說：「咱們跟幾個哥哥相處的時候應該不會多，但我還是跟妳說說，我大嫂是一條腸子通到底，有什麼事都能直接捅出來；三嫂是有話直說，說明白就好商量，藏著、掖著還要她出力幫忙就不行；至於現在這個二嫂，因為剛進門不久，我也不熟。」

說到楊二妹，因為這幾日住在老屋，袁氏跟她比跟另外兩個妯娌還熟稔些。楊二妹沒什麼脾氣，話很少，但不難相處。

袁氏覺得，三個嫂子裡，還是跟何嬌杏說話時最小心，可能因為程家興本事大、家底兒厚，面對他們難免局促，不是什麼都敢講。

「三哥那閨女叫冬菇是吧？比鎮上孩子還好看些，哥嫂真會養人。」

「冬菇托生在嫂子肚皮裡，的確是投了好胎，整個村裡，沒有比她養得更精細的孩子，每回見她，我都想要個閨女呢！」

袁氏聽著，臉又紅了。

程家旺待在家裡幾天，除了把老桌椅都修了一遍，就是帶袁氏到處看看。看時間差不多了，他跟父母、兄弟好好吃一頓，帶媳婦回去木匠鋪。

這次送程家旺出門，黃氏的心情很不同。她生養了四個兒子，如今兒子們全娶了媳婦，以後各自掙錢吃飯，當娘的擔子總算卸下來了。

看程家貴這頭也沒什麼事，黃氏又把心思放回孫女身上，天天在三合院看冬菇學走路。這天，劉棗花跟何嬌杏閒話，說鐵牛年紀不小，雖然還沒進學堂，倒是可以先取個響亮的大名，總不能都讀書認字了，還說他叫鐵牛吧！

劉棗花跟程家富商量時，程家富張嘴就來，說孝悌忠信挨個兒排。「鐵牛是老大，取個孝，後面的接下去取就是，多簡單。」

程家有規矩，兒子取名要跟著輩分走。程來喜是來字輩，往下是家字輩，家字輩下面是守字輩。鐵牛正是守字輩的。

因為自己是老大，程家富一下真沒想起來，而劉棗花琢磨半天，一聽說按照孝悌忠信挨個兒取，氣得差點動了胎氣。

等程家富發現不對，立刻抬手打了自己好幾個巴掌，大名還沒取出來呢，先鬧了笑話。

這一年，劉棗花一直很開朗，被氣到還是第一次。

黃氏聽說了，還趕過去問一聲，以為大媳婦又憋不住鬧起來，弄明白怎麼回事後，馬上抄起燒火棍，追了程家富幾條路，跑遍了半個村。

程家興剛上屠戶家割了肉，提著往回走，就看到土路上有兩個眼熟的人拔足狂奔。仔細一看，好樣的，是老娘在追大哥，還跑得飛快。

他停下腳步，扯著嗓子喊。「娘，這是幹什麼啊？」

黃氏吼道：「這會兒我沒空搭理你，看我打斷這蠢貨的腿。」

腿終究還是沒打斷，程家富卻實實在在地挨了幾下，等收拾完老大，黃氏喘了口大氣，才掉頭走回三合院。

她咕嚕灌了一整碗水，擦了擦嘴，才跟滿眼好奇的兩口子說起來龍去脈，想起來還是很氣。

「你大哥要替鐵牛取大名，想著你爹給你們取名富貴興旺，跟劉棗花說，就按照孝悌忠信排下去。鐵牛是老大，取個孝字。」

程家興立時無言。

看程家興表情僵掉，何嬌杏納悶，悌這個字取成大名是不怎麼樣，但忠孝信都很不錯，遂用手肘撞了程家興一下，問他孝字怎麼了？

程家興揉了揉被媳婦撞到的肋骨，這才小聲告訴她。「孝字沒有不好，就是不太襯鐵牛的字輩。」

「怎麼說一半、藏一半？鐵牛是什麼字輩？」

「鐵牛和我們以後的兒子，都是守字輩的。妳再想想我大哥取的名字。」

程、程守孝?!這豈是不太相襯，明擺著是當爹的活夠了吧！

何嬌杏恍惚了半天，又聽黃氏說：「老大說他一下沒想起字輩的事，我還是揍了他一頓。妳說說，取個忠字，叫程守忠，不挺好的？」

程家興緩過來了，笑道：「讓大嫂自己決定，不就完事？叫程守錢或程守業都可以，幹麼想不開跟大哥商量？這一商量，差點氣得去看大夫。」

後來，他們從黃氏口中聽說，鐵牛的大名定了，叫程守信。雖說有了大名，卻暫時沒用上，畢竟家裡個個是他長輩，都習慣拿小名喊他。

接著，劉棗花生產的日子快到了，黃氏不再天天跑去陪冬菇學說話、走路，而是把心思放在劉棗花身上，準備陪她生完，再伺候她坐月子。

往年的這個時候，程家興跟何嬌杏都在商量過年做什麼買賣，今年在做與不做之間猶豫一下，最終還是打消念頭。

雖然說放棄了買賣，但何嬌杏沒停下折騰。十月時，她讓程家興找人在自家廚房裡新造了土烤爐。有了這個，能做的吃食又多了不少。

何嬌杏又抱著閨女乘牛車進鎮趕集，不光買了棉布、棉花，還添購了一堆配料、食材，特地去買了梅乾菜、白芝麻和飴糖，回來又磨麵粉，加入豬肥肉跟蔥末等等，做了燒餅。不是這年代那種像白麵饅頭的熱燒餅，而是口感酥脆，在後世非常出名的黃山燒餅。

第一爐烤出來放涼後，程家興迫不及待，拿起一個一口咬下。要怎麼形容呢？真是又酥又脆，唇齒留香。

就一口，讓程家興眼睛都亮了，幾口把剩下的吃完，正想說這個一定好賣，在鋪子裡造兩個土烤爐，邊做邊賣，想想都美。

他的話還沒說出來，冬菇就讓那股香味饞得口水直流，本來以為當爹的應該懂，結果她那臭老爹把燒餅全餵進自己嘴裡，當閨女是個屁。

哇的一聲，冬菇哭了。「要吃！要！」

程家興啊了聲，讓她張嘴，伸手摸了摸閨女的小米牙，滿是同情地說：「這根本吃不了嘛！別哭了小祖宗，爹幫妳蒸蛋，咱們吃蛋蛋行嗎？」

聽到蛋，冬菇自然想起她娘常餵她的嫩黃吃食。平時吃著挺美，可那根本沒有她爹啃的餅子香，便把頭甩成博浪鼓，臉頰上的肉肉都在抖。

「不要。」

她睜著一雙黑葡萄般的眼睛，水汪汪地看著程家興，臉上表情真是非常可憐。

程家興撫了下胸口，硬起心腸說：「就算妳哭暈過去也不行。要不，爹帶妳出去走走，咱們去朱家院子玩。」

程家興舉著冬菇帶她飛飛，逗了好一陣，才讓她忘了剛才聞到的香味。

何嬌杏把烤爐裡的燒餅全挾出來，一轉頭，家裡那對活寶就不見了。

沒瞧見父女倆，倒是看見從菜地路過的楊二妹，何嬌杏招了招手，喊她一聲。

楊二妹揹著小背簍，聽到何嬌杏喊她，靠近幾步。「三弟妹喊我有事？」

「剛才我做了燒餅，二嫂拿幾個去吃。」

何嬌杏說著，去找油紙，包了四個給她。

這燒餅小，一個還沒有女人家的手掌心來得大，程家興一嘴就能啃去一半，哪怕包了四個起來，看著也沒多少，但香味卻吸引人得很。

楊二妹推辭不過，才收下來，也沒自己吃，全帶回去了。

另一邊，程家興推測閨女要餓了，才把人帶回去。

一進門，蛋已經蒸好了，何嬌杏餵冬菇，讓程家興送燒餅去給爹娘跟大房。

程家興多揣了幾個燒餅，不敢從閨女跟前過，直接出了門。

程來喜一嚐，立刻誇。「這個好，比你們頭兩年做的糖好吃。」

「那是爹喜歡鹹口味的。您覺得不怎麼樣的字糖，如今在香飴坊賣得很好，成親或做壽的都會去秤兩斤。」

這話程來喜相信，點點頭，拿著燒餅又啃了一口。「那你們是準備進縣裡開門做生意了？就賣這個？」

「是試做出來嚐嚐的，談買賣還早。我跟杏兒商量了幾回，今年不出去，後面的事，翻過年再說。錢是掙不完的，眼下咱們又不缺。」

程家興跟自家老爹說完話，又去大哥家，回來的路上想著，不知道今天阿爺有沒有出船，便去了河邊。

何家的小漁船在水上漂著，程家興招手讓人把船靠過來，把懷裡揣的油紙包遞過去。這燒餅就是給自家嚐嚐，也為以後的買賣做準備，反正何嬌杏先搗鼓幾樣吃食出來，比較比較，再決定之後賣什麼。

結果黃氏吃的時候，一起閒聊的人聞到香味，問了她一大堆。她說是普通燒餅，但人家非說普通燒餅沒這麼香，又聽說是何嬌杏做的，更想嚐嚐。黃氏心好，掰了一小塊給人，這下生生讓人饞著了，忍不住跑到三合院找何嬌杏，問她燒餅怎麼賣？多少錢一個？

何嬌杏轉頭去看程家興，程家興說不賣。先前開那一爐，就把冬菇鬧哭了，好不容易才哄住，還來啊？反正都嚐過了，暫時別來了吧！

很多東西沒嚐過的時候惦記，真嚐過就感覺不過如此。字糖就屬於這一類，它好賣，純粹是擺出來吉利，賣的是寓意，除非遇上吃土糖塊都覺得稀罕的人，一般沒有吃了還惦記的事。

但這回的脆燒餅不一樣，聞起來就很香，面前要是有一大盤，吃起來簡直停不住。梅乾菜和豬肥肉以及蔥末在烘烤之後散發出濃郁的香味，外脆內酥。哪怕程家興天天都在吃何嬌杏做的飯，初嚐這個，還是在心裡感嘆，這是什麼神仙燒餅？

程家興跟何嬌杏一起過日子，他都抵擋不住了，莫說其他人了。

不只是外人，自家人也一樣饞，只是大人饞在心裡，小的沒繃住。鐵牛吃過一回後，白天想，晚上也想，想了兩天沒忍住，偷偷跑去找程家興，問何嬌杏什麼時候再做一回燒餅？

「我沒吃過那麼香的燒餅，三嬸，妳的手藝真是太好了，我娘要是有妳一半好，我每天能吃八碗飯，三、兩下就長成大人。」

哪怕鐵牛已經八歲了，比何嬌杏剛進門時高壯了些，但在她看來，還是個孩子呢！瞧他嘴上說著，臉上還帶表情，手上也跟著比劃，噗哧一笑，衝鐵牛招招手。

「來，讓三嬸仔細瞧瞧你。」

鐵牛乖乖往前走了兩步，還原地轉個圈，何嬌杏捏了他腮幫子一把。「還真是個寶。」

寶不寶都無所謂，要緊的是燒餅。

「那三嬸還做燒餅嗎？」

「做一回是容易，可你妹妹聞不得那香味，會饞哭了。我做的時候，鐵牛得跟你三叔陪她玩去，哄著她，別讓她鬧起來。」

鐵牛問：「冬菇不能吃啊？」

「她那麼小，當然不能吃啊！」

鐵牛雖像他爹娘，卻是能講道理的，尤其長大一點之後，個性鮮明得很，一方面像他娘，想要什麼都能直接開口；另一方面，又不像他娘那麼刁，不給他也不會鬧你，也不記仇，頂多悶一會兒。

何嬌杏跟他說好，讓他陪著冬菇玩，自己在家做燒餅。

鐵牛便跟程家興帶冬菇出去了半天，等燒餅出爐放涼，香味散去才回來。

難得開一爐，何嬌杏做了不少，鐵牛也不貪心，一手拿一個，揮揮手走了。剩下的被聞香趕來的大娘、大姊求著買去，妳兩個、我三個、她五個，一下就賣光了。

何嬌杏好不容易才留下一碗給程家興，上回她就看出來，程家興愛吃這個。

這燒餅在大榕樹村颳起一陣風，一夕之間人人都聽說了，為了跟鎮上賣的區別，村裡人都管它叫程家的脆燒餅。

趕上這一爐的，還有人吃完嫌不夠，懊惱當初嫌貴沒多買幾個；至於沒趕上的，都在等下一爐了。

何嬌杏卻沒接著做，回頭用土烤爐折騰其他花樣，做了烤雞。

烤雞冬菇也不適合吃，程家興都養成好習慣了，只要聽說媳婦要用烤爐，就幫閨女把個尿，抱著她就出去，去老屋也好，去大哥家也好，再不就去朱家吹牛。但最近朱家不歡迎他，他最新的去處就是村裡的老榕樹下。

第四十八章

冬月，劉棗花生產了。這一年養得好，生下個胖閨女。

接生婆看劉棗花這個不帶把，想起上次接生，何嬌杏生的也是閨女，差點心梗。

劉棗花更喜歡兒子，好在這年見了冬菇的可愛模樣，想到何嬌杏就一個女兒，都能當眼珠子疼，自家好歹有個八歲大的兒子，第二胎生個閨女，彷彿也沒什麼。這麼想著，她就沒垮下臉，即便沒打賞，也送了雞蛋給接生婆。

回頭聽婆婆黃氏說，這閨女抱著還不輕，估計有七斤。

劉棗花道：「那小名就叫七斤好了。」

晚些時候，何嬌杏也過來了，劉棗花已經歇了一覺，精神還不錯，妯娌倆一起說了說話。

何嬌杏湊過去看看小女娃。「七斤這模樣也不錯，瞧著挺結實。」

劉棗花不太記得鐵牛剛出生是什麼樣子，只知道肯定不如七斤好。

「這閨女有福氣，挑在家裡好起來時，才托生到我肚皮裡。」

何嬌杏含笑點頭，想起今兒個程家興說的話。「家興哥說，他出門時聽村裡老人道，這一冬要冷，大嫂最好多備幾筐炭。女人家剛生完受不得凍，七斤才這麼小，也怕冷著。」

炭這種東西，哪怕一時用不完，也能暫時放著。劉棗花想了想，讓程家富借了三房的牛車進鎮，多買些炭回來。

程家富只買了炭，程家興卻比他想得多，小時候經歷過寒冬，隔幾年總會有個冬天特別冷，不光添了炭火，還去買糧，把家裡倉房堆得滿滿當當。

之前就買過棉布跟棉花，老棉被拆了重新彈過，一家三口包括雙親都添了厚實襖子，準備做得足足的，哪怕寒冬真來了也不怕。

雖然這麼說，但大家還是希望，這一冬不要太冷。

冬月中旬，村裡迎來寒潮。

半夜，程家興尿急，起床拿夜壺時感覺不對，被窩外比平時冷得多。他上完廁所，走到窗邊，發現真是凍得不行。

他上床時，動作大了點，把何嬌杏鬧醒了，問他什麼時辰了？

「子時吧。妳冷不冷？」

何嬌杏問他怎麼了？

「被窩外凍得厲害。」

入冬以來，何嬌杏不敢再讓閨女睡她自己的小床，怕踢被子，這兩個月都是帶著冬菇睡的。有時候覺得添了孩子挺麻煩的，尤其婆婆騰不開手幫忙時，夫妻倆想親熱都不太方便。

這一冷，兩人慶幸起來，幸好帶著她睡，不然這種天氣得鬧病了。

他們是兩床棉被疊著蓋，不用再添，何嬌杏抱冬菇去把尿後，又上床睡了。

因為這一冬沒做買賣，兩人直接睡到天光大亮。程家興醒了後，先下去點炭盆，看屋內暖和了，才讓何嬌杏幫冬菇穿衣裳，自己上灶生火，燒水蒸蛋。

何嬌杏聽到他拔門閂的聲音，猜想人在大門口，忽然聽到一聲低呼。

「怎麼？」

「咱們院裡積了層薄雪。」

何嬌杏沒想到，她穿過來之後，過了十幾個冬天，只見過兩、三回雪，都只是薄薄一層覆在屋頂上。這裡的冬天其實挺冷的，是能鑽進骨頭裡的濕冷，哪怕不下雨時，露氣也重，即便如此，還是很少很少下雪，沒想到今年才到冬月，就飄起雪來。

何嬌杏還在出神，程家興折回來說：「等等我也幫妳煮兩顆蛋，等妳倆吃了，我去爹娘那邊看看。」

「你吃什麼？」

「啃個番薯就是。」

「那怎麼行？」

「先應付一口，等我回來，妳再下碗麵條吧！」

何嬌杏點頭應了。

程家興一邊燒水蒸蛋、一邊拿了大掃把進院子，掃乾淨地上的薄雪，還時不時回廚房添幾根乾柴。

何嬌杏幫冬菇換上厚襖子，把她裹成個球，又戴了頂厚帽子，連頭頂帶耳朵一起捂上，看看沒問題了，才抱她出屋看了看。

外面倒不像前世北方的冬天一片銀白，也能看到遠遠近近的樹上掛了層雪，屋頂上也白茫茫的。

冬菇第一次瞧見這樣的景象，轉著眼珠子看了會兒，才把臉埋到親娘的身上。

何嬌杏摸摸她的帽子。「冷啊？娘帶妳進廚房，那裡暖和。」

她倆過去時，程家興正在兌熱水，何嬌杏替閨女洗把臉，又擦擦手，也在這邊餵她吃的。

程家興安排好，又趕著去看爹娘。現在家裡過得好些，昨晚突然變冷，倒是沒凍著誰。剛才黃氏給坐月子的劉棗花送了湯，劉棗花在屋裡吃，她就在外面跟路過的人說話。

程家興看爹娘精神還好，放下心，後來才知道昨夜凍病的不少。之後好幾天，程家興怕沾上病氣，連著一段時日都沒出門。

這次的寒潮來得格外凶，冷了好些天都沒有轉暖，非但如此，跟著又是連續五、六日的陰雨，各鄉的人凍病不少，還有懷上孩子，卻因夜裡著涼染上風寒，一病落了胎的。

鄉下貧戶最怕冬天，伏天再熱也不妨事，熱能脫衣，這麼凍著，他們沒得穿，想烤個火得燒柴、燒炭，但哪來的錢買呢？

這年冬天，出屋看見的是綿綿陰雨，逢人聽見的是連天抱怨。

因為天冷，農戶們不得不在炭火跟棉花上花錢。到了臘月，兩樣東西的價錢高得嚇人，村裡有受不了揣錢進鎮去買的，回來說即便這樣也不愁賣，只要聽說哪家鋪子開門，便有人去搶。

往年，這時肉價已經抬起來了，但今年做香腸、臘肉的不多，屠戶收豬容易，賣得難。買肉的鄉下人比往年少了許多，鎮上則有幾門大戶頂著，生意還成。

程家這邊，今年只有黃氏餵了兩頭豬，哪怕餵得不錯，一頭最多只有兩百斤。黃氏餵豬，是想給家裡添口肉吃，便沒喊屠戶來收，瞧著雨停了，讓程來喜上三合院跟程家興商量，準備把兩頭豬殺了，先吃個刨豬湯，剩下的肉就給四個兒子分一分。

程家有幾年沒殺過豬，聽說今年要殺，程家興還挺來勁的。

程家貴本來想勸爹娘賣一頭，有了錢，自己捏著也好，但這麼算來，便沒什麼肉可分，就沒掃興，改口問什麼時候請屠戶來殺。

程家興想起，何嬌杏她堂叔何寶根就是屠戶，遂挑著何家出船的日子去了一趟，跟何寶根商量好，請他臘月中旬來殺，到時要想灌香腸或燻臘肉也來得及。

往年進臘月以後，每個村總有幾戶要殺豬，才算過了個好年。今年屠戶賣肉都往鎮上去，整個大榕樹村還準備殺年豬、做香腸臘肉的，只有程家。

這麼說還不準確，想做香腸、臘肉的，只有程家興一個。他提前要了豬小腸，還說要帶人去弄柏樹枝，用柏樹枝燻出來的香腸，滋味最好，

但是，哪怕他肯出錢，在這節骨眼上，村裡也沒人敢掙。各家都在擔心，今年冬天這樣冷，大雲嶺裡的野獸還有吃的嗎？要是餓著牠們，是不是就要跑出來了？要柏樹枝，上小雲嶺就有不少，可誰敢去砍呢？

程家興找了幾家都擺手，不想接這活，只得回去跟何嬌杏商量，看是不是改做醃肉。

何嬌杏想了想，還是覺得該出去一趟。

「這兩旬是冷，可也沒到那地步。現在人心惶惶，是因為冷得太突然，讓許多人染病，人得病的時候，就愛往壞處想。」

程家興也覺得這種冷招不來豺狼虎豹，但村裡人不肯接活，也沒辦法。

何嬌杏想著，不過燻幾十斤臘肉、香腸，用不了很多柏樹枝，自己跑一趟就成。

「哪怕真遇上豺狼，我也能一斧子劈了，怕什麼？咱們上山去拖兩棵柏樹，看看山上到底是什麼情況，個把時辰就能回來，再跟村裡說說，好讓他們少胡思亂想。像現在這樣，你說風、我說雨的，膽子小的怕是準備收拾鋪蓋，往鎮上逃難去了，哪至於呢？」

這兩年，程家興已經充分了解自家媳婦有多大能耐，沒懷疑這話。想想擇日不如撞日，

便把閨女抱去給黃氏照看，拿了麻繩，又揣上兩柄柴刀，落了鎖，就帶何嬌杏出門了。

程家興抱冬菇去找黃氏時，只說有事要出去一趟。

黃氏問了，沒得到答覆，想著程家興一直是這德行，很多事做成之前，不會聲張，便沒再追問，擺擺手讓他放心出門，保證會把孫女看好。

兩人上山時，可說是毫無聲息，砍了兩棵柏樹拖進村裡時，才有人看見。

這時候去砍柏樹，除了要燻香腸、臘肉，不做他想。

那人頓時驚了，問：「這麼冷的天，你們還要殺豬？」

程家興也驚了，跟看傻蛋似地回看過去，反問：「誰說天冷就不能殺豬？」

對方乾笑一聲。「大家都冷得不愛動彈，你精神倒是好，還有閒心搗鼓這個。」

閒心好的並不是程家興，為一口吃不怕苦、不怕累的是何嬌杏啊！催著程家興往前走，別聊了，先把柏樹拖回去。

眼看問話的人走遠了，何嬌杏才抱怨道：「就說我一個人扛著快些，你非要合力拖。」

「我這不是心疼妳嗎？」

何嬌杏斜了他一眼，心道難道不是為了男人家的面子？又一想，自家男人還知道要臉，是好事情。

等兩人進院子，程家貴他們都聽到動靜過來了，黃氏也在，懷裡還抱著冬菇，看見夫妻倆拖回兩棵柏樹，還有什麼不明白的？

「你跟杏兒上山去了？膽子倒是大，還敢往那裡跑。」

看著兩棵柏樹都擺好後，程家興停下來歇氣，何嬌杏不累，拿了鑰匙開鎖，上灶燒水。

她生火時，程家興在外面闢謠。「怕是心裡怕，真上去了，發現就跟平時沒兩樣，豺狼虎豹的影兒都沒有。我跟杏兒仔細看了看，沒瞧見野獸的腳印。娘別跟村裡人瞎起鬨，三人成虎，被他們你一句、我一句的，假的也能說成真的。」

之後幾日，程家興為灌香腸、燻臘肉做起準備，轉眼就到了跟何寶根約好的日子。一大清早，何寶根便抄著傢伙渡河過來。殺了豬，吃了刨豬湯，才揹著豬下水回去。走之前，他還去了趟朱家院子，跟閨女何小菊說了幾句話。

程家人還在忙，程來喜切了兩刀肉，給親戚、長輩送去，餘下的分成四份。給程家旺那一份，是程家富和程家貴一道送去的。

程家興沒空出門，正在灌香腸。何嬌杏拿麵粉洗豬腸，大概估算了一下自家分到的肉，說灌完就不剩了。

「那還得再買一些做臘肉吧？」

劉棗花大概坐了二十五天月子，怎麼說都憋不住，便下了地。今兒殺豬時她也在，七斤被抱到老屋來，忙不開的時候，就放在屋裡，騰得出手再抱。

這會兒分完肉，她估算著，幾十斤不夠灌香腸、做臘肉，給自家留了幾斤過年吃，剩下的揹去三合院，讓何嬌杏別買，加上這些就夠了。

何嬌杏聽了，顧不上盆裡的豬腸，就要推託。「爹娘分的，大嫂送給我，叫什麼話？」

「我懶得做臘肉、醃肉，留下幾斤，夠過年吃了。」

劉棗花把肉放下，又道：「我生下七斤之後，妳也給我送了不少東西，我還點肉怎麼了？再說，妳多做些，以後聞到妳家煮臘肉了，叫鐵牛去混一口，他吃回來，虧不著我。自家殺了兩頭豬，哪有再讓妳出去買肉的道理？」

劉棗花哪捨得錯過孝敬財神爺的機會？從她懷上之後，就沒幫何嬌杏做事，好不容易熬到出月子，這不趕緊來表現表現。不光勸人把肉收下，後來切肉、灌香腸，也出力幫忙。

看三合院忙得熱火朝天，楊二妹也來問了一聲，看自己能幫什麼忙。

劉棗花絕了，居然讓楊二妹幫忙看著七斤，餓了或者尿了，再喊她一聲；至於她自己，堅強地與燻臘肉奮鬥起來。

楊二妹倒不計較這個，看妯娌都忙著，果真幫忙照看起七斤來。

別人看劉棗花把孩子丟給楊二妹，自己跑去獻殷勤，逮著機會就說她傻。真要幫忙，也該衝前面才對，幫劉棗花有個屁用？又讓楊二妹別把七斤往懷裡抱，省得染上生閨女的病。

楊二妹耳朵又沒聾，聽見這些話，卻不往心裡去。以前就看出來，很多村人是當面說好話，背後挑唆。她家出事時就是這樣，當面說不怪她，背後卻道怕不是她命裡剋親。

有些人，明明沒任何干係，偏偏愛管別人家閒事；還不是盼人家好，是巴不得看人家倒楣，過得不好。

這種話，真要聽進去，就是壞的開始。

何嬌杏燻臘肉時，楊二妹想了想，把分到的肉切好，抹上鹽，掛在房梁上風乾；又跟程家貴商量，瞧著爹娘不缺吃穿，是不是能把今年的孝敬欠下？他們手裡剩的那點錢，留著開春捉豬，明年辛苦些，多餵幾頭賣。

家裡的活，楊二妹樣樣都會做，卻沒像何嬌杏有特別擅長的。真要說起來，餵雞、餵豬還算拿手，在娘家時，這些活都是她在做。一般來說，養上三、四頭豬就算累人了，要餵得肥，每天得拌許多豬食。楊二妹沒有別的能力，要攢下積蓄，哪能不受累？

「咱們田地不少，明年都種上，加上餵豬、養雞，年底就能變出錢來，到時候再把今年的孝敬一併補上，行嗎？」

要是以前，程家貴沒主意時，會去找程家興商量。現在他不太有臉去找，想想這麼安排也還踏實，估算捉豬崽跟雞崽要的本錢，點頭答應，去找程來喜說了。

程來喜正在屋裡喝茶，聽他說完，拍拍他的肩。「我跟你娘有吃有穿，你有錢要給孝敬，我收下；手頭不寬裕，不給也沒什麼，沒有欠不欠這一說。」

程家貴道：「分家時我拿得多，如今過成這樣，想來實在沒臉。」

「以前走了彎路，就好生吸取教訓。我跟你娘不是非要你們兄弟大富大貴，起碼得堂堂正正做人。別總想著跟誰比，心裡過得去，對得起自己和妻兒就成。爹不會說話，大概是這個意思，聽明白就去吧！」

程家貴應下，回房跟楊二妹說了。

燻臘肉不用幾天，等差不多忙完，劉棗花便回家帶閨女去了。

何嬌杏把香腸跟臘肉串好，看程家興一樣樣掛起來，才鬆口氣，打算好好歇上兩天。

正月，楊二妹猶豫著，要不要回趟娘家？回去會壞氣氛，不回去好像又不合適。左思右想拿不定主意，就向黃氏請教。

黃氏想起她家的事，道：「妳出嫁第一年，沒任何表示是說不過去，若覺得回去不受歡迎，取塊肉、拿包糖去找妳姨娘，讓她幫妳捎帶過去，禮到就等於人到了。」

楊二妹也想不出更好的辦法，跟程家貴商量後，就這麼做了。

張家婆娘幫忙跑了一趟，帶話回來。「妳娘沒說什麼，倒是遇上妳大姊，偷偷說了幾句，要我告訴妳，若日子不錯就好生珍惜，好好過吧！」

楊二妹點點頭，謝過了張家婆娘。

第四十九章

正月初，何嬌杏抱著冬菇，讓程家興提著臘肉，一起回娘家去。

算一算，她嫁出去兩年多，何家院子的變化並不大，房舍還是那些房舍。堂妹冬梅跟香桃都嫁了人，現在輪到杜鵑說親。

何家女兒一個接一個嫁出去了，也有新媳婦陸續進來，她剛進院子，就看到四房屋簷下站了個穿棗紅襖的小媳婦，懷裡抱個孩子。起先還沒認出，仔細看過才想起來，那是堂弟的媳婦，是本村人。

何嬌杏認出她時，年輕媳婦也注意到有人進院子，轉頭一看，便過來招呼。

因為天冷，唐氏他們都在屋裡沒出來，聽到媳婦的聲音才出門。

唐氏看見女兒、女婿，笑開了花。「算到你們該回來，沒想到是今天。」

何嬌杏看了看程家興。「這幾日，他天天去河邊瞧，之前沒出船，這才挨到今天。」

這麼說，何老爹想起來，說這兩天村裡有人要開席，訂了活魚要來拿貨，才沒出去。

程家興把臘肉送到何老爹手裡，問道：「今年魚價還行嗎？比往年怎麼樣？」

「在村裡不好賣，拉去鎮上價錢還成。冷起來，好多人發了老寒腿，還肯出船的人不像往年那麼多，給酒樓跟大戶人家供魚的少了，價錢就撐得住。」

說沒兩句就扯上買賣，唐氏懶得聽，從男人手裡拿過臘肉，說中午就吃這個，再燉個湯、燒個魚。

「讓他們翁婿好生聊聊，杏兒抱著冬菇，跟我上灶烤火去。咱們娘倆有些時候沒見著，也說說話。」

何嬌杏笑著，跟唐氏去廚房了。

何嬌杏難得回來，還是抱著孩子來，唐氏能讓她幫忙做事情嗎？便讓何嬌杏坐在灶邊，幫忙看著火，時不時加根乾柴，洗啊、切啊這些活都沒叫她沾手。

何嬌杏只換了抱閨女的姿勢，讓冬菇靠著自己胸前，不要去摸紅通通灶口後，便沒管她了。

唐氏偏過頭來，看了好幾眼，道：「我沒親眼見著，也聽東子說，冬菇滿周歲就走得穩穩當當。妳這是頭一胎，原本不放心，如今看來，養得倒是挺好。」

唐氏在說話，冬菇就朝她那裡看去，眼神怪好奇的。

何嬌杏親親她的臉頰。「這是妳娘的娘，是外婆呢！」

一歲多的冬菇聽不懂這麼複雜的話，歪了歪頭，衝唐氏露了個笑，也沒喊人，又把頭轉回去了。

唐氏納悶。「怎麼比之前內向了？那時候還活潑一些。」

何嬌杏還真沒感覺冬菇內向過，想想道：「可能是累了。這一冬特別冷，雨水好像也比往年要多，我們不常帶她出門。今兒出來，她興奮得很，一路上東瞅瞅、西看看。人不都那樣？冷起來就精神，這會兒烤著火，她就懶洋洋的。」

說著，她又笑了笑。「也是我不愛慣著冬菇，在我跟前要老實些，遇上家興帶她出門，那才是人見人嫌。現在人家不愛理他，都是被氣的。您看冬菇的模樣是像我，力氣大也像我，但性子一點都不像。」

唐氏笑了。「像女婿也好，活潑。」

何嬌杏無言。丈母娘看女婿的眼光是不一樣，這都能找到話誇呢！

兩人正說著話，娘家嫂子也上灶了，還帶著香菇。

香菇快滿三歲，已經不用大人抱，長成能跑能跳的小皮妞了。去年回來時，看著還是胖乎乎的，這幾個月抽高，看著長大了點，也瘦了點。

何家大嫂讓香菇喊人，按說她見過何嬌杏好幾回，但隔得久，再見面又不認識了。

「一段時間沒見，姪女記不得我了。香菇仔細看看，我是姑姑，妳這名字還是隨我起的呢！」

雖說臉對不上，但姑姑她熟，經常聽家裡人提的。

香菇靦覥地笑了笑，順著喊了聲，還問：「是做飯特別好吃的姑姑嗎？」

何嬌杏一愣，用目光詢問嫂子，何家大嫂滿是無奈。「是東子跟她說的。」

香菇又問，姑姑抱的是誰？

何嬌杏招招手，讓她走近點看，說是妹妹。

何家大嫂只是帶香菇來打個招呼，知道婆婆有許多話跟小姑說，沒杵在灶上礙事，見過面後，又把女兒帶了出去。

看人走遠，唐氏道：「杏兒，還盯著門口幹什麼？趕緊添兩根柴，火要熄了。」

對對！差點忘了，灶上還燒著火。

何嬌杏立刻添上乾柴，才道：「早先家興哥還說生個乖巧女兒也好，但乖巧的女兒都是別人家的，我們家的再大一點，不知道多皮。」

唐氏卻覺得挺好，小孩子活潑一點，討人喜歡，還想說女兒一句，回頭發現她嘴上嫌棄，臉上卻掛著笑，心裡明白過來，這也是個彆扭的，明明稀罕得很，卻不肯老實承認。

「杏兒，你們這一冬忙些什麼？開春又有什麼安排？去年沒做買賣，今年想做嗎？」

「我琢磨了幾樣吃的，過段時日，可能要進縣裡賣。」

唐氏正在收拾魚，聽到這話，停下手。「要進縣裡？開春之後嗎？那不是做買賣的好時候吧？」

何嬌杏說：「家興哥提起來時，個個都這麼說。鄉下農忙時，大家無心趕集，鎮上的生意的確會比較清淡；但縣裡不一樣，縣城大，住的人多，未必以種田維生，開春之後反而好做生意。

「這一冬太冷，許多人憋壞了，等到天氣轉暖，肯定耐不住要往外跑，吃茶也好，聽說書、看戲也好，出來的人多了，還怕沒人買吃的？」

「的確是，還是女婿會做買賣，我們的想法跟不上他。」

「家興哥說，出了十五，他先進縣裡，找人改改店面，該收拾的收拾，該準備的準備，都弄好了，我再過去。」

「也得把冬菇帶上吧？」

何嬌杏點頭。「照家興哥的性子，估計還會把我婆婆騙過去。說不定還不用騙呢，我婆婆沒去過縣城幾回，挺想出去瞧瞧的。」

唐氏點頭。「兒子、媳婦做生意忙，當娘的能幫便幫，要不怎麼說是娘呢？因為妳大家二哥的事，之前親家母怕是很不好過，幸虧後面娶的媳婦還成，現在日子過起來，前塵舊事就讓它去了。」

母女見面會說的，總歸就是那些，一下子又聊回孩子身上。

唐氏又勸起何嬌杏。「冬菇一歲多了，妳是不是再懷一個？哪怕女婿他們對妳都好，還是趁早生兒子更踏實些。有了外孫，我就可以完完全全放心了。」

「每回見面，娘總要說這事。」

唐氏嗔她。「妳別嫌娘嘮叨，這是避不開的事。都說過日子要開開心心，但有時還是要想想壞的方面。家業大了，妳不找事，事也會找妳，有個兒子傍身要好些。」

「娘太小看您閨女，也小看您女婿了。這兩年，我們家經歷的事不少，每次都能順利解決。家興哥動手的功夫，我不多說，但他腦子是很靈光的。」

唐氏還想勸勸她，何嬌杏反過來催她趕緊燒菜，別耽誤中午這頓；至於生兒子的事，要是懷上了，肯定生下來，沒懷上也不著急嘛。

午飯挺豐盛的，東子上桌前滿懷期待，上桌後差點嗚一聲哭出來。

「我好久好久沒吃過阿姊做的飯了，今兒人都回來了，怎麼掌勺的還是娘呢？」

唐氏剛把炒臘肉放下，聽到這話就罵他。「杏兒難得回來一趟，不是給你做飯的。」

東子委屈，畏於強權不敢反抗，只得在心裡流淚。

程家興拍拍他。「真饞了，就上我家去。不過也就這段時日，等天氣暖和一點，我們要去縣裡了。」

剛才男人們就提到進縣的事，主要是何老爹跟程家興說，他沒插得上嘴，這會兒便搓搓手問：「姊夫賣燒餅，我去幫忙怎麼樣？天天待在家也沒什麼意思，我想出去見見世面，也琢磨之後的路。」

「你幫忙我是高興，可你想清楚，幫忙不像搭夥，工錢不多。」

東子擺手。「只要包吃住，給不給工錢都沒關係，我就想多看看、多學學。現在這點本事，做什麼都嫌不夠。」

程家興答應了，倒是何嬌杏，端著特別給冬菇做的飯食，拿小勺餵她，邊餵邊說：「跟你姊夫商量什麼？該跟爹娘商量才是。要跟我們去縣裡，幾個月回不來，家裡不擔心？」

唐氏洗過手，也坐下來了，沒說什麼，只看了何老爹一眼。

何老爹把盛出來的大碗黃酒分成四份，讓兩個兒子跟女婿都喝幾口，聽到小兒子這話，想一想，便開口了。

「原先有不少人勸，我也沒出去闖過，就是膽量不夠。現在嘛，看了女婿這幾年的作為，想通了些。東子想去就去吧，趁年輕多學點東西，真能幹出事業是最好，萬一搞砸，回來種地也有飯吃。」

東子連連點頭，端起酒碗敬自家老爹。「爹說得好，我敬您。」

何老爹也舉起碗，喝了一口，又說：「也別高興得太早，出去了，一切都要聽杏兒跟家興安排，回頭他倆要說你不聽話，在外面瞎折騰，老子就揍你。」

「爹，您放一百個心，我從小聽話，阿姊交代的事，哪回出過岔子？」

東子說著，心裡高興極了。其實，他跟程家興有點像，也是不太安分的人，比起踏踏實實種地，更願意去搗鼓別的東西。

但東子心知，不能一直靠著姊夫掙錢，這兩年也想過以後要幹什麼，暫時還沒主意，所以才想跟進縣裡，一則跟在姊夫身邊學學生意經，二則看看縣裡情況，看能入什麼行當。

剛提這事時，他還有點犯怵，不知道爹娘肯不肯答應，畢竟跟著姊夫學，和直接看見銀子的買賣不一樣，就像當學徒，管了吃住的話，幾乎是不給錢的。換句話說，他出去幾個月，不能幫家裡幹活，也拿不回錢。

幸好，就何老爹跟唐氏看來，程家興的確是鄉下地方的好苗子，頭腦之靈光，不是普通人趕得上的，有很多能供人學的，哪怕短時日內拿不到回報，真能學到一星半點兒，也是受益無窮。

何老爹要把兒子託付給女婿，讓他幫忙帶，便主動端起酒碗，跟他喝了兩口酒。

唐氏也告訴何嬌杏，以後的雜事，都讓東子去做。「杏兒長得好看，很多事由妳出面，那些不正經的男人淨想占妳便宜。買賣讓女婿去談，跑腿的活交給東子，換成其他人，妳或許信不過，但東子從小跟妳最親。」

這是實話。何嬌杏不是這兩年才穿越過來，在魚泉村生活十五年，嫁到大榕樹村兩年多，兩邊加起來，跟東子的年紀差不多。何嬌杏看他出生、看他長大，因為只有一個親弟弟，最疼他，也最照顧他，看東子也想走程家興這條路，出去闖闖，自然高興，希望他搞出名堂。

一個家裡這麼多人，獨一人好不叫好，大家都好，才能稱得上發達興旺。

何家人行事有分寸，每次程家興陪何嬌杏回娘家，都很愉快，這頓飯也吃得也開心。

吃好、喝好，何嬌杏還去隔房說了會兒話，才準備過河，回自家去。

兩人走的時候，家裡又要塞魚，程家興說算了懶得提，從何家院子到河邊就有一段路，過河後還要走回三合院，提桶魚多麻煩。

他不接，何老爹就讓東子跑一趟，把人送回去。

「那不是更麻煩？要這樣，還是給我好了。」

東子提著桶子退了一步，怎麼也不給。

「姊夫，你走前面，我提著魚送你們。剛剛沒說完，咱們接著說。上回你讓阿爺帶來的燒餅真好吃，做那個的話，老遠就能聞到香味，一定很好賣，那做起來麻不麻煩啊？」

何嬌杏聽著，笑起來。「你問他，他知道什麼？」

「對哦，那是阿姊做的。那適合放在鋪子裡賣嗎？」

兄弟問，何嬌杏就答了，說燒餅要烤得又香又脆，得花工夫，一爐一爐做很慢，要做買賣，必須多起幾爐，保證每刻鐘都有一爐燒餅出來。哪怕還是供不應求，這樣算下來，每天能賣的量還是挺大，利潤不薄。

她跟程家興商量時，也覺得供不應求是好事，這樣的話，店門口總有人排隊等，看起來生意就很紅火。做買賣得有人氣，來往的人多，才能引來嚐鮮的客人，東西也能賣得更好。

一路上都在說買賣的事，說到進了三合院，東子等不及，這就想進縣裡了。

兩人端著水喝，程家興還取笑他。「這些天，你多幫家裡幹點活吧，進縣以後忙起來，就不能常回去。照我跟杏兒預想的，只要轉暖，咱們立刻就把買賣做起來。過幾天，我先進縣把鋪子整修一番，搭起烤爐。」

程家興說完，歇口氣，衝東子嘿了一聲。「爹可是把你扔給我管了，都說棍棒底下出孝子，姊夫不會跟你客氣的。」

東子咕嚕咕嚕喝著水，嘴上也不讓他。「還知道你是我姊夫呢？」哪來的孝子？

程家興跟他閒聊半天，不想說了，看他喝完水，收回碗，揮手就攆人。「氣也歇了，水也喝了，話說夠了，趕緊回去，我這兒懶得招呼你。」

東子嘿嘿笑，去跟何嬌杏打聲招呼。

何嬌杏剛替冬菇換了尿布，聽說兄弟要走，送他到路口，看人走遠，才轉頭喊程家興。

程家興回灶上放碗，從廚房探出頭，問幹什麼呢？

「我想歇會兒，等等再起來做晚飯。你要有空，把冬菇的尿布搓了。」

「怎麼了？不舒服？」

「那倒沒有，就是出去大半天，感覺有點累，想瞇會兒。」

程家興陪她進屋，把她脫下來的襖子放好，轉頭就發現媳婦已經躺上床，蓋好被子，摟著同樣愛睏的冬菇睡著了。

程家興沒吵她們，轉身出去，老老實實搓起尿布，擰好晾起來，站在院子裡想進縣裡做買賣的事，想的主要還是店面該怎麼改，大概要花多少錢。

他估算了一下，燒餅買賣能做一季，入夏之後就不好賣了。夏天又悶又熱，涼麵、涼皮、涼蝦才是大家愛吃的，燒餅再香，誰愛啃呢？

這日，劉棗花蹲著洗碗時，程家富回來了，說程家興要進縣裡去，為後面的買賣做準備，將家裡有些事託付給他。

「早猜到他們今年要把生意做起來，沒想到這麼趕，年後立刻出門。」

「三弟先去，說去收拾鋪子，還要請人搭幾個烤爐，布置好再回來接人。這一走，估計要好幾個月之後才回來了。」

劉棗花聽了，碗也不洗了，擦把手站起來。「老三還說什麼沒有？去年我就跟三弟妹說好，要跟她一起去做買賣。」

「三弟妹提了，說他們先去試試，若勢頭好，再幫我們留意有沒有合適的鋪面出租，順道商量後面的事。妳別急，出去做買賣，說起來就一句話的事，真做起來不輕巧。」

劉棗花毫不在意，既然何嬌杏記得她們的約定，她就不著急了。財神爺讓她等，她就等著，老話說，心急吃不了熱豆腐。

這回程家興出門，光請人改鋪面就用了差不多一旬，又添了不少東西，將樓上住人的三間房全收拾出來，才回鄉接人。

程家興回來那天，何嬌杏跟黃氏張羅了一大桌好菜，讓他們父子幾個喝了一回，喝高興了，該打的招呼打好了，程家興才接上老娘和妻女，以及早準備好的東子出門。

至於三合院，除了他跟何嬌杏的房間，其他鑰匙都放在程來喜那裡，拜託他幫忙看著，家裡養的雞也託付給他。臘肉跟雞蛋這種放不了很久的東西，他們帶走一些，能分的分掉，放得住的就鎖進倉房裡了。

村裡人知道程家興準備做買賣，卻沒想到是進縣城做買賣。

程家的脆燒餅，每一爐都是剛出來就被搶光，香味隔得老遠都能聞到，聞到就忍不住想買一、兩個去嚐嚐，嚐過以後非但不過癮，還想再來十個、八個。

生意開張之後，就像程家興預估的那樣，鋪子前永遠有人在排隊，不排隊就買不到。

揉麵、搓酥、製皮、包餡這些活，是何嬌杏在負責，進了烤箱就可以交給程家興。顧櫃檯、招呼客人的是東子，想做買賣，得學會怎麼跟客人打交道，要能哄得人高高興興地掏錢。

別家鋪子不可能把這個活交給新入行的人，做學徒都是從打雜開始，是程家興說無所謂，自家東西好，隨便怎麼招呼，客人都會掏錢。他很相信東子，之前米胖糖跟字糖，東子賣得都挺不錯的。

東子也沒辜負程家興夫妻的好意，每天天不亮第一個起床，準備開店。

黃氏比他稍晚一點，負責做三餐跟照顧冬菇。

清早，何嬌杏會陪閨女一會兒，用過早飯就開始揉麵，還不忘使喚程家興提刀剁餡。在剁肉聲與油酥香中，燒餅買賣開張了。

程家鋪子賣的燒餅小，一塊還沒有女人的手掌心大，就這麼一塊，卻要賣到四文錢。店裡的規矩，一口氣花十文錢，可以買三塊燒餅，這樣比較划算，即便這樣，對程家來說，利潤還是相當多。

雖然要用肥肉及梅乾菜做餡，但燒餅不大，程家興用油紙包著秤過，將近三十個燒餅，才有一斤重。三十個燒餅要一百文才能買到，一斤肉卻只賣二十文錢。

然而，排成長隊搶著買的人卻不覺得貴，還說一個肉包子不也要三文錢？

在不遠處支攤賣包子的小販，聽到這話差點吐血。燒餅的用料能跟大肉包子比？肉包子咬開，實實在在有坨肉，吃兩個就管飽；燒餅兩口就沒有，是帶餡，咬開卻沒多少，就那分量，啃十個、八個未必能飽，本錢比肉包子低得多，賣價還高，不坑人嗎？

最氣人的是，這麼實在的肉包子沒多少人買，程家鋪子門口卻熱鬧極了，聽說有些大戶人家的小少爺特別愛吃，天天讓家僕出來排隊，還吃不夠。不說大戶，縣裡尋常人家也比鎮上要富裕，三天兩頭花點小錢過個嘴癮的也不少。

第五十章

南方天氣回暖，鄉下準備春耕、春種時，縣城裡的人漸漸脫下臃腫的厚棉襖，穿上薄襖出門，吃茶、聽戲、遛鳥，還有聞著香味、排隊買燒餅的。

進縣做買賣的一群人，臉都笑爛了。賣燒餅是比閒在鄉下要累，可這些辛苦可以換回一簍簍的銀錢。

相較於他們的快樂，香飴坊那頭心塞多了。

他們生意做得大，多了新貨，撈錢是快，卻難以保密，哪怕簽了賣身契，也不是絕對可靠。沒多久，另外一家叫如意齋的鋪子，也在過年時推出了如意字糖。

從此，字糖成了兩家生意，哪怕還是掙錢，想到自家利潤讓別人分了去，香飴坊的東家能不難受？

他們懷疑過程家興，查了一遍，抽絲剝繭後發現，問題出在自己這頭。只能說生意大了，養的人多，隱患自然也多，只能吃下這個悶虧。

於是，香飴坊跟如意齋勉強說好，兩家一起守著方子，一起賺錢。

這件事，程家興本來還不知道，是黃氏出去買菜，路過如意齋看見擺出來賣的字糖，覺得不對勁。

她盯著看了好一會兒，瞧著是要比他們當初做的精緻，又去看招牌，也沒看明白，問過路的人，這是哪家糕餅鋪？

路人說，這間是如意齋。長榮縣裡有兩家很出名的點心鋪子，東市是如意齋，西市那邊叫香飴坊，各有特色。

黃氏出門之前，把冬菇塞給何嬌杏了，割肉、買菜回去抱人時，想了想，還是問了。

「老三媳婦，我問妳一件事。」

「您說。」

「你們那個字糖方子，是賣給哪家來著？我記得是香飴坊？」

何嬌杏點頭。「沒錯，是香飴坊。娘怎麼突然想起問這個？出門時看見人家擺出來賣的字糖了？」

「是看見了，但不是在香飴坊賣的。我上東市路過如意齋，在他們家看見，還以為是我記錯了。照妳這麼說，要不是賣了二手，就是洩了方子吧？又想不明白，這麼好的買賣，一家能吃下來，憑什麼賣二手？要是洩了方子，香飴坊的東家怎麼沒來找咱們？」

剛才外面有點動靜，程家興出去瞧瞧，這會兒處理好了，回到後面廚房，聽見這話，便插了句嘴。

「那就是查過了，知道跟咱們沒關係。王家生意能做這麼大，總是講道理的。」

「這麼掙錢的買賣被人用卑鄙手段吃下一半，香飴坊的東家居然還沈得住氣，氣性真是不錯。」

程家興瞅了自家老娘一眼，說不是王二少爺氣性好，是到了這分上，沒有更好的辦法，與其鬧個魚死網破，不如一起賺錢；至於這筆帳，且先記上，以後時機成熟了，再討回來。

生意人就是這樣，關上門咒人家祖宗八代，走出來還得笑臉迎客。哪怕恨死人，真碰上面，也是拱手老哥、老弟的招呼，然後你嘿嘿笑、我嘿嘿笑，頂多在嘿嘿笑的背後藏點機鋒，互相挖坑設套。

黃氏還為香飴坊擔憂來著，說他們花了不少錢買方子，這樣一來，該不會虧了吧？

程家興笑了一聲，說做生意就是這樣，總有些料想不到的事。比如去年冬天，突然冷成那樣，攪黃了許多買賣，卻讓棉布及藥材商人掙了大錢。

農家都有可能碰上災年，更別說做生意的風險。香飴坊從開門第一天到現在，遇上的麻煩不會只有一件、兩件，之前都撐過來了，這回算什麼呢？總有補救的辦法。

再說，如意齋今年過年才賣字糖，去年的收益，就足夠香飴坊回本了。這麼大的商號，那麼多鋪面，整整一年，能掙不回本錢？

「娘，您真是窮人替富人著急，還擔心他們虧本，也不想想那是多大的家業。」

得，黃氏氣結，不想再說了。

「你就掃興吧！天大的事到你嘴裡，都不痛不癢的。我倒真想看看，以後有什麼事能嚇著你。」

眼看黃氏抱著冬菇上二樓去了，何嬌杏這才問：「剛才前面是怎麼了？」

程家興沒直接說，讓她猜猜。

「不是遇上麻煩的客人，就是來了找麻煩的同行，再不然，就是談生意的。東子拿不定主意，才會找你。」看程家興的反應，何嬌杏挑眉。「我猜對了？」

「是啊，我媳婦的腦袋就是靈光。來了三個談生意的，告訴我說要想安生做買賣，就得按月給他們錢。我問一個月交多少，說要二十兩。」

何嬌杏無言，這叫談生意？不是收保護費的？

「那你怎麼回答他？」

「咱們開門做生意的，哪能隨便跟人翻臉，妳說是吧？我就告訴他們，大白天的，作什麼夢呢？」

何嬌杏更無言了。「他們沒揍你？」

「老子就是地痞出身，還怕他動手？那群人也沒動手，大概是有其他辦法收拾咱們，要我走著瞧。」

簡單幾句話，何嬌杏語塞了三回，最後才說：「若直接動手還好，如果敢來打砸搶，老娘當場揍殘他。可這些人也怕直接動手招來衙差，可能會找人到咱們門前扯皮弄筋，或者叫要飯的來堵住門口，這樣也能攬黃生意。」

程家興聽了，伸手幫媳婦捏捏肩膀，毫不在意地說：「他來就對了。」

何嬌杏問他是不是有什麼招？

「先賣個關子，妳等著看。」

上輩子，何嬌杏就是開餐館的，事情的走勢，真讓她說對了。因為沒收到銀子來找碴的人，果然不敢直接衝進來喊打、喊砸，只會摺兄弟來店門前趕客，讓買賣不能開張。

可程家興跟別的東家的最大區別，就在於他雖然沒啥來頭，但底子厚，手裡有錢。別說耽誤一、兩天，一年不開張也餓不著他。

鬧事的一來，程家興就從後面繞到前面，吃著自家燒餅，看門前的猴戲。

客人遠遠地圍在旁邊，不敢上前，他也不著急，大有隨你鬧我看你能鬧多久的架勢。

何嬌杏本來以為他有什麼妙招，出來一看，他竟跟鬧事的比耐心，不由瞪他一眼。「這就是你說的辦法呀？」

程家興心想，最近來買燒餅的，有很多是大戶人家的家僕，等這些人一來，鬧事的還不知道收斂，就要倒大楣，他等著看這些傻子撞在刀口上。

程家興正想跟何嬌杏解釋，就發現脾氣時好、時不好的媳婦轉回去，挪開隔板，從鋪子裡出去了。

今兒何嬌杏穿著素面薄襖，為了方便幹活，把袖子挽起來，露出一截雪白細腕，身前還穿了件帶兜子的藍布圍裙，走到春天的太陽底下，模樣真是耀眼極了。

何嬌杏站在自家鋪子門口，道：「我說鬧事的，夠了吧？能不能滾了？」

話一出，好幾個鬧事的人笑著圍上來，說讓她陪他們玩玩，玩高興了，銀子交不交都成，一切好說。

程家興也回鋪子裡了，正在啃燒餅，聽到這話，燒餅啃不下了，黑著臉就要出去。剛摸到隔板，便看見媳婦的眼神，示意他別出來礙手礙腳。

看何嬌杏這樣，東子就知道今兒不能善了，撿起最後的良心，勸了一句。「我說你們幾個，快跪下來好好道歉，晚了，我怕神仙也救不了。」

東子一開口，就把仇恨吸引過去，本打算打砸搶的人抄起傢伙，就要朝他揮去。

何嬌杏動作更快，伸出胳膊，甩手扔出去兩個。眨眼之間，幾個大漢在一丈開外處疊起羅漢來。

這還不算，何嬌杏又朝其他地痞一步一步地走過去。

起初沒人注意，在她走出三步後，有人看到了，燒餅鋪小娘子踩過的石板路上，全留下了裂痕。看她走得不快不慢，也沒有使力的樣子，但鋪路用的青石板，卻順著腳印一路裂出去。等她走到跟前，那些來鬧事的已經心寒膽戰，都嚇尿了。

何嬌杏露出嫌棄的表情，道：「剛才是誰說想跟我玩玩？怎麼樣？玩得過不過癮？要不過癮，咱們繼續。」

「不……不不不。」

幾個人連滾帶跌要跑，卻讓何嬌杏輕輕地喊住了。「誰准你們走的？誤了你姑奶奶的生意，還說了讓人不高興的話，該怎麼做，需要我教你？」

從前用這招欺負過不少商家，從沒踢過鐵板的地痞們，今兒栽了大跟頭，在程家的燒餅鋪子還見能止小兒夜啼的母夜叉。為了見到明天的太陽，幾人撲通跪下，反手搧了自己好幾個大耳光不說，還給母夜叉賠了不是。

看何嬌杏不再追究，轉身進去了，幾個地痞才跟喪家犬似的，逃離了燒餅鋪門。附近的鋪子都看傻了眼，來買燒餅的客人也目瞪口呆，還有人偷偷去瞅了被何嬌杏踩裂的青石板，看明白之後，小小聲地問程家興。

「程老闆，剛才那位……是尊夫人？」

這都是些粗人，平時一張嘴不是「你婆娘」就是「你媳婦」，難為他們還用上「尊夫人」呢！

程家興點頭。

看他點了頭，又有人感慨。「她這力氣真是……我還是第一次見那群人認栽，老闆娘厲害啊！」

「能娶著這麼厲害的女人，程老闆也真了不起。」

有些話他們不敢說，但發自內心覺得，程家興太有能耐，娶了這麼個母夜叉，還沒鼻青臉腫出來見人，看樣子日子過得挺不錯，有一手啊！

何嬌杏剛走出去時，大夥心裡想的，是這家的老闆娘真好看。

前後一盞茶的工夫，沒人覺得她好看了，印在腦子裡的，都是那一腳下去，踩裂青石板的風姿。

之前有點蠢蠢欲動想鬧事的燒餅同行，也歇了心思。有些事比掙錢要緊，首先得有命，然後才能享受生活。程家這母夜叉的脾氣真是太壞了，地痞鬧上門來，卻被嚇尿了，還連跌帶爬地逃走。有這先例，誰還敢上她家鬧事？

因為這一齣，程家興他們認識了這條街上的不少商戶，都是曾被那群人欺負過的，說真好啊，還能看到那些人渣被收拾。

「程老闆，你夫人真是女中豪傑。」

「程老闆，你也是豪傑。說句實話，像這樣的媳婦，咱們萬萬沒有魄力娶，要是哪兒做得不對，惹她不痛快，不被揍成傻子？」

程家興看著東子幫客人裝燒餅，自己站在旁邊閒聊，說他媳婦其實很溫柔的，平時很會關心人。

他剛說完，何嬌杏從裡面探出頭來，喊道：「還聊什麼呢？進來幫我做燒餅。」

「喔。」

程家興趕緊進廚房去。

其他東家「嗯」了一聲。這就是所謂的溫柔？他快不認識溫柔這兩個字了。

這年頭樂子少，平時連潑婦對罵或貓狗打架，都能招來一群人看熱鬧，程家老闆娘當街嚇尿地痞的事，在短短幾天之內傳開了。這本來就是條繁華街面，當時又有不少人親眼看見，有幸見到母夜叉發威的，回去之後，還添油加醋說給別人聽。

後來幾天，因為好奇而過來的客人不少，有人蹲下仔細看青石板上的裂痕，也有人藉著等候燒餅出爐，想跟東子套話。

那些問題，東子耳朵都聽得起繭了，也沒賣關子，老實跟客人說，這鋪子是他姊夫開的，老闆娘是他親姊姊。

「阿姊從小力氣就比別人大，聽家裡人說，尤其是五歲以後，力氣年年長，現在不清楚到底能負重多少。

「她的脾氣其實很好，只要放尊重些，不會隨便動手。

「阿姊怎麼跟我姊夫在一塊兒的？是媒人撮合，他倆也看對眼。

「我姊夫看上我姊什麼？」

前一爐燒餅讓人搶光了，後一爐還要等會兒，東子這才有空跟排隊的客人閒聊幾句，聊到這兒，他本來閒靠在前面櫃檯上，聽到這句，臉拉下來了。「什麼意思啊？姊夫看上阿姊是很奇怪的事嗎？我阿姊怎麼了？像她這麼賢慧能幹的女人，上哪兒找去？」

客人聽了，登時語塞。心裡想著，這還賢慧呢？嘴上又不敢說。

好在這時候蔥香味越發濃郁，新一爐的燒餅一出來，東子就把剛才那些話拋到腦後，轉頭問他們要幾個燒餅了。

母夜叉傳說攔住了一些心術不正的人，卻沒影響燒餅生意，不敢說買賣越來越好，至少生意做了兩句，依然紅火，烤一爐、賣一爐，難得有剩下來的。

縣城裡本來就有賣燒餅的，因為眼饞程家鋪子的生意，也去排隊買來嚐過味道，之後也想過辦法，試圖將本來軟柔柔的燒餅做成脆的，內餡同樣是梅乾菜跟肉餡，但仿出來的總是欠點滋味和口感。

這個脆燒餅看起來簡單，卻暗含許多工序，做起來很考驗手藝，至少程家興到現在也只能幫忙分擔一些簡單的活，要緊部分，還得何嬌杏動手。

燒餅同行費了許多心思，就算做成脆的，也還是不夠酥，只好把燒餅做大些，多塞點餡，同樣的價錢，他們的看起來更划算些，倒也吸引一些客人。

這日，程家興端燒餅到前面去時，聽排隊的客人說，東、西兩市都有了賣脆燒餅的呢！

「我去瞧了，人家的比這個大兩倍，裡面塞的肉也多，卻是一樣的價錢。程老闆，你看是不是少算點，還咬著十文錢三個不鬆口，這不是趕客？」

程家興沒說話，放下燒餅，又要進去端下一盤。

見他要轉身，那人又喊住他，要不要降成一個兩文錢？或三文也行，個頭小，就少賣點錢嘛！

「就這價錢。要嫌貴，你去照顧別家生意，我不怪你。後面那麼多排隊的，還得謝謝你讓位。」

程家興才不相信客人對他有什麼情義，去別家看了更便宜的，卻沒買，那還有什麼可說？不就是嫌棄口味差？

仿貨好做，但要仿得一樣太難了。都知道脆燒餅是烘烤出來的，可經過不同人的手，不同的工序，調味和口感就不一樣。吃習慣自家這個，哪怕別家的大，口感及不上，有什麼意思？真要圖大，不如去買肉包子，不是更實在？

所以，這客人明顯是來嚇唬人。一塊燒餅少個一文、半文，乍看是毛毛雨，但天天賣，加起來不就多了？

可惜，程家興沒上這當。

程家的燒餅生意做得紅火，這段時日，冬菇的成長也很驚人。

她說話越來越清楚，已經能自言自語說些句子，大概明白常聽的話是什麼意思。不光是走，也能小跑，幫她把手洗乾淨，能挑著麵條或撥飯飯吃。

剛進縣裡時，因為換了不熟悉的地方，冬菇規矩了幾天。等她弄懂這也是自家，小姑娘就活潑起來，在二樓玩還不痛快，總鬧著要下去看爹娘。

不帶她下去，她鬧人；帶她下去，她又饞嘴。

家裡這幾個人裡，何嬌杏不慣著閨女，冬菇知道不能找娘，下樓就往程家興跟前撲，抱住他的腿，露出胖嘟嘟的臉，配上可憐兮兮的表情。

「爹啊，我想吃。」

「妳啃不動。」

冬菇氣鼓鼓地說啃得動。

程家興沒辦法，只得掰開一小塊燒餅，挑著裡面的餡餵她。

冬菇不是貪心的孩子，給她嚐了味道，說差不多不能再吃了，哪怕不高興，也不會連哭帶鬧，只會揪著大人的褲腿撒嬌，讓他們陪她去玩。

何嬌杏在旁邊包餡，看父女倆折騰，冬菇使勁地撒嬌，程家興想陪閨女，又怕誤了事。

「你拿點錢，收拾收拾，帶冬菇出去走走吧！外面天氣好，適合轉悠。」

「那店裡的活兒呢？妳忙得過來？」

黃氏聽了，把兒子擠開。「我來看火。灶上這點活，老娘做得不比你好？前面有東子，後面有我跟媳婦就夠了。你帶冬菇走走看看，去東、西市的糕餅鋪瞧瞧，媳婦那罐蜂蜜要吃完了，買罐新的回來，也買點蜜餞、點心。」
程家興把手擦乾淨，抱起閨女，問黃氏想吃點什麼？
「你問我？你倒是問杏兒去。」
何嬌杏道：「我真想吃什麼，自己就做了，用不著……」
「天天做燒餅夠累人了，還自己做？」黃氏拍了板，讓程家興看著買，一樣揀兩塊也行，也嚐嚐縣裡點心是什麼味道，看哪種好吃。
程家興應了，上樓拿錢，抱著冬菇就要出去。
走之前，冬菇還往她娘跟前湊。
看閨女伸長雙手，做出要抱抱的姿勢，何嬌杏還納悶，找她幹什麼呢？
冬菇摟住她的脖子，在她臉上親了一口。
「娘，我走啦！」
冬菇親完，程家興也跟過去香了一口。
「媳婦，我也走啦！」
何嬌杏失笑，看著兩個活寶出去，等看不見人了，才轉頭接著忙活。
黃氏也在旁邊做事，跟媳婦閒話，說真是難得看見這麼甜的孩子。
「就是時不時氣人。」
黃氏說，冬菇的性子像她爹呢！「跟老三一樣，油嘴滑舌。」

「嘴甜一點好，只怕其他地方也像了當爹的。娘想想，家興哥做買賣之前，前些年是什麼模樣。」

黃氏一聽，忍不住了，噗哧一聲笑出來。

街上，程家興抱著閨女邊走邊看，父女倆轉過東、西兩市，最後才去買蜂蜜跟點心。回去之前，程家興臨時起意，花錢買了別家仿的脆燒餅，嚐了一口就不愛吃了，送給街邊要飯的人。

要飯的人謝過他，程家興便逗著冬菇回去了。

——未完，待續，請看文創風801《財神嬌娘》3（完）

文創風 800

財神嬌娘 2

國家圖書館出版品預行編目資料

財神嬌娘 / 雨鴉著. --
初版. -- 臺北市 : 狗屋, 2019.11
冊 ; 公分. --(文創風)
ISBN 978-986-509-060-9(第2冊 : 平裝). --

857.7 108016927

著作者	雨鴉
編輯	安愉
校對	沈毓萍
發行所	狗屋出版社有限公司
地址	台北市104中山區龍江路71巷15號1樓
電話	02-2776-5889～0
發行字號	局版台業字845號
法律顧問	蕭雄淋律師
總經銷	知遠文化事業有限公司
電話	02-2664-8800
初版	2019年11月
國際書碼	ISBN-13　978-986-509-060-9

本著作物由北京晉江原創網絡科技有限公司授權出版

定價250元
狗屋劃撥帳號：19001626
網址：love.doghouse.com.tw　E-mail：love@doghouse.com.tw